海 飞 谍 战 世 界
谍战之城系列之宁波篇

THE BIG
WORLD

大世界 —— 海飞 著

图书在版编目(CIP)数据

大世界 / 海飞著. —杭州：浙江文艺出版社，2024.4（2024.4重印）
 ISBN 978-7-5339-7555-5

Ⅰ.①大… Ⅱ.①海… Ⅲ.①长篇小说—中国—当代 Ⅳ.①I247.5

中国国家版本馆CIP数据核字(2024)第053841号

策划统筹	王晓乐	封面设计	@Mlimt_Design
责任编辑	丁　辉　汤明明	营销编辑	张恩惠
责任校对	萧　燕	数字编辑	姜梦冉　诸婧琦
责任印制	张丽敏		

大世界

海飞 著

出版发行	浙江文艺出版社
地　　址	杭州市体育场路347号
邮　　编	310006
电　　话	0571-85176953（总编办）
	0571-85152727（市场部）
制　　版	杭州天一图文制作有限公司
印　　刷	杭州富春印务有限公司
开　　本	787毫米×1092毫米　1/32
字　　数	218千字
印　　张	12.375
插　　页	6
版　　次	2024年4月第1版
印　　次	2024年4月第2次印刷
书　　号	ISBN 978-7-5339-7555-5
定　　价	69.00元

版权所有　侵权必究

目 录

001　　大世界

387　　往事是一条望不到尽头的路
　　　　——长篇小说《大世界》创作谈

大世界

1 陌生人

陌生人被一枪击中时,朱三正在大世界游乐场门口的屋檐下躲雨。

雨丝被斜风吹散,落满了朱三一半的衣襟。朱三主要是觉得脖子上有飘荡进来的雾般的雨水,让他感受到些微的凉意。在这样的萧瑟中,他顺便抽了一根叫作白金龙的香烟,突然响起的枪声震落了朱三手中那一小截烟灰。朱三抬起迷蒙的双眼,看到的是铺天盖地的一场豪雨。雨声嘈杂而纷乱,像胡乱踏响的一阵马蹄。朱三眼里近处与远处的霓虹灯,在雨中变得十分斑斓,而且虚幻。于是朱三觉得他像是进入了一个遥远的梦境。飘荡着的水汽淋湿了朱三额头上一缕头发,这种湿答答黏糊糊的气息,让朱三很不舒服。

这天晚上朱三在大世界游乐场变戏法,开场时间是晚上七点。他在灯火辉煌的大世界变戏法已经快三年,八百多个日子几乎一成不变。没有什么事情是新鲜的,连空气也是,做的梦也无外乎他老婆傅灿灿骂娘,千篇一律。民国二十六年遗留在上海的火药气息还在弥漫,经久不散。朱三每天在大世界变鸽子和兔子,这让他梦境里除傅灿灿外,也出现了大量的鸽子和兔子。它们在朱三梦境里自由飞翔和奔跑，简直是烦透了。

这天跟往常一样，朱三笑眯眯地走上舞台。他穿了一件油光发亮的黑色燕尾服，燕尾服后摆很长，差不多就要遮住他膝盖。这套衣服，老是让他想起老家宁波镇海上空盘旋的燕子，燕子飞翔在油菜花上，总能把天空穿梭得七零八落。上台以后朱三气定神闲地鞠躬，鞠躬时手里托着一顶卓别林式的帽子，那是他变戏法的道具。他将一丛塑料玫瑰花插进帽子，很快又用绿色的绸布给盖上。然后音乐声停止，台下的观众拭目以待。这些上海人脑子里都很清爽，接下去朱三无非是要么变出一只灰色的鸽子，要么是从帽子里头抓出一只四条腿蹬来蹬去的小白兔。然而这天没有人想到，朱三后来从帽子里抓出来的，竟然是一只灰色的兔子。对此朱三也感觉奇怪，他想之前那只和自己配合得天衣无缝的白色兔子，难道是被伙房的那帮家伙给清炖或者红烧了？但也就是在这时，朱三发现卓别林帽子幽暗的底部，居然贴了一张醒目的纸条。

朱三在谢幕的时候一口气将纸条上的字全部读完。读完以后凭借幕布的阻挡，他把纸条塞进嘴里嚼碎，连同带有兔毛腥臊味的口水一起咽了下去。

纸条是上级组织给他的回复，终于同意他请假回去宁波镇海老家一趟，假期十五天。十五天后朱三必须准时回到大世界游乐场，在旋转的霓虹灯下继续变他的鸽子或者是兔子。朱三拖着他的黑色燕尾走进后台的时候想，谢天谢地，多么仁慈的组织，如果这次不是因为他老婆傅灿灿写信来讲要同他离婚，或许组织依旧不能批准他的请假。朱三还想，自己在游乐场辛辛苦苦干了三年，变戏法都变死了好几只鸽子和兔子，每个月到手的除了微薄的薪水，组织从来没给过他一分钱的活动经费。好像他从来就不缺钞票，或者说他完全可以利用雨水和西北风充饥。同时朱三也很清楚，自己要是稍微有点多余的钞票寄回老家给傅灿灿，估计这个连炮仗都敢吞下去的女人，也不会敢提出要跟他一刀两断。

傅灿灿在镇海县澥浦镇隔壁的庄市镇同义医院当护士，因为老公常年不在身边，她的脾气变得不是一般的差。她三天两头主动地跟病人吵架，有时候甚至是跟药剂科主任或者是主刀医生吵得上蹿下跳。有一次她拿过外科医生的手术刀，说你们放马过来好了，我又不怕的。这座医院是几个旅居上海的镇海商人出资联手办的，就办在门前有一条大河的横河塘。所以每次见到医院门口波光潋滟的大河时，她的心才会有些许的平静。因为她胆子大，这所医院又以妇产科闻名，镇海有许多产妇都选择在这儿生孩子，所以差不多傅灿灿已经成了半个助产师。有许多时候，她的梦境中到处都是在医院走廊上晃荡着的滚圆的肚皮。

傅灿灿在信里这样跟朱三讲：该死的朱三，穷得叮当响的朱三，坐吃山空的朱三，你爹朱良材老酒喝多了病得不轻，每天在地上痛得打滚，估计是会不得好死的。另外你还记得你亲自生过一个儿子吧？儿子姓朱名大米，来到人间刚好八年，有幸得了黄胖病，个子跟你三年前离家时一样高。他简直是一棵黄杨木，一千年都长不大，要不改名为朱黄杨得了。傅灿灿写到这里又笔锋一转道，唯一要恭喜你的是，镇海有很多事业有成的男人不约而同看上了你老婆，他们纷纷用钞票来砸我，不是给我买旗袍买珠宝就是找我去大酒店开房，所以我决定不再守活寡，我把没用的贞洁给抛弃撕碎砸烂了。傅灿灿说就在写这封信的时候，带她开房的镇海县警察局副局长正在酒店浴缸里泡澡，副局长白白胖胖富得冒油，说话的声音又很温柔，他喜欢抽雪茄喝进口红酒配牛肉，连宁波的许多日本人都纷纷要求和他成为好朋友。

傅灿灿最后说，你就不要再戴变戏法的那顶礼帽了，我免费赠送你一顶绿帽。

朱三看着这封信就想骂娘，他觉得这是傅灿灿对自己的一次造反。他先是骂了一声册那，然后他一边用宁波镇海口音的普通话骂傅灿灿这个不识相的雌老虎，一边摇摇晃晃地走出大世界的大门。他其实早已买好了明天早上回宁波的火车票，同时他向组织提出了请假的请求。朱三的想法是就算组织不同意，他也得回家了，不然按傅灿灿的性格，他再不回家就是家破人亡。但朱三仍然觉得傅灿灿的这封信令他生气，朱三想，这次回家后，如果父亲朱良材不拉住他，他有可能会把傅灿灿的皮完整地剥下来。此时的上海城正下着一场绵密而平凡的雨，朱三就在游乐场的门厅廊檐下边避雨边点了一根白金龙。香烟有点受潮，进入嘴里的味道有点苦，朱三于是很不满意地喷出一口，转眼时却望见了大世界由十二根柱子支撑的多层六角形黄色尖塔，这座尖塔简直就像是大世界的象征性标志。尖塔下面，一向热闹非凡，露天的空中环游飞船，电影院，商场，中西餐馆，以及十二面名头响亮的哈哈镜，让大世界一直保持着足够的人气。朱三还望见了不远处路灯下的力士香皂广告牌。广告牌上的外国女人金发碧眼，蓝色的眼眸穿透雨幕，风情万种地眺望着抽烟的朱三。朱三看见她懒洋洋趴在雨丝飘落的空中，像是办展览一样，十分豪爽地贡献出浴袍下面两条白花花的大腿。

　　朱三一边抽烟，一边望着异国情调的大腿陷入沉思。他不由自主想起傅灿灿，也想起该死的警察局副局长。他想起脱光的副局长躺进浴缸里像是一头褪了毛的猪，由于身上的肥肉实在太多，造成浴缸里的热水无处安放，所以热水纷纷涌了出来，在雾气弥漫的洁白的地砖上哗哗流淌。朱三想到这里时，忍不住在嘴里骂了一句恶心。然而枪声就是在这时候响起的,枪声在受潮的空气中突然炸裂,毫无征兆,所以朱三的身子不由得像打了一个尿噤一样随之一抖,抓在手里的香烟掉落了半截死气沉沉的烟灰。他看见有个穿风衣的陌生男人正应声在斜雨中倒下,倒下以后在铺满雨水的地面上挣扎,很像电影里一个悄无声息的镜头。

血从陌生男人的身底下涌了出来,鲜红的一片,慢慢扩展。有更多的雨纷纷落下,所以很多血水就在地上汪洋的雨水中漂浮,那种漂浮的样子十分从容,犹如一幅正在生成的水墨画,也像一缕村庄上空升腾的炊烟。

很快朱三就看见,远处冲来的一辆黄包车,在风衣男人跟前唰的一声停下,接着卷着裤腿的车夫手忙脚乱将中弹男人抱上车厢,随后就脚蹬车轮迅速在雨幕中消失。朱三抽抽鼻子,还能闻到空气中弥漫着的血腥的气味。但眼前什么也没留下,只剩汪洋在地上的越来越淡的一摊血水。仿佛刚才发生的只是一场梦境。

朱三站在屋檐下开始抽第二根烟,受了潮的香烟软塌塌的。没过多久,他的眼里又出现另外一群人,那些人踩踏着四处流窜的雨水旋风一样冲了过来,很像是从大地的深处突然冒出来的。其中一个脸色惨白脸上没肉的男人用枪指着朱三的额头问,有没有看见一个人从这儿跑了?

朱三看着那把枪,雨点毫不妥协地打在发烫的枪管上。他指了指大世界的灯箱牌子说，我是在这里变戏法的，我今天竟然变出了一只灰色的兔子，这是以前从来没有过的事情。朱三还说，我要不要把那只兔子抱给你看？灰兔子的一双眼睛跟这地上的血一样红。

后来那群持枪的男人在雨水中离去，十来双皮鞋在湿答答的地上踩出噼里啪啦的声音，他们高矮不同，如同一片不齐整的黑色树木，渐渐隐没在上海黑夜的深处。朱三眼见着他们跑远了，就弯腰捡起之前风衣男人掉落在地上的一副墨镜。他把沾满血水的墨镜仔细擦干，认真地戴上。朱三戴着墨镜望向这个雨点飘飞的世界，一下子觉得整个上海黑暗又潮湿，有很多东西根本无法看得清楚。

2 牺牲

老路是前天夜里出发从宁波过来的。老路走水路,从宁波港坐上大名鼎鼎的信泰号客船。他喜欢这艘能坐一千多人的摇摇晃晃的船,那样会让他在睡觉的时候觉得像是睡在小时候睡过的摇篮里。再加上月光像一床温暖的被翻晒过的棉被一样,一直罩在船上和江上。这让他安心得不得了。

老路在宁波天宁寺附近开了一家香烛坊。他自己做蜡烛,大大小小的蜡烛有粗有细,红色和白色的都有。同时老路逼仄得只能放下两张八仙桌的店铺里也卖花圈、纸钱、炮仗、寿衣、面料很差的白麻布的孝衣,总之一切都是跟死人出殡有关的物品。这样一来,老路身上一年四季总是飘荡着死气沉沉的气息。花圈和纸钱让他那张脸长得跟苦瓜一样。

记不得从什么时候开始了,老路奉上级的命令,长年累月东拼西凑,就跟辛辛苦苦织毛线衣一样,在宁波城慢慢组建了一支秘密队伍,队伍的名称叫"东海"。东海特别行动组的确很特别,成员都是在日本宪兵队干活。当然不是在什么要职部门,而是在许多不显眼的位子上干点粗活和累活。

事实上像老路这样的人，怎么可能结识到在宪兵队要职部门谋事的朋友。老路太普通了，普通得像一团空气。如空气一样确实存在着，但是也没人注意空气的存在。要命的是，他现在连眼睛都不行了，老眼昏花，很多东西看不清楚。不仅如此，老路最近还反应迟钝，记忆力也越来越差。有那么几次儿子问他拿钞票，要去巷子里买几个金华酥饼吃吃，但是老路这里摸摸那里掏掏，就是想不起来钞票被他放在了哪个口袋。老路就跟儿子说，酥饼一定要吃吗？吃了以后很上火，这不是人财两空吗。但是儿子小路告诉他，酥饼很香，特别是脆黄的表皮上那些烤焦的芝麻。吃了金华酥饼，简直就是"谷仙谷死"。

这个"谷仙谷死"的成语让老路慌张，他知道小路其实说的是"欲仙欲死"。小路认不全字，所以才会念了半个字的读音。老路很严厉地说，你这个成语是从哪儿学来的？小路就冷笑了一声说，我是从"仙浴来"澡堂的墙上学来的，我就喜欢"谷仙谷死"的感觉。

小路今年十七了。十二年前的一·二八事变，十九路军在上海闸北抗击日本海军时，老路戴着他的高度近视眼镜在宁波各个街头宣传抗日。他演讲的时候，脖子上总会围着一块围巾，然后手势猛烈地舞动。那时候他比现在年轻得多，眼睛也好使得很。因为连着两个夜晚没有回家，等到兴冲冲回家时发现，儿子小路全身滚烫躺在床板上一阵阵发抖，那场高烧最后把儿子的脑子给烧糊了。

现在，老路在上海十六铺客运码头下了船。感觉时间还早，就在附近的仓库边靠着一堵墙打了个瞌睡。瞌睡醒来已经是傍晚，老路见到上海的春天，云层压得很低。他对着那些乌黑的云抹了一把眼，接着就见到了瘦瘦高高的蔡六。蔡六像一根竹竿，人长得瘦也就算了，还穿了一件宽大的夹克。他把两只手插进口袋里，拉链并没有拉上，于是老路觉得那么宽绰的一件夹克，几乎可以在蔡六胸前装下一头成年的狗。

老路说小蔡同志，你这么穿衣服是不是很浪费布？蔡六吸了吸鼻子，两只手继续插在口袋里，撑起夹克下摆相互扇了扇，在老路面前扇起一股风，好像老路是一只正在生火的煤炉。蔡六说，关你什么事？说不定我以后钞票多了吃得好了，就会长胖，长得跟黄金荣那么胖。这时候老路就撑开苦瓜脸笑了，脸上的皱纹一下子拉得很长。老路说，黄金荣也是阿拉宁波人，我同你讲，他祖上是余姚县的，不过他是在苏州出生的。他当上了法租界的督察长，就开始四处抢东西。上海滩大名鼎鼎的大世界游乐场，是他从余姚老乡黄楚九那儿抢来的。你可以不知道黄楚九，但你总知道龙虎牌人丹吧，那就是黄楚九做的。

蔡六又吸了一回鼻子，这次的声音更加响亮。他说老路你的话可真多，但是你的头发为何那么少？蔡六是上海组织安排过来的交通员，负责送老路去凯司令咖啡馆，让他在咖啡馆里跟一个陌生男人接头。蔡六还隐隐约约知道，接头的时候，老路要把接下去的很多事情跟那个男人讲清楚，一五一十，不能有遗漏。

关于那个陌生男人，老路了解的信息要比蔡六丰富多了。他不仅知道男人名叫陈昆，也是刚刚来到上海。还知道陈昆是从重庆过来，一路上走了大半条的长江。可是准确地说，陈昆也是宁波人，他老家也是在宁波余姚。陈家是在二十多年前搬去重庆的，那时候陈昆还在他娘亲的肚子里。那时候他娘亲以为他是个女娃。

如果要说得再详细一点，二十多年前离开宁波前，余姚的陈家与宁海的一户唐家交情甚笃，哪怕是此后再也没有见过面，两家人也时常有着书信往来。几年前，唐家有意将女儿唐书影许配给陈昆，但是因为唐父突然在宁海离世，这事也就没有了下文。不过到了这年的年初，陈昆又再次写信给唐家，表示愿意来宁波。如有可能，他还想回到宁波城里安个家。安家两个字，意思很明白了，陈昆想跟唐书影在一起。

陈昆跟老路一样，背后有着领导他的组织。他之所以这么做，是因为上级掌握了一条信息，唐书影的哥哥唐一彪是甬城日本宪兵队的密探队队长。组织上希望陈昆能成为唐一彪队长的妹夫，也借机把老路手里的东海行动小组给接管过去。

把东海小组的领导权交出,同时也是老路的想法。老路向组织提出,自己老了,不仅高度近视而且还高度老花,不中用了,接下去的路会越走越窄。东海小组这支队伍需要年富力强的领导。老路的私心其实是,他有一个烧坏了脑子的儿子小路,差不多的时候他要退下来,多赚点钱,不能把自己搞得太忙。这样的话,他可以把儿子照顾得更好。

但是老路没有想到,这天在凯司令咖啡馆,自己还没来得及把事情交接清楚,就在一阵枪声中牺牲了。

老路这天见到了陈昆,就在约定的时间里。他看见陈昆一身卡其色的中山装,外头还套了一件很得体的灰色的风衣,风衣胸前的口袋里插了一支钢笔。钢笔在老路的眼里闪闪发光,老路于是想到,陈昆是个喜欢写写日记或者文章的年轻人。坐下的时候老路又看了一眼陈昆,觉得这人温文尔雅,笑起来的时候甚至有点腼腆。这让他对陈昆比较满意,他觉得腼腆的人总会相对本分。比如自己。

然而老路这天还是有一点不满意,原因是陈昆竟然点了一份蛋糕,其实还不仅仅是蛋糕,蛋糕上面还盖了一层软绵绵的奶油。老路问陈昆,你为什么要点这么贵的东西,太浪费钞票了,我原本以为我们只需要叫一壶茶。陈昆于是又微微地笑了一下说,重庆没有这么好的蛋糕,再说我马上又要跟你去宁波。宁波能有上海这么好的甜品师傅吗？

陈昆的意思是说，再不吃这么好的蛋糕，就没机会了。

老路就想，现在的年轻人是怎么了，这么喜欢吃甜。他觉得陈昆去宁波是为了执行任务，难道执行任务还需要一同考虑能不能吃到好的蛋糕？

时间已经到了晚上七点，天气有点闷，咖啡馆的玻璃窗上结了一层雾，明显是要下雨。然而老路正要开口介绍他苦心经营起来的东海小组时，却发现咖啡馆里比刚才多了很多顾客，那些人要么在装模作样看报纸，要么在很仔细地擦皮鞋。皮鞋油的味道一阵一阵飘进他鼻子里，这让他不由得打了一个响亮的喷嚏。

打喷嚏的时候老路就觉得不对，自己可能已经被包围。他借口要去上一趟厕所，起身的时候看见，外面负责望风的蔡六站在那里跟木头一样，对店里发生的一切毫无警觉。他还看见那个正在擦皮鞋的男人，腰边露出一截枪套。枪套很结实，是用上等牛皮做的。

走在去洗手间的路上，老路迈出的每一步都在想着对策。他开始在心底里埋怨组织，他想组织选人怎么这么不靠谱，选来选去选中的陈昆，竟然是个笑里藏刀的叛徒。怪不得这人喜欢吃昂贵的奶油蛋糕，说明生活已经被严重腐化。但是老路到了洗手间以后，心里一下子就凉了。他看见里面并没有窗户，眼前都被墙壁给堵死。这说明除了咖啡馆的前门，自己已经无路可逃。老路的心头响起了一声哀鸣，这时候他忽然觉得，也许及时吃蛋糕是一件正确的事。

老路打开水龙头，摘下眼镜慢吞吞洗了一把脸。洗脸的时候他在心里庆幸，刚才并没有透露出有关东海小组的信息。然而就在老路洗完脸正在擦手的时候，他听见了厅堂里的枪声响起。枪声震荡着老路的耳膜，让他在洗脸镜子前忍不住抖了一下。但是老路绝对没有想到的是，这天当他在洗手间里探出脑袋仔细观望时，见到的却是已经跟那帮人交上火的陈昆。陈昆躲在一根柱子后面，一连射出两枚子弹，其中一枚子弹射中一名嚣张的特务。陈昆对老路喊了一声，快走！

老路当然不会走，他更不会丢下陈昆。他在拔枪并且靠近陈昆的时候说，真是对不住，我刚才脑子糊涂冤枉了你，还以为你是叛徒，看来人不可貌相，海水不可斗量。

带队过来抓捕陈昆和老路的人名叫苏三省，来自汪伪特工总部下属的直属行动队。当年他从军统上海区副区长的位置上叛变投敌，被特别行动处的毕忠良处长收于麾下。后来他和毕忠良暗中较劲，就调到了日本特务机构东亚研究所当所长，接着又调到了特工总部李默群主任手下的直属行动队当队长。换句话说就是，他和毕忠良已然平起平坐。苏三省就是刚才有模有样擦皮鞋的男人，他对这场行动胸有成竹。现在苏三省不慌不忙，仔细瞄准老路露出在吧台外面的一只脚，然后让左轮手枪的子弹十分精准地赶了过去。

子弹不偏不倚，正好命中老路的左脚。老路看见喷出来的一团血，像是他家香烛坊里突然炸裂开来的红色的鞭炮。这时候他想起了被自己留在家中的儿子小路，感觉还未完全成年的小路刹那间离他很远。他狠狠咬了一下牙齿，觉得老迈的牙齿已经被他咬得有点松动，于是他就跟陈昆说，叛徒是接我过来的蔡六，你必须走！我这把老骨头准备死在这里。

陈昆向着特务们开出了一枪，说，要走一起走！

于是老路冷笑了一声，说有一句唐诗里的话就是，青山处处埋忠骨，何须马革裹尸还。我准备把忠骨埋在上海！

那天陈昆最终目睹了老路的牺牲，就在他奔出凯司令咖啡馆的那一刻。那时候上海的天空已经开始下雨，陈昆在雨中奔跑的时候回头，看见老路接二连三地中弹，中弹以后又精疲力竭地倒下。稀疏的头发盖住额头，仿佛一根就要熄灭的蜡烛。

陈昆在雨幕中奋力奔跑。上海对他来说是一座陌生的城市，所以他的逃亡像无头苍蝇一样根本没有方向。后来他见到路灯下一块力士香皂的广告牌，也见到大世界游乐场的灯箱招牌下，有个男人正在很严肃地抽烟。但是枪声就是在这时候响起，陈昆只是听见啪的一声，就感觉有枚子弹十分凶猛地钻进他后腰。中弹以后陈昆倒在了汪洋的雨水中，口袋里的一副墨镜也由此掉了出来。后来他在雨水中挣扎扭动，犹如一只被烫伤的青蛙，身子越来越虚弱。他渐渐看见有辆黄包车向他奔来，车子停下时，车夫急忙将他抱进逼仄的车厢。

躺在黄包车的车座上，陈昆知道，自己就要死了。他临死前扭过头望向这个世界的最后一眼，见到的还是那个抽烟的男人。他看见男人的目光一直缓慢地跟随着他，好像要目送他去往另外一个世界。

  我是陈昆。那天是我第一次看到这个叫朱三的男人，他站在屋檐底下，目光从容而略显忧郁。我和他之间，间隔着绵密的如珠帘般的雨阵，那么近但却又那么远。我死于一九四四年的春天……死在朱三那比月光还悲凉的目光中，当然我并不知道，这个叫朱三的男人是大世界游乐场小有名气的魔术师，也不知道他其实是我的宁波老乡。我老家是宁波余姚，他是宁波镇海人，当然这都是后来的事了。那天的雨特别大，雨被风吹起，变成了一场漫天的雨雾。我中枪倒地，很像是被人猛推了一把。我死后没有多久，这个叫朱三的男人，他慢吞吞地走到了雨地里，捡起了那副掉落在雨水中的本该属于我的墨镜。那副墨镜很高档，来自美国的雷朋，曾经花去我一个月的薪水。我喜欢戴着雷朋，隐身在墨黑的镜片后看光怪陆离的世界。我看到朱三戴上墨镜以后，上海的雨就下得更欢畅了，这从突然之间变得激越的雨声中可以判断。在强烈的雨声中，我突然想起先我一步牺牲的老路。我们都死在了枪声中，但我们的死不叫死，我们的死叫牺牲。我想说的，是老路在咖啡厅突围时说的话中，明显有一个文学常识的错误。那就是青山处处埋忠骨分明不是唐诗，而是清朝的龚自珍写的。

这样想着，我就觉得老路的水平，实在是不怎么样。然后我的尸体被一个男人拖起来，扔上了黄包车，像是从河水中捞起一片被浸泡了许久的树叶一样。黄包车匆匆离去。

雨声掩盖了一切。

3 皮箱

第二天将近中午，朱三才踏上了回宁波的火车。他的行程是先到宁波火车站，下车后再赶往他的老家镇海县澥浦镇。火车摇摇晃晃，离开上海，经过了松江，又经过了石湖荡，再经过新浜，歪歪扭扭抵达浙江境内的嘉善，然后是嘉兴和马王塘，接着是王店和海宁……经过艮山门，就到了杭州站。车轮在铁轨上忘乎所以地咔嚓咔嚓，到了杭州再经过钱塘江，朱三见到了不远处的六和塔，然后没过多久，他又见到了绍兴。在绍兴，朱三看见水波荡漾的河浜湖泊，水里有左右摇摆的乌篷船，船夫戴了黑色的毡帽，船桨边站着三五只抓鱼的鸬鹚。发呆的鸬鹚抬头望天，那种样子让朱三想起，小时候父亲带他去镇外的树林里掏鸟窝的情景。

父亲名叫朱良材，属虎。在时而明亮时而灰暗的澥浦镇，朱良材大脚迈出的每一步都是干脆利索，时常在地面上引发沉闷的回响。他个子很矮，身材粗壮，头发秃得只剩下稀疏的一半，力所能及地掩盖着他的后脑勺。在朱良材的带领下，少年朱三穿梭在澥浦镇附近山坡的树林间。他跟在父亲屁股后面，等到父亲把梯子搭好，他就一起爬上树梢，于是一次次看见树梢间庞大的鸟窝，鸟窝里拥挤在一起的鸟蛋,也看见从鸟蛋里孵出来的叽叽喳喳的小鸟,都有着黄豆那么大的嘴巴。父亲说朱三,现在是我带你来掏鸟窝,以后等我老了,等你娶到了老婆,你也要掏鸟蛋来孝敬我。想到这里朱三又不免想起了傅灿灿,他想起傅灿灿那张厉害的嘴巴,一天到晚跟病人和医院的同事吵架,像一颗随时都会炸响的炮仗。但是现在朱三有点想明白了,傅灿灿其实很狡猾,写一封信跟他提出离婚肯定是早有预谋,目的就是用各种理由骗他回家。于是朱三就在心里骂,简直是骗子!

第二天清晨,车子到了宁波境内的余姚,很快就能抵达宁波站了。朱三从一场悠长舒适的瞌睡中醒来时,看见有个年轻人坐他对面吃一只体态丰盈的烧鸡。年轻人一边吃鸡一边看窗外的风景,桌上摆满被他拆开的零碎的鸡骨头。扑鼻的香气,让朱三觉得有点饿了,他咽了一下口水,突然不客气地伸手撕下一只翅膀啃了起来。

朱三边啃鸡翅边说,你为什么不邀请我一起吃?你看上去很有学问的样子,应该知道礼贤下士。

年轻人笑了,盯着朱三的眼睛,说,我是从西边来,要往东边去。

朱三继续啃鸡翅,说,东边不安耽。

年轻人说,可向东是大海。

朱三说,海阔洋洋,回头无边。

朱三说完这些，突然觉得有些恍惚。因为刚才的所有对话，是组织上告诉朱三，专属于他在上海使用的接头暗号。尽管这三年的时光里，没有人跟他接过头，也没有接到过任何任务。这让他产生一种错觉，觉得他这个地下工作者身份是假的，他的真实的身份就是一个变戏法的。他活生生地白记了这个暗号三年，没想到第一次使用却是在打道回府的路上。年轻人看着懵然的朱三笑了，他的牙齿很白，是惊人的那种白。他压低声音说，你要成为宁波宪兵队的一名密探，从现在开始。

年轻人这样说，让朱三听了有些不太高兴。朱三说，我为什么要听你的。你又不是我爹。

年轻人把礼帽熟练地戴上了，说，因为我是麻雀。

朱三说，麻雀就了不起？有本事你跟我比赛变戏法。

麻雀说，麻雀是你的直线领导，也是我的代号。虽然我们从未见面，但你归我管，从现在开始，你执行我下达的任务。

麻雀索性把剩下来的烧鸡全都推给了朱三，他说，这半只烧鸡原本就是留给你的。但是朱三举着手中的鸡翅，突然一下子没有了胃口，他把烧鸡直接推了回去，盯着麻雀很气愤地说，老子在上海变戏法变了三年，每天不是变出鸽子就是变出兔子，现在你居然就用半只烧鸡来打发我？

朱三恨不得把半只烧鸡砸到麻雀的脸上,他想起八百多个日日夜夜,自己就像个傻瓜一样,丢下妻子和儿子,在大世界游乐场变那些无聊透顶的戏法,这一切究竟是为了什么?但他很快就听见麻雀的声音传来,像是一场梦中的呢喃。麻雀很认真地说,你在大世界变出鸽子的时候,我们的队伍在上海自由行动,转移了很多关于日本人的情报;而你变出一只兔子的时候,咱们的战友就待在家中按兵不动,这样他们才能侥幸存活到现在。

你不要以为你是在变戏法,你每天都在传递着有用的信号。麻雀补了一句。

朱三听到这里愣住了,茫然望向铁路边的那些铺天盖地的油菜花。春天的油菜花开得很闹猛,在朱三的眼里一片一片地掠过,让他觉得花开的声音叽叽喳喳的十分嘈杂。朱三说,那这样吧,你让我好好回趟家,你能不能放过我?朱三说到这里咬了咬牙,不满的情绪再次涌了上来,他说我现在是回去探亲,我爹要死了,我儿子得了黄胖病,我老婆要跟我离婚。听到我就要妻离子散老爹驾崩的结果,你是不是很满意?

麻雀也望向那些油菜花,油菜花济济一堂,开出无边无际的金黄。此时他的目光十分安静,像一面静止的湖水。但他却在开口的时候说,我想跟你再借三个月的时间,这三个月你不用再回去上海,你就留在宁波。

在晃荡的车厢里，麻雀接下去讲出的事情，让朱三终于明白，原来昨天夜里死在大世界门口的男人叫陈昆，耳东陈，昆明的昆。陈昆也是队伍中另一条交通线上的战友。麻雀说，朱三你听好了，我现在要交给你的任务，就是代替陈昆在宁波活下去。陈昆原本要回宁波跟一个名叫唐书影的姑娘相亲，那个姑娘热爱侦探小说和旗袍，同时也热爱跳舞。不过唐书影其实并不重要，重要的是她哥哥，她哥哥叫唐一彪，是日军宁波宪兵队的密探队队长。

朱三听到这里感觉脑袋里嘤嘤嗡嗡，仿佛很多只蜜蜂，在余姚的油菜花里不知疲倦地飞舞。朱三说，还有什么事情是我想不到的，麻烦你都说出来，好让我大笑一场。麻雀就说，陈昆牺牲了，陈昆原本的任务是努力成为唐一彪的准妹夫，然后设法在宪兵队谋得一个职位。这样他就方便接手领导我们安插在宪兵队的一支行动小组，小组的代号叫东海。

窗外太阳光下明晃晃的原野在朱三眼里渐渐变得黯淡。原本再过一个钟头朱三就要抵达宁波，但现在他差点就要吐出一口血。朱三说，我求你还不行吗？为什么是我？我是回家来探亲的，我老婆就要跟我离婚了。朱三说着说着几乎掉出眼泪，但他听见麻雀的声音继续像潮水一样向他涌来。麻雀说之所以选择你，是因为你是宁波人，你也正要回去宁波。而且陈昆原本去宁波坐的也是这趟车，等下唐一彪和唐书影还会在宁波火车站接车。

桌上的小半只烧鸡已经变冷。此时朱三也没有力气再去反驳，他只是听见麻雀缓了一阵说，我能想到的理由也就是这些，希望你能理解。

朱三感觉自己就要被说服。他揉了揉眼睛，说，一个月，我顶多只能答应你一个月，再多一天也不行。

一个月太短。麻雀说，这是任务，不能讨价还价，必须要有三个月。我甚至希望你最好能坚持到秋天。

后来，麻雀走到两节车厢的中间，他掏出一把早就准备好的三角钥匙，不动声色地将车门打开。火车哐当哐当行驶，春天的风挟带着油菜花的清香，以及零星的几只忘乎所以的蜜蜂，都一起肆无忌惮地闯了进来，直接在车厢里乱窜。麻雀最后回头看了一眼朱三说，陈昆同志，再见。

麻雀说完，不假思索地从车厢跳了出去，很快就被那片无边无际的油菜花所吞没。

车门并未关上，春风依然在车厢里贯穿。那天朱三茫然站在车厢过道上，守着麻雀留下来的一只皮箱。皮箱是陈昆昨晚寄存在上海火车站的，里头有许多陈昆的资料，包括他平常在写的日记。他曾经跟唐一彪和唐书影通信，甚至还有唐一彪兄妹两人的照片。

朱三望着那只皮箱，感觉前所未有的疲倦。

4　陈世美

朱三打开皮箱，换上里头属于陈昆的西装。他在上海变了三年的戏法，现在才发现，三年时间他也同时给自己变出了一些肚腩，所以陈昆的西装在他身上显得有点紧巴。朱三套上西装的时候，心里开始反复念叨，陈昆。陈昆。耳东陈，昆明的昆。唐书影，唐一彪，唐僧的唐，这对兄妹的老家在宁海县。

在咣当咣当的车厢里，朱三又翻看唐家兄妹两人寄给陈昆的信。火车外所有的田野和河流，都在疾速地往后掠去。时间是那么紧迫，所以朱三简直是一目十行地读着那些信，他甚至不知道自己到底记住了什么，只是感觉唐书影的字写得挺不错。风吹起了那些信纸，哗哗地响着，朱三的头发也在风中乱舞。他在信中看到了一部分唐书影的人生，比如宁海的风也很大，在宁海的风中，"打狮子"、傩舞、祭孔舞、灯舞、龙舞等各式各样的吃饱了撑的舞，总会在合适的时间里舞动起来。在宁海的风中，前童古镇成片成片黑色的瓦片，在阳光下泛着惨淡的光。前童人大多姓童，唐书影一家当然是外来户，但也在海边生活了几辈了。宁海的风仍然一阵一阵地吹着，在薄薄的信纸中，朱三看到了前童老街上唐书影行走的背影，她穿着阴丹士林的旗袍,像是一株行走的茉莉花。所有的关于唐一彪和唐书影兄妹的信息,像一群蜂拥而至的蝗虫一样,灌进朱三的脑海。看到后来,他冷不丁见到了戴在自己手腕上的手表,那是老婆傅灿灿送他的比较便宜的西马表,表带和表面黯淡,早已失去了原有的光泽。这款破旧的手表,显然不适合接下去比较洋派的陈昆。

朱三站在那里很纠结,舍不得摘下这块手表。往事历历在目,他记得当初傅灿灿送他这块表的时候说,朱三你给我记牢,每一块表都是有编号的。我这块表的编号前面几个数字是521,戴上这块521的手表,你以后就别想从我眼里逃走。

朱三最后还是不得不摘下这块略显寒酸的西马手表,然后又戴上了皮箱里属于陈昆的一块欧米茄手表。欧米茄手表有着不同凡响的光泽,表带的长度套在朱三的手腕上也刚刚适合。也就是在朱三扣好了欧米茄表带的卡扣时,火车停住了,朱三于是也坐在位子上抖了一下。那时候他猛然发现眼前已经是宁波站,窗外是他无比熟悉的站台,站台天花板上挂下来的那块木板,其中的宁波站那三个字好像刚刚用黑漆描过,不然不会那么新鲜。而此时收拾行李的旅客在朱三眼里左右穿梭,车站像是刚刚谢幕的舞台,纷乱而热闹。朱三坐在位子上踌躇,挪了挪屁股,起来以后又坐下,感觉额头发烫,身上又出了很多汗。后来等到所有人都下车，车厢里空空荡荡，钻进来的风在四处游走，朱三才戴上陈昆的雷朋墨镜，又提着陈昆的那只皮箱，不知所措地站在了车厢口。在那场迎面而来的饱含雨水气息的春风里，朱三整理了一下头发，随即就抬腿走下了火车，并随着人流涌向出站口。

那段路好像很长，朱三提着皮箱走得慢条斯理，尽量跟出站的人群拉开距离。在旁人的眼里，这个西装革履的男人心事重重，似乎是近乡情怯，但只有朱三自己知道，此时他正在一次次告诫自己，不要紧张，不许紧张。朱三反复提醒自己，刚才在陈昆的皮箱里，他已经见过唐一彪和唐书影的照片，那么接下去这两人要是出现在眼里，他断然没有认不出来的道理。另外他还从那些信件中略微地了解到，唐一彪兄妹两人的手里并没有收到过陈昆的照片，也就是说，他们根本不清楚真正的陈昆到底长什么样。而也正是源于这样的基础，麻雀才敢于将顶替陈昆的任务交给他朱三，不然就是将他扔到敌人的枪口前去送死。

人潮喧哗，出站口拥挤在一起的面容熙熙攘攘，而对此时忐忑不安的朱三来说，那些声浪和嘈杂他已经充耳不闻，仿佛根本不存在。许多年后朱三回想起当初走在站台上的这一幕，感觉那是走在一排锋利的刀尖上，走向一条深不见底的河里，或者是赤手空拳冲进了硝烟弥漫的枪林弹雨里。朱三一次次感到惊讶,奇怪当初自己怎么会有那样的勇气,好像前面迎接他的会是一片欢声笑语,或者是晴空万里风和日丽。当然朱三最后必然会感叹,这天他在站台上犹犹疑疑跨出的每一步,都必将改写他后半辈子的人生。因为前面迎接他的,是一个前途未卜的全新世界。

走出出站口的时候,朱三才正儿八经地站在属于宁波城的天空底下。天空瓦蓝得像一面湖水,墨镜的镜片灰蒙蒙的,阻挡了阳光的颜色。在那片黄昏般的背景中,朱三首先见到的是不远处一辆叫不出什么型号的丰田牌轿车,然后就是站在车首的一对男女,两人的目光正在离站的人群中毫无方向地搜索。

此时朱三定了定神,基本确定那对男女就是唐一彪和唐书影。这样的判断来自两点,一是两人身后那辆丰田轿车的车首前盖上,插了一把样子迷你的小日本国的太阳旗;二是他记得刚才在车厢中见过的照片里,威武的唐一彪留着一个大奔头,每一根头发都煞有介事十分整齐地往后倒下。

朱三走上前去,尽量走进唐一彪散乱的目光中。当唐一彪开始注意他,并且在凝望了一阵后脸上的肌肉渐渐放松,也露出一些不甚确定的笑容时,朱三就毫不犹豫地迎上前去。朱三很快站在了唐一彪面前,他把陈昆的皮箱轻轻放下,然后又缓缓摘下墨镜,对着唐一彪略显拘谨又不失热情地问了一声,请问是彪哥吗?

那时候唐一彪已经将所有的笑容努力地盛开。唐一彪说,陈昆?

仿佛是被一种无形的力量所牵引,朱三跟唐一彪拥抱在了一起。起初那种拥抱只是代表一种礼仪,但是瞬间过后,朱三就决定将唐一彪抱得更紧。抱紧的时候朱三感觉呼吸困难,事实上他是从一场慌乱走向了另一场慌乱。他实在无法想象,接下去的一段漫长的日子里,眼前这个虎背熊腰的男人,此刻正与他心贴心拥抱在一起的陌生男人,竟然差不多就要成为他的亲人。与此同时,朱三也见到了唐书影向他投来的目光,那样的目光一开始有些躲闪,随即散发出来的,就是淡淡的柔和。朱三迎向了那道目光,当唐一彪松开臂膀时,他就试着往前走了一步,然后面对唐书影时再次露出笑容说,谢谢你一起来接我。

此时唐书影眼睛一眨,笑得有点骄傲。唐书影说我不是来接你的,我是为了陪一下我哥。

朱三于是也笑了,笑得仿佛不可收场,汪洋而恣肆。笑的时候朱三在心里想,果然是个厉害的女子,开口第一句就是嘴上不饶人。所以他也顾不上很多了,几乎是厚着脸皮跟唐一彪说,彪哥我能不能批评一下你们宁波天一照相馆的照相师?

照相师怎么了?唐一彪一脸的茫然。

照相师技术不行啊。朱三说，你们以前寄给我的照片，你说说看哪张照片里的唐书影，有眼前的这么好看啊。

可是朱三话刚说完，心中马上咯噔了一下，令他慌乱的并不是刚才厚颜无耻地说出的一句马屁话，而是此时在他视线的远方，他竟然见到了正在人群中搜寻的傅灿灿。没错，那个心神不定的身影正是傅灿灿。傅灿灿牵着八岁的儿子朱大米，在目光与他相遇的那一刻，不由分说咧开嘴推开人群朝他赶了过来。那时候朱三即刻戴上墨镜，在打开车门的时候跟唐一彪说，一寸光阴一寸金，要不我们还是果断地走吧。

朱三永远不会忘记，那天当车门关上，车子缓缓启动时，他在后视镜里十分清楚地看见，此时的傅灿灿正从渐渐稀落的人群中冲出来。傅灿灿显然是百思不得其解，所以她扯开嗓子朝着冒烟的车屁股叫喊，朱三，朱三你这个杀头坏，我在这里。傅灿灿喊了一阵后开始牵着儿子奔跑，她边跑边喊，朱三你个不长眼睛的东西，你快给我回来呀，你到底是要死去哪里？

朱三坐在车厢的后排，他一直盯着汽车方向盘后的跑码表，眼看着车速从5码变成10码，又从10码变成了20码。车子继续往前行驶，傅灿灿连绵不断的叫喊声也终于消失，这时候朱三才把车窗稍微摇下，好让风吹进来一点，把身上所有的汗水都收一收。朱三实在没有想到，傅灿灿这天竟然会带着儿子过来接站。在他之前寄回老家的信里，他只是跟傅灿灿随口说了一句，自己可能会在这一天到家，但他实在没有预料到，在信中口口声声号称自己会给他戴绿帽的傅灿灿，会大老远从镇海漷浦镇老家赶来宁波，为的是在第一时间见到他。

风疾速地吹着，让朱三的心跳也难以在短时间内平和。此时傅灿灿的那张脸反复在他眼里出现，傅灿灿不解，傅灿灿焦躁，傅灿灿恼火，直到最后在声嘶力竭叫喊时，恨不得把他撕成碎片。唐一彪也就是在此时转过头，他问朱三，重庆会比宁波冷些吧？朱三却突然愣了一下，然后等他想明白唐一彪为何会跟他打听起重庆时，他就如释重负般笑了笑，最终还是忘记了点头。

接着朱三把车窗摇上。他随口说了一句，原来宁波的确是这样的，整个城市这么平坦，一眼望去能够看到很远，车子甚至都不需要爬坡。

唐一彪在这样的话语里淡淡地笑了。他虽然没有去过重庆，但也知道山城重庆的高低不平，到处都是上上下下的台阶，台阶上行走着很多挑夫。重庆是一座斜的城市，斜到你的目光要么仰视，要么俯视。

唐一彪说，平整有什么用？想必重庆肯定要比宁波繁华，老蒋带过去多少的金条和工厂？再说宁波也没有几条像样的街道，到了夏天还老是有台风。朱三于是说，重庆倒是没有台风，但是重庆有江风，你知道嘉陵江的风吗，每年都吹得人头痛。说完朱三盯着手腕上属于陈昆的那块欧米茄手表，他看见不停跳动的秒针，啪嗒啪嗒跳来跳去，就像深度不安的自己。路旁的行道树和鳞次栉比的建筑物在朱三眼里渐次掠过，这些景物对朱三来说并不陌生，可是现在好像统统换了一张面孔，全都不怀好意地盯着朱三，似乎要逼着他说出心中的秘密。此时朱三莫名其妙地笑了一下，却是笑得有点苦。他想一切如果可以重来，答应的事情如果可以后悔，他宁愿当初不要踏上回来宁波的火车，愿意继续留在一成不变的上海大世界游乐场。

想到这里，朱三就开始在心底里诅咒起麻雀。麻雀凭什么可以把他紧紧地捏在手里？麻雀就跟追风膏一样黏着他，简直可以说是阴魂不散。关键令朱三气愤的是，麻雀竟然那么年轻，身材像水杉一样挺拔，长得好看也就算了，吃起烧鸡来还那么温文尔雅。

人与人的差别那么大，简直没有天理。朱三愤愤地想。

傅灿灿这天站在宁波火车站的站前路上火冒三丈。之前她还是止不住忐忑、兴奋，以及微微的羞涩，因为即将要见到分别了许多年的老公,她甚至有点心如潮涌。但是她刚才亲眼看见朱三钻进了唐一彪的车子,车子又不打一声招呼离开,车轮迅速滚动起来的那种死相,让她巴不得捡起一块石头狠狠地砸去,瞬间将那辆乌龟车砸成一片粉碎。

傅灿灿一屁股坐在地上,感觉眼前的一切都跟她有仇。她就想破口大骂的时候,儿子朱大米眼神恍惚走到她跟前。朱大米说,娘,我饿了,我饿得肚皮和背脊搭在一起了。傅灿灿吼了一句,说那你直接饿死算了。接着又骂了一声,滚开!

黄昏就是在这时候到来,傅灿灿被重重的暮色所包围。她想了又想,想了又想,想不明白该死的朱三到底是在搞什么花样。傅灿灿比朱三大了三岁,当初她决定跟朱三在一起的时候,她爹就问她,你想好了吗,以后到底是他养你还是你养他?傅灿灿说这是谁养谁的问题吗,这是两个人在一起谁听谁的问题。傅灿灿还说,我就喜欢朱三在我面前像一只小兔子的样子,讲话的声音也比我低三分。而且最关键的爹你也是知道的,女大三,抱金砖。

傅灿灿后来去了她生朱大米的那家医院,也就是隔壁庄市镇横河塘的同义医院当护士,每天在病房里忙前忙后,照顾这个照顾那个。人家问她,你家里那个小弟弟呢?怎么一直没有见到他?傅灿灿就说,讲话不要夹枪带棒,朱三不是小弟弟，是我男人。我男人在大上海大展宏图，高歌猛进，赚了好多的钞票。他寄回家来的钞票，你们这些人就算是不吃不喝不睡觉，关起门来数一年也数不清。

现在傅灿灿越想越迷糊，这么多年朱三其实一分钱也没有寄回家里，那他在大世界游乐场变戏法，每个月赚来的钞票到底是去了哪里？想到这里傅灿灿就问朱大米，刚才见到你爹了吗？朱大米说那个人有点像我爹，但又有点不像。

为什么不像？

我爹以前是穿短褂的，但是那人穿了一套非常高级的西装，是城里人才有的西装。我爹以前出门时拎了一个破旧的藤条箱子，但是那人刚才拎了一个皮箱，是城里人才有的皮箱。

还有呢？

还有就是我爹以前不会跟女人在一起，特别是跟漂亮的女人在一起。但是那人刚才上车的时候，身边跟着一个很时髦的女人。那个女人走路的样子像跳舞，我猜她的身上说不定还很香。

傅灿灿听到这里猛地拍了朱大米一个耳光，这让朱大米抑扬顿挫地大哭起来。傅灿灿像是屁股底下装了一根弹簧，突然从地上弹了起来。她说小棺材你不学好，你那么小就知道女人香不香，你这是跟你爹学的吗？你不准哭，你完蛋了,你的好日子到头了,你爹不要你了。朱大米不明所以地抓了一下脑袋说,我爹为什么不要我了?难道我是隔壁王叔叔生的。

因为你爹是陈世美。傅灿灿说,你想想看,你爹拎着一个沉甸甸的皮箱,还被一个狐狸精女人给带走了。你想想看他的皮箱里装的是什么?肯定是金条啊。不然人家女人比他年轻,长得又好看,那为什么要来接他,还让他坐上了一部小汽车。

朱大米并不知道陈世美是谁,也不知道一皮箱的金条到底值多少钞票。他只是发现眼前的傅灿灿变得更加暴躁,她咬着牙道,人面兽心的朱三。杀千刀的朱三。比陈世美还要陈世美的朱三。

朱大米被傅灿灿咬牙切齿的声音吓了一跳,他说娘,我们回去吧。

回去哪里?

当然是回去溇浦镇呀。朱大米说,娘你真是贵人多忘事,我们一大早坐车过来宁波,连早饭都没有来得及吃。我现在都快要饿晕了,我饿得想要吐,我想把心和肝都吐出来。我不要了,命都快没了,要心和肝有什么用。再这样饿下去,我肯定要六亲不认了。我连娘都不要!

傅灿灿倒吸了一口凉气,她突然发现,朱大米竟然掌握了那么多的词汇,简直是个出口成章的骗子。但是傅灿灿心如死灰，她说朱大米你这个叛徒，你快要把我气死了，那个陈世美都把我们母子两个丢下不管了，而你心里想的却只有狗屁不值的早饭。

说完傅灿灿一把拧起朱大米的耳朵，说没用的东西快跟我走，现在天都要塌下来了，你还想着要回镇海。

傅灿灿拧着朱大米的耳朵皮，在朱大米充满童真的哭声中，一直带他来到濠河边的大美旅馆。她开了一间房。付完钞票房门打开的时候，气势汹汹用她的大脚一脚把门板给踢上。她说朱大米你给我听着，我们接下去哪里也不去，我们就待在宁波。我们在宁波什么也不做，就是要把该死的朱三给找出来。

朱大米望着旅馆里还算整洁的房，还有比他家里要光鲜的床，床上竟然还铺了一层洁白的床单，就连那条棉被也明显比他家里的蓬松，估计盖在身上会软绵绵的很舒服。朱大米说娘，我们今天就住在这里了？不回家了？傅灿灿说何止今天，还有明天和后天，哪怕是大后天，我们都不回家。没有男人的家，算什么家？

傅灿灿坐在床头怒气未消，不一会儿，累坏了的朱大米已经打起了呼噜。在很长时间的沉默后，傅灿灿终于在寂静之中冷笑一声，轻声说，陈世美你给我等着，老娘就是挖地三尺也要把你给找出来。到时候我抽你的筋，剥你的皮！

5　接风

　　财大气粗的唐一彪，这天把盛大的接风宴安排在了状元楼。状元楼位于日新街16号，一幢三层楼的建筑，有着气派的五开间的门面。在这个雨水充沛的春天，状元楼的每一层楼面都是张灯结彩酒香四溢，里头鼎沸的人声，喜悦的喧哗，都让宁波城显得更加活色生香。仿佛战争已经结束了，好像日本人从来没有到过宁波城。

　　其实这已经是民国三十三年的宁波了，是被日本人占领了三年时光的宁波。唐一彪清楚地记得，民国三十年二月，为了加强对东南沿海的封锁，日军下达了针对浙江和福建沿海城市的作战命令。一直到四月，所有的野草野花都在风中舒展开来的时候，日军正式发起了宁绍战役。陆上三路军队从杭州城出发，沿着诸暨、绍兴、义乌和东阳一带，像黑压压的蝗虫一样，向着宁波城铺过去。与此同时，日军第五师团和海军陆战队又在飞机和军舰的配合下强行登陆，共同实施对宁波城的两面包抄。最终，宁波城于四月二十日沦陷。

　　沦陷后的宁波城，在"东亚共荣"口号的刺激下，每天到了夜晚，主城区里也是一派灯火辉煌。这座躺在海边千百年的城市，仿佛在暮色四合时会以另外一种姿态苏醒，同时也焕发出另外一种炫目的光。在那种魔力四射的光线里，总有一小部分混得开的人，开始活动一下忙碌了一天的筋骨，然后考虑晚上去哪里跳舞，跳舞之前又先去哪里享受一顿美食。

现在，唐一彪就选定在了状元楼。这天他并没有点菜，而是让酒店把所有的名菜全都上齐了，包括酒店最负盛名的冰糖甲鱼、锅烧河鳗，以及网油包鹅肝等。

朱三跟唐书影坐在一起。作为活了三十多年的宁波人，这是朱三第一次来到状元楼，也是第一次闻到了这里沁人心脾的菜香。以前他只是从镇海澥浦小镇进宁波城时，远远地遥望状元楼。现在朱三试着依样画葫芦地把餐布摆在膝盖上，抬头望向桌上琳琅满目的菜肴时，心里却止不住产生一点遗憾，怎么就没有"缸鸭狗"的汤团？在上海变戏法那孤独而漫长的三年时光，朱三曾经无数次怀念起家乡的缸鸭狗。所以这时回到宁波，他最想吃的就是缸鸭狗的猪油汤团。当然如果再奢侈一点，最好能再来一份新天福的水晶油包。

唐书影这天一直留意着身边的陈昆。过去的日子里，唐书影给陈昆有着较为频繁的信件，而陈昆给唐书影的信相对少一些，写的字也少一些。但是这样的通信早就拉近了她跟陈昆之间的距离。当然写信是写信，说话归说话，说话是有声音的。所以现在唐书影想了一下才说，陈昆你同我老实讲,你是不是很失望?

朱三坐在椅子上愣了一下,目光从雪菜大汤黄鱼上收回。他看见唐书影靠在椅背上,一双眼睛闪闪发光,整个人已经笑得蛮夸张。于是朱三正式地说,我没有对你失望,我早就同你讲了,你长得蛮好看的。主要是你的眼睛很好看,你的眼睛有亮光。唐书影就笑得更加花枝乱颤,说我不是在说人,我是在说菜。你对今天的菜是不是失望,因为没有麻辣火锅呀。虽然火锅没有,但是你看,雪菜大汤黄鱼,彩熘全黄鱼,腐皮包黄鱼,苔菜拖黄鱼,状元楼的名菜里,那么多的黄鱼。朱三就说,那这些黄鱼是聚在一起开大会吗?是不是它们在海里开大会的时候,被一网打尽。

于是唐书影笑得更欢。就在这时候,宪兵队的松本队长大步地跨进了饭店。松本带来了三名客人,除了日本女人留美子,留美子二十来岁的女儿秀子,还有宪兵队思想科的翻译徐志。松本队长戴了一副圆框眼镜,他一年四季都穿着挺括的日本军装,那双高筒军靴也是每天都擦得跟镜子一样明亮。松本常常告诫宪兵队的手下,军靴就是日本国的形象。他说自己以前在德国军校,每天擦鞋都要擦一个钟头,擦完了鞋油还要打蜡。松本的意思是,日本军官不仅眼睛要闪闪发亮,鞋也要闪闪发亮。

松本的头发已经秃得差不多了,但是他的头型还算不错,很多他的下属都会告诉他,说他的头型长得特别像上海梅机关的影佐将军。松本的两只眼睛跟松鼠一样,在透亮的镜片后面闪了一圈。由于他的出现,在场所有人都瞬间起立,于是他让审慎的目光在每一张面孔上轻快地掠过,最后停留在唯一一个陌生男人的身上。松本摘下白手套说,陈先生,陈昆?你来自重庆?

朱三站在那里止不住迷茫,直到唐一彪推了他一把,他才局促地说是的,又在垂头的时候说,在下向松本队长请安。

你在重庆做什么?家住哪条街?告诉我门牌号。松本叼起一支来自哈瓦那的乌普曼雪茄,轻易地就让浓重而香甜的烟雾在朱三面前徐徐地弥漫开来。

朱三一一作了回答,所有信息都是来自火车上麻雀边吃烧鸡边对他作的交代。他告诉松本,自己是重庆中央图书馆的一名图书管理员,每天负责登记到馆的读者,有时候还帮他们找书。他住在渝中区的嘉陵新村,附近的圆庐,就是立法院院长孙科的公馆。

你是怎么来的宁波?离开重庆时坐的是哪班船?哪一天的几点钟?

朱三愣在那里陷入紧张,他的回答也让唐一彪捏了一把汗。朱三说,记不清楚了。我日理万机,根本没有心思去记这个几点钟开船。因为几点开船对我来讲,一点也不重要。

但是对我来说很重要。松本又轻易地吐出一口雪茄的烟雾,并不急着在桌旁坐下。记不清楚就仔细回想一下,松本说,美好的夜晚才刚刚开始,我可以等你。

这时候朱三就急忙转身,打开陈昆的那只皮箱。他在皮箱里翻寻的时候跟唐一彪说,船票我留着的,但具体哪一班航船的确记不起来了。我是坐船先到的武汉,再从武汉到的上海。

朱三后来将船票递到了松本的手里,松本看了一眼后笑了。松本说,欢迎你陈先生,有些时候,善意的打听只是为了拉近我们彼此之间的距离,你也不用这么紧张。

徐志在酒桌旁站了很久,等到气氛轻松了他还是没有坐下。他除了跟所有的人微笑,剩下的时间就是这边看看那边看看,最后还是走到唐书影身边问她,我能不能同你坐一起?我在你边上加个位子。唐书影很开心地笑了,唐书影说徐翻译不仅一表人才,还会写诗,我就喜欢你的文化气息。

充满文化气息的徐志就坐在了唐书影的右手边,坐下以后他探出脑袋越过唐书影问朱三,陈先生平常也读诗吗?你知不知道有一本诗集是叫《猛虎集》?朱三就笑了一下,朱三说,徐先生叫徐志,会不会跟海宁的那个徐志摩是亲戚?徐志一下子眼里放光,徐志说,其实我以前不叫徐志,我叫徐彩虹,但是自从读到了《猛虎集》,我就把自己的名字改成了徐志。徐志还说实不相瞒,在我们徐家的族谱里,我跟徐志摩是同辈的,当然,志摩兄的才气我是比不上的,我只是沾了他的一点点光。所以,改名的时候我刻意少了一个"摩"字,以示自己的谦逊。

朱三一直微笑,笑眯眯地盯着徐志。他看得出来,徐志喜欢唐书影,那种喜欢一直写在坑坑洼洼充满粉刺的脸上。徐志今天的头发是特意打理过的,涂上了定型的发胶,有着缠绵的香味。等到徐志把所有的话说完,开始喝黄鱼汤时,朱三突然就阴阳怪气地说,其实我跟徐兄一样,我以前也不叫陈昆。

朱三说到这里,唐一彪和唐书影的目光一起朝他转了过来。于是他就笑了一下说,我最早的名字叫陈美丽,那是我在我娘肚子里的时候我学富五车的爹取的。那时候我爹以为我是个女儿。

松本队长扶着圆框眼镜忍不住笑了,他说陈先生真是有趣。这时候朱三才跟唐书影悄悄说了一句,这事情我以前在信里没跟你提过。

朱三这话当然也飘进了徐志的耳朵。徐志放下装着海鲜汤的勺子时想,写信有什么了不起?搞得好像关系很亲密,但你又不一定会写诗。你有本事比徐志摩写得更好?你有本事写出"轻轻的我走了"这样的好诗?

徐志开始跟唐书影热烈地讨论起《猛虎集》的时候，松本建议留美子和秀子母女给大家跳一段日本舞。但是秀子在吃瓜子，她认为状元楼的瓜子是宁波所有酒店里味道最好的。秀子剥开一粒瓜子放进嘴里说，跳舞的事情交给我娘，我娘跳得比我好。

留美子跳了一段《鹭娘》，她的一只手始终举着，意思是下雪天撑了一把雨伞。这时候朱三从唐书影的嘴里得知，留美子其实老家也是宁波的，她早年嫁给了日本神户的一个渔民，但是渔民有次出海打鱼被台风给刮走了，连尸体都没有找到，所以留美子带着女儿又回到了宁波。唐书影说，留美子原本姓吕，就是吕布的吕，她叫吕美珍。秀子听到这里笑了，她跟陈昆眼睛一眨，说对的，我跟我娘都姓吕，就是两张嘴巴合在一起的吕。我娘那张嘴巴不爱说话，我这张嘴巴喜欢叽里呱啦。秀子说陈先生我跟你打听一下，重庆的太太小姐一般喜欢用什么口红？她们是喜欢美国的蜜丝佛陀和露华浓呢，还是更喜欢法国的康特？我说的康特是绿色管子的那种，你应该知道的吧。朱三说其实我一点也不知道，我怎么会知道口红，我是个男的我怎么会知道口红。秀子就笑了，秀子跟唐书影说，你还记得我那支康特牌的口红吗？虽然说是法国进口的，但我觉得跟上海产的口红没什么两样。

留美子的日本舞跳完的时候，半蹲在那里脑袋慢慢一扭，一双眼睛缓缓望向了松本。那种目光优柔又缱绻，让朱三觉得，留美子似乎是跨越时空望向曾经的渔民丈夫，也像是望向一片被台风肆虐过的属于日本国的海域。

在朱三的记忆里，这是他成为另一个人陈昆的最初几个钟头，这样的时间过得烦琐而且缓慢，不仅让他提心吊胆，也让他有了深刻的疲倦。朱三希望眼前的接风宴早点结束，他非常渴望接下去能有一个安静的地方，让他静下心来继续去读陈昆的日记，也好好读一下唐家兄妹写给陈昆的信。他总是觉得陈昆的字写得漂亮，一个个字像是在云上散步的人，飘逸得像是神仙。因为这些对朱三来说实在太过重要了，这是他接下去立足宁波，留在唐一彪和唐书影身边的法宝。

然而，意想不到的事情就在五分钟后发生，这让朱三着实出了一身冷汗。

朱三是在去上洗手间的时候，感觉身后有人跟着他。此时他不想回头，免得被人看出自己的慌张。

跟随朱三的人叫李电影，他是傅灿灿的远房表弟。李电影这天也在状元楼喝老酒，他请他的师父喝酒，他师父在开明街的民光大戏院教他放电影。这天李电影早就见到了朱三，但因为松本队长在，他就不会上去打招呼。他还听师父跟他嚼舌头，说是那个花格子西装的男人，据说就要成为汉奸密探队队长唐一彪的妹夫。所以李电影看见朱三离开包厢，就跟了上去。他跟着朱三进入洗手间，关上门就要叫出一声姐夫的时候，朱三却即刻转身将他嘴巴给捂住。

朱三把李电影死死地按在墙壁上，又把自来水龙头开得哗哗作响。朱三说，以后把你的眼睛给闭上，我不叫朱三，我叫陈昆，我是从重庆过来的宁波。后来李电影好不容易从朱三的胳膊肘里挣脱了出来，很快张开嘴巴道：姐夫这到底是怎么回事，你为什么跟汉奸唐一彪在一起？近朱者赤近墨者黑，近汉奸者非奸即奸，一定不是好东西。这时候朱三就恨不得扇过去一个巴掌。朱三轻声吼了一句，我再说一遍，从现在开始，我不是你姐夫。

李电影看见自来水一直在冲刷着洗手池，水花溅出去老高，很快就让洗手台湿了一大片。这让他觉得朱三真是一个一点也不节约用水的人。同时他想起了朱三说的重庆，重庆是国民政府的陪都，以及朱三现在叫陈昆，从此以后不是他姐夫，于是他就渐渐理出了一点头绪。李电影说姐夫你厉害的，花头精有点透，搞得好像跟拍电影一样。你知道我这辈子最喜欢的其实不是放电影，而是拍电影，或者当一名演员。

知道蔡楚生导演吗，拍过《南国之春》和《渔光曲》的那个。我特别崇拜他，你就这么想好了，以后的我就是现在的他，或者你都可以提前叫我为李楚生。

李电影又说,陈昆你走吧,你说的意思我都懂了。我们今天是第一次认识,我们是在状元楼的洗手间里认识的。除此之外我一概不知道,只记得你上的是男洗手间。

那天朱三闷闷不乐地走出洗手间,突然很想喝酒。刚才在酒桌上,他不敢喝酒,生怕一喝酒就会误事,哪怕只是说错一个字,那也是会让他丢掉宝贵的头颅。但现在他想喝酒,是因为碰到了李电影。他想自己突然之间因为麻雀的一句话,就像一个演员一样在宁波扮演陈昆。时间不会是一天两天,这对他来说简直就是度日如年,每天都像是在走钢丝。与其胆战心惊如履薄冰,还不如干脆把自己给灌得烂醉如泥。

此时朱三走在回去包间的路上。他不希望见到人精一样的松本,也不希望见到唐一彪,所以他宁愿这段路越长越好,最好永远都走不到头。但是朱三走着走着,就在酒店的人群中见到了真正的陈昆。他看见陈昆站在一个拐角,背靠一根廊柱,正远远地望向他,并且对他微笑着点了点头。

  我是陈昆。我看到了那个假扮我的朱三,他在酒桌上和人推杯换盏,如鱼得水。我也看到了唐书影,她很得体,是一个很宁波的女子。我就靠在那根柱子上,像看一场电影一样默默地看着本该是我演出的人生。朱三好像是隔着人群看到了我,他好像觉得有点意外,但是笑容慢慢地浮了上来,最后向我点了点头。我也笑了,我说,谢谢你成为我。

状元楼里热气腾腾,各种喧嚣,这些醉生梦死的人,至少有一半是汉奸。而宁波的黑夜已经很深了,深得像一口深不见底的井。此刻我想起了重庆的唐佩,她的笑容停留在一九四三年的四月……

朱三一直朝着我张望,他甚至有些着迷般地看着我,仿佛在看着一位久别重逢的老朋友。于是我笑了,我说朱三,你现在已经是我了,你以后必须是我。

我还说,朱三,谢谢你成为我,以后我们一起往前走。

6　花名册

朱三已经正式成为陈昆了。现在所有的人都叫他陈昆，他是一个渐渐成形的陈昆。而与此同时，以前的那个朱三势必将渐渐抽身离他远去，像春天春水温暖的沟渠里，水草丛中正在蜕皮的一条蛇，脱胎换骨重见天日。哪怕以前的朱三不愿意从躯壳里离开，一片一片鳞片还想要附着在身上，现在的陈昆也必须学会将这些鳞片扯下和抛弃。这是麻雀在火车上对朱三的教导，一字一句仿佛金科玉律。

接风宴结束以后，唐一彪的车子将陈昆送到了开明街341号，这里原先是宁波商人虞洽卿伙同了几个老板一起创办的永耀电力公司，永耀电力名头挺括，当时宁波城流行这样的民谣，"和丰纱厂锭子响，太丰面粉灰烬扬，永耀发电灯笼亮，通利源榨油放炮仗，三支半烟囱可怜相"。现在这家公司的地盘，成了宁波宪兵队的驻地。陈昆提着皮箱从唐一彪的车厢里走出，月光是那样的清澈与柔和，照耀着眼前的宪兵队大院，也照耀着遗留在墙头的永耀电力公司的一排砖刻。陈昆的目光透过灰暗又狭窄的拱形门，无法想象里头会是怎样的一个世界。

他知道，一旦跨出了这一步，以后就不可能再回头。

宪兵队招待所位于整个大院的西南角，门前是两棵高大的银杏，在那样朦胧的月光下，银杏树仿佛直插天际，树梢悄悄钻进了灰蒙蒙的云层。一阵风吹来，树叶开始发出欢呼，这样的欢呼带来的反而是一种宁静。就是在那么一瞬间，陈昆爱上了这两棵高大的银杏，或者说爱上了这幅月色下像极了油画一样的场景。

在唐一彪的带领下，陈昆登上了招待所的二楼，那时候他听见自己的脚步踩在楼梯上，在整个招待所里引发起一阵空洞的回响。陈昆一步一步登高，登高以后拐弯。他闻见被自己惊动起来的灰尘的气息，也听见门口的银杏树上，似乎有安家在那里的两只大鸟正被惊醒，一左一右发出咕噜咕噜的嗓音，类似于对他和唐一彪两人深夜打扰它们的抱怨。

陈昆住在招待所的第一晚，注定是一个难以入眠的夜晚。半夜里他闻到一种动物粪便的气息，一阵一阵飘过来，像是雨天里一场经久不息的浓烟。后来他又迷迷糊糊听见，不远处似乎有几匹马在打响鼻，偶尔还踢了踢蹄子。于是陈昆猜想，隔壁会不会是宪兵队的马厩。

天光准时放亮，陈昆那时候拉开窗帘打开窗户，许多阳光就第一时间钻了进来。阳光并非一大片，而是被分割成很多碎块，因为经过了那两棵银杏树的遮挡。陈昆换一个角度望去，便看见了宪兵队的操场。操场上的宪兵在列队跑步，还有人在练刺刀。尽管天气还不是很暖，但阳光下已经有了许多赤膊的身影，在那片宽阔的场地上晃来晃去，仿佛是滚动在菜地里的冬瓜。而此时陈昆要是再去细看，就难免会发现那些赤膊宪兵的身上，正冒出一股一股的热气，那些热气最终会变成粘连在身上的汗。

陈昆再次让视线放远，于是见到街对面的一块墙壁前，两个日本兵正在提着一桶石灰水刷标语，硕大的标语刚刚刷完，几个湿答答的汉字写得清清楚楚，抗战者尽杀。就此陈昆叹了一口气，心里不免想起了傅灿灿和朱大米。他之前勉强答应麻雀的潜伏时间是三个月，三个月满打满算九十天，这会是多么难熬的一段时光。陈昆望着那条街道，仿佛在人群中见到了傅灿灿和朱大米的脸。他看见傅灿灿牵着朱大米的手，在许多个路口焦急地张望。傅灿灿跟朱大米说，儿子，我留意左边这条马路你留意右边，你要是见到了你爹，你就赶紧大喊一声。

陈昆认为这样的一幕真是匪夷所思。当初他迫不及待回家，想要见到傅灿灿和朱大米，而如今他回到了宁波，自己却被隔绝了，他跟傅灿灿之间的距离可能是近在咫尺，但感觉上却似乎是一万公里。

这天早餐后，陈昆给唐一彪打了电话，说自己想出去走走。唐一彪在办公室里一大堆的事情，其中一件急着要办的，就是如何给陈昆在宁波谋个差事，最好是在宪兵队。电话那头唐一彪说，可惜我不能陪你，而且唐书影懒得要死，每天睡到很晚，现在肯定还没有起床。陈昆于是笑了，陈昆说，放心，我不会走丢。

后来陈昆一个人去了泰和桥边的缸鸭狗，给自己叫了一份汤团。他坐在店铺里一口一只汤团，又暂时做回了之前的朱三。那猪油汤团用回老家芝麻、猪板油、白糖、桂花做料，香滑得简直有点不讲道理。现在，朱三转头望向临街的那条河，看见河边的杨柳都抑制不住发出了嫩芽，枝叶春心荡漾地垂挂到河面，河水却一肚子坏水地千方百计想把它冲走。

朱三记得，那年他跟傅灿灿从镇海到宁波，是从天封塔那边走过来，两人走着走着走累了，就拐进了缸鸭狗。朱三跟店小二要了两碗汤团，傅灿灿却及时把他拦住。傅灿灿说不用两碗，一碗就够了，朱三你吃一半我吃一半，我要是嫌少不够，你是男人你可以再多分给我一个。后来一碗汤团吃完，傅灿灿把汤也喝了，然后她擦了一把嘴，让朱三伸出一只手。朱三很听话，当即把手伸了过去，但是傅灿灿说不是这只呀，是那只。于是当朱三把左手伸过去时，傅灿灿就把一块手表很迅速地套在他的手腕上。那是一块西马牌的手表，虽然是二手货，却照样花了傅灿灿将近十个月的工资。傅灿灿那天眼睛一眨说，你别看它是二手的，款式也比较老，但是二手货才经久耐用。再说等我以后赚了钞票,我肯定会给你买新的。

那次是另一个春天,空气里飘满轻飘飘的柳絮。柳絮钻进鼻孔,让朱三在戴上手表时冷不丁打了一个又一个喷嚏。这时候他听见傅灿灿又说,手表不是白给的,戴了这块表你以后就是我的人了。朱三愣了一下,想要说什么,但想想也没什么可以说的,于是就又打了一个喷嚏。傅灿灿就很不高兴,她把那只空碗推到一边,厉声说,朱三你听见没有?朱三你不要给我阴阳怪气,你打喷嚏是不是表示不愿意?

朱三一张脸已经涨得通红。他摸了一下鼻子,昂起头冷笑了一声。傅灿灿说,天狂必有雨,人狂必有祸,你一声奸笑说明内心极其阴暗。朱三说那是冷笑,不是奸笑。按你这样说,难道冷气就是奸气?

傅灿灿一把扭住了他的耳朵说,你别给我咬文嚼字的。你直接说,你是不是我的人?

朱三就说,生是你的鬼,死是你的人。

傅灿灿就高兴得花枝乱颤,松开手说,识时务者为俊杰。看来你是朱俊杰。

吃完了缸鸭狗,陈昆接下去的第二站是天宁寺。按照火车上麻雀的吩咐,他在天宁寺附近拐进一条小巷,首先见到了一家金华酥饼店,店里新鲜出炉的酥饼很香。酥饼店再往里走没过多远,经过一家肉铺以及一家剃头铺,陈昆就见到了老路的香烛坊，正在守店的是老路的儿子。陈昆不会忘记，麻雀曾经在晃荡的车厢里叮嘱过他，老路儿子早年发过一场高烧，把脑子给烧糊了。

看得出来，香烛坊的生意极其冷清，像是被人遗忘的一家店铺。店里落满灰尘，花花绿绿的丧品堆得到处都是，再往里面，一台用竹条撑起来的纸糊花座软绵绵靠在墙角，看上去有气无力，似乎随时都会塌陷。

老路的儿子小路目光涣散，嘴角流着细长的口水。他歪斜着脑袋问陈昆，你是爹死了还是娘死了？陈昆一下子无言以对，老路儿子小路又说，你要是爹死了，我卖给你左边的这些丧品，但你要是娘死了，我就只能卖给你右手边的。不过我爹说了，所有人过来讨价还价的话，最多也只能打到七折。不然的话，我们要亏本了。我爹说，如果亏本的话，我就只能喝西北风。

陈昆看着这个十六七岁的男孩，看他沉重的脑袋耷拉在肩膀上，始终无法稳定地支起来。此外，男孩的喉结已经显山露水，嘴角的胡子也渐已成形，像刚刚撒在面粉团上的一把黑芝麻。陈昆并没有见过老路，他也不忍心跟老路的儿子说，死的不是我爹是你爹。你爹死在了上海的凯司令咖啡馆，那是一个下雨的充满咖啡清香的夜晚。

陈昆给老路的儿子小路递过去一沓钞票，他说我要买蜡烛。接下去陈昆在成堆的丧品里找来找去，后来又去了老路的睡房，并且在老路床头发现了一封蜡烛。那封蜡烛很特别，扎在一起有红有白，而且长短不一。小路说，这是他爹留在房里自己照明用的，可是爹从来没用过。陈昆就把那封蜡烛拆开，又把蜡烛一根一根破开，于是，他相继从破开的蜡烛里发现了东海小组的成员名单。他把许多张名单摆在一起，就拥有了一份属于东海行动小组的花名册，花名册连着看了两遍，然后陈昆就在浑浊的空气中划亮了一根火柴。

沾了蜡烛油的名单纸燃烧得很快，瞬间在陈昆的眼里像一只化成灰的纸鸢一样消失。陈昆对着那些飘飞的灰烬说，老路我来过了，我等下给你儿子买酥饼吃。

陈昆后来走了。他走在路上，看上去心无旁骛，头顶是一片狭长的天空，有着阴郁的颜色。然而他走出巷子时才猛然记起，自己最后还是忘了给老路的儿子买酥饼。想到这里陈昆就止不住忏悔，他找了个不够显眼的地方，一个人坐下，坐在了阴冷的路边的一张石墩上。那时候他开始想象老路的样子，他觉得老路付出了一条命，还把家也搞得支离破碎。这让陈昆觉得自己身上的力气也被抽空了，他一直替小路在难过，但是小路到现在还是啥也不知道。于是陈昆感觉自己很孤独，像一只被遗弃的一动不动的鸟。陈昆坐在路边像是在感怀，也像是在回忆。

此时陈昆继续想着因为执行任务而客死他乡的老路。

他仿佛看见射进老路身上的子弹，子弹带走老路的很多血，血是滚烫的，也是鲜红的。子弹最终也带走老路年迈的呼吸，那种呼吸是缓缓黯淡下去的，犹如被他堵塞的喉管所收走。与此同时，陈昆或者是朱三当然也想到了自己的儿子。儿子八岁，过去的日子里一直跟他爷爷朱良材和母亲傅灿灿生活在镇海澥浦镇，海风和阳光让他的皮肤渐渐变得黝黑。他说话的声音里好像也夹杂着咸苦的海盐，这样的想念让朱三脑袋低垂，他把低垂下来的脑袋深深埋进了撑起在膝盖上的手臂里。他感觉自己的呼吸是凌乱的，额头也是冰凉的，所以他在心底里自言自语，朱大米对不起，以后你爹要是死了，你尽可以把他忘记。我不会怪你。

朱三就这样长久地坐在路边，用很长一段时间来专心回想自己的儿子朱大米。朱大米出生在民国二十五年，那天下午傅灿灿挺着一个大肚子，正在家里喂蚕。他们家的院子里种了一棵桑树，桑叶茂密，像是一把撑开来的伞。因此傅灿灿到了每年夏天都会养几只蚕，蚕结了茧再抽丝。那天一群蚕宝宝懒洋洋地趴在竹匾上，傅灿灿歪斜着臃肿的身子，把洗过又晒干的桑叶一片一片铺在蚕的跟前。于是没过多久，朱三就听见蚕宝宝咀嚼桑叶的淅淅沙沙的声音，听起来像是下了一场小雨。

后来朱三从竹匾上抓起一只蠕动的蚕，笑眯眯地把它摆在傅灿灿的掌心里。傅灿灿叫了一声痛,朱三说瞎讲,难道它胆大包天还敢咬你。此时傅灿灿另外一只手急忙托着肚子,她又喊了一声痛,这次的声音中已经有了胆战与慌乱。朱三看见她额头挤爆出来的汗星,这才意识到,傅灿灿痛的是肚皮。可能是自己的儿子在肚子里待不牢了。

唐书影这天过来宪兵队以后,因为没有见到陈昆,就一直坐在招待所门口看侦探小说。她看的是上海滩的《神探华良》,那个名叫华良的神探很有本事,喜欢吃葱油饼。华良穿一件风衣,还戴一顶礼帽,很像被派到中国来的福尔摩斯。

银杏树树影斑驳,一片一片落在唐书影身上,仿佛是在唐书影的身上敲下一个个印章。她就在那样的树影中一直看小说,看得十分入迷,仿佛她过来招待所的任务就是看小说。一直到了中午时分,唐书影略微觉得肚子饿了,目光离开《神探华良》时,也正好见到摇头晃脑回来的陈昆。那时候陈昆满面红光,唐书影问他去哪里了,陈昆支支吾吾,说不出个所以然。唐书影就说,你会不会是去桃渡路了?陈昆就十分茫然地站在那里,问她桃渡路是什么意思,唐书影却扑哧一声笑了,说你知不知道"桃花渡口夜潮生,歌馆曾闻度曲声"。这是清朝徐凤垣写的宁波的这个古渡,我猜也许和桃渡路有点儿关系。接着又说,你早晚会知道桃渡路的,桃渡路有很多漂亮的女人,大场英夫喜欢去那里。陈昆说,大场英夫又是谁?唐书影于是把《神探华良》合上,又在里头插了一枚书签。唐书影说,大场英夫是宪兵队思想科的,他跟大诗人徐志是一个科室的,徐志是翻译。大场英夫的老家在日本的札幌,他今年已经给桃渡路柳红院的五个女人送过生日蛋糕。

陈昆在零乱的阳光碎片里灿烂地笑了。笑完以后他说,唐书影我告诉你一个好地方,就是宁波的缸鸭狗,在泰和桥那边。他还说,那句话是怎么说的?是不是"三更四更半夜头,要吃汤团缸鸭狗。一碗落肚勿肯走,两碗三碗上瘾头"?

唐书影就抱着《神探华良》摇晃着笑了,在民国三十三年的春风里,她自己本身就笑成了一缕春风。唐书影说,宁波话讲勿来就勿要讲,告诉你,缸鸭狗的老板叫江定法,但是小名叫阿狗。

那天的阳光真是好。朱三看到唐书影坐在椅子上花枝乱颤的样子,把阳光都给颤得碎了一地。朱三就想,我好像有点儿像陈昆了。于是他用陈昆的声音咳嗽了一声,刚好看到一队日本兵气势汹汹地背着上了刺刀的长枪走进院子。

7 挖地三尺

大美旅馆。傅灿灿这天一大早就醒了。起床以后她坐在床头反复思量,最后还是得出一个结论,这样的时候留在宁波是对的,她跟朱大米没有必要回去镇海。傅灿灿的道理是,凡事要分个轻重缓急,现在都火烧眉毛了,她哪怕是就此丢了同义医院的工作,也要在宁波城里挖地三尺把朱三给揪出来。

但是傅灿灿在宁波城人生地不熟,该怎么去寻找该死的朱三?所以她在房间里走来走去,一个人使劲想办法。想得脑袋都痛了起来,所以她特别担心,会不会把脑袋想破了。

朱大米后来醒了,他是被傅灿灿咚咚咚咚的脚步声给吵醒的,那时候他还以为是有人在敲门。朱大米醒来以后揉了揉眼睛,抹去一些纷纷扬扬的眼屎后突然发现,房间里的一切怎么跟他镇海老家的完全不一样。所以他说娘,我们这是在哪里?傅灿灿说别吵,我现在没有时间回答你,我在想一个很重要的问题。说完傅灿灿停住脚步,她也是在这时候猛然想起了李电影。李电影是她表弟,李电影就在宁波。傅灿灿记得李电影是在宁波城的民光大戏院里放电影,李电影以前回镇海时曾经说过无数次,说姐你以后要是去宁波，我免费请你看电影。

李电影这天站在民光大戏院门口晒太阳，身上穿了昨天刚买的一套西装，还搭配了一根红色条纹的领带。李电影不仅把皮鞋擦得跟松本的皮靴一样锃亮，还买了跟徐志一样的香气怡人的发胶，这样一来，他全身的派头，就有点儿超越上流社会富家公子的意思。

李电影手里提着一个鸡毛掸子，时不时在身上拍打。他觉得宁波真是太脏了，到处都是飘来飘去的灰尘，灰尘里说不定还布满了许多细菌。他绝不允许这些细菌靠近他新买的西装，而且他还要利用紫外线，把靠近西装的细菌统统杀死。

傅灿灿来到电影院门口时，李电影感觉很惊讶。他没想到昨天夜里刚见到了朱三，现在又见到了傅灿灿。然而李电影正要装出热情洋溢的样子迎上去时，却听见傅灿灿骂了一句说，李电影你真是要死了，你把自己打扮得跟婊子老公一样。我怀疑你是不是被哪个富婆给包养了。

李电影的心情一下子变得很差，鸡毛掸子更加起劲地拍打起来。傅灿灿不知道他在拍打什么，李电影这才静下心来跟她一五一十地解释。李电影皱着眉头说，姐你不知道，宁波这个城市不卫生。说完李电影用鸡毛掸子指着电影院门口的一堆烟蒂和垃圾，他说你看看你看看，姐我要是说出来肯定能够吓死你，昨天有个女的过来看电影，她竟然让自己的孩子蹲在座位底下拉屎,这种事体你说恶心不恶心?

傅灿灿于是沉思了一下。然后说恶心是恶心,但也比不过你这油头粉面的样子。现在整个宁波城就数你最恶心。

李电影于是止不住摇头,他认为傅灿灿不懂时尚,毕竟傅灿灿来自乡下,来自那个灰不溜秋的瀣浦镇,她根本不懂如今的电影圈。李电影用空出来的一只手弹了弹刚买的西装,接着又有条不紊整理了一下被风吹乱的头发。他说姐我告诉你,这不叫油头粉面,这叫海派气质。在我们电影圈,西装皮鞋的派头是其次,关键要看的是气质。李电影接着说,但是宁波这个破地方不行,宁波太不卫生了,档次不够。我决定去上海,我要去上海找我姐夫大展宏图。

傅灿灿听到这里差点就要气死。她一把夺过李电影手里的鸡毛掸子,猛地用膝盖一顶,当场啪的一声将它拦腰折断。望着零碎的鸡毛在李电影身上飘飞,傅灿灿破口大骂。傅灿灿说你去上海能找到一个屁,你不要跟我提你姐夫,提起这个男人我就要撞墙,撞墙不成我就去跳河。

李电影当然是想起了昨天在状元楼碰到的朱三,朱三跟松本队长还有唐一彪在一起。朱三还说自己是从重庆过来,从今往后不是他姐夫。李电影觉得这其中肯定有玄机,而且是不可透露的玄机,所以他就装作倒吸了一口凉气,很惊讶地向傅灿灿打听,问她姐夫怎么了。傅灿灿说没怎么,你姐夫现在只不过成了陈世美,这个狗东西早就回到了宁波。说完傅灿灿一把拧住李电影的耳朵。傅灿灿说走,跟我去找朱三,把宁波城挖个底朝天也要找出朱三来。你要是不帮我,那个陈世美以为我娘家的男人都已经死绝了。

傅灿灿拖着惊慌失措的李电影去了报馆。面对报馆广告部经理,她站在那里说,我要登报找我男人,我男人叫朱三,他穿了一套花格子西装,戴了一副算命先生一样的墨镜。接着傅灿灿从包里掏出一把钞票,钞票啪的一声拍在办公桌上,她说你给我连着登三天,你看看这些钞票够不够?

报馆经理说,不够。

不够我再给你补。傅灿灿又要掏钞票,她在掏钞票的时候说,你说,你尽管说,登个报纸到底还需要多少?

你还需要一张照片。经理和风细雨地说。

李电影听到这里终于松了一口气。他想自己不能对不住姐夫朱三,既然此处有玄机,那么有些秘密是一定要保守的。所以他跟傅灿灿说,姐,没有照片的确不可以找人的,人家怎么知道你要找的人是面长还是面短,再说我姐夫到底有没有在宁波呢?姐你也许是看错了人呢。这时候傅灿灿就抓起手提包朝李电影砸了过去。傅灿灿说你给我闭嘴,你姐夫就是化成灰我也认得,我跟这个狗东西一铺床睡了很多年，我还为他睡出了朱大米这个小棺材。狗生狗欢喜，猫生猫中意，这个陈世美厌倦我也就算了，他亲自花力气生的小棺材也不要了吗？

傅灿灿最后没有登寻人启事，她忍无可忍离开报馆，觉得整个宁波都在跟她作对，所以她又推着李电影去了中华路和民族路，她要在沿街两旁的电线杆和墙壁上刷寻人启事。傅灿灿写了一大堆的红纸，最后手都写酸了。她写下的内容除了要寻找背信弃义的男人朱三，还咒骂朱三不得好死。

李电影那时候忍声吞气，帮着傅灿灿一张张贴红纸，红纸贴在墙壁上，贴在水桶那么粗的樟树上，贴在电线杆上，也贴在药店和澡堂的玻璃窗上。后来傅灿灿贴累了，她贴了五六十张后才想起，自己该回去大美旅馆带朱大米出去吃饭了，李电影就十分及时地说，姐你去忙吧，姐再会。但是傅灿灿不会知道，等她腰酸背痛火急火燎离开，李电影就迅速转身，把那些红纸全都给撕了。李电影撕了墙壁上的红纸，又撕了樟树上的红纸，最后还有玻璃窗上的红纸。撕下这些红纸时他跟看热闹的人叫喊，都散了都散了吧，只是拍电影排练，大家不要当真。我是导演，大家一看我就长得像导演是不是。

李电影一边撕红纸一边又跟人埋怨，宁波怎么这么脏，市容环境都没人去管。他说那个奉化老乡蒋委员长当初强调的新生活运动,什么礼义廉耻,现在都没人愿意放在心上。

李电影撕完了红纸找不到垃圾桶,心里就更加沮丧。他抱着一团七零八落的红纸,真想把它一把火给烧了。这时候李电影见到了一个女的,女人站在街边嗑瓜子,嗑下来的瓜子壳一片一片抓在手心里。女的很小心地问他,你是拍电影的?李电影说是啊,你为什么要问这么文艺的问题?女的就打开自己宽大的手提包,说,你是不是在找垃圾桶?你要是找不到垃圾桶,这些红纸可以先放在我的包里。

李电影说你是谁啊,女的说我是谁不要紧,但是我喜欢拍电影。

那天李电影跟这个女的走出很远一段路,所以一路上闻足了女人身上优雅的香水味。后来他们终于找到一个垃圾桶,在把存在手提包里的红纸碎屑和瓜子壳扔进桶里的时候,女的说我姓吕,我娘给我取了个名字比较通俗,叫吕大鹅。但是其实我也是日本人,我的日本名字就比较好听,是叫秀子。

李电影说,秀子小姐,幸会幸会,那我也自我介绍一下,我叫李电影,木子李,拍电影的电影。

秀子一下子睁圆了眼睛,她用欣赏的目光盯着李电影簇新的西装,还有脚上那双光亮的皮鞋。她还用赞扬的口吻说，李先生真有素质，全身都是电影圈的气息。

李电影说哪里哪里，我也是刚刚入行而已，电影有很多地方需要我学习。我比较欣赏的是蔡楚生导演，我的理想其实是当他的徒弟，要么就做一名优秀的演员。说完李电影开始很大方地注视起吕大鹅，他发现吕大鹅真是人如其名，不仅有着白皙又修长的脖子，脖子上还围了毛茸茸的洁白的围巾，围巾下面是一根很好看的珍珠项链。此外李电影还注意到，吕大鹅的脸上有一些若隐若现的雀斑，那些雀斑虽然比较碍眼，但是吕大鹅并不像很多宁波女人那样，要用很厚的脂粉去把雀斑给隐藏。李电影想，这说明吕大鹅或者说秀子小姐是个很自信的女人，她知道现代女性的气质关键不在于外表，而在于由内而外散发出来的丰富而饱满的内心。

想到这里李电影就觉得，白玉无瑕是不现实的，因为起码他现在已经意识到，吕大鹅的那些雀斑在阳光下是那样的生动，类似于电影开幕时，白色银幕上闪闪跳动的很像是黑芝麻粒一样的斑点。所以李电影就说，秀子小姐如果不介意，我可以免费再陪你走一段路。我建议我们把这段美好的中午时光给优雅地走完。

吕大鹅笑了，一小粒饱满的阳光在她的一口白牙上撞来撞去。吕大鹅咧开嘴说，一看你就是一个嘴里涂蜜的流氓，不知道有多少小姑娘要在你的手上遭殃。

8　挖墙脚

到了礼拜六晚上，唐书影就雷打不动要去夜总会里跳舞。唐书影一方面喜欢看书，一方面又对跳舞上瘾，这样的爱好差不多等于男人的烟瘾。关于去舞场里的打扮，唐书影也是参照上海侦探小说里的年轻女性。对此她曾经反复研究，认为舞场里的知识女性，一般对自己的着装有两个要求，首先是要光鲜明亮，再则就是要时尚，必须跟得上这个文明的时代。

唐书影还认为，跳舞不光是跳舞，跳舞是对女人的一次检阅。跳舞要跳得跟人家不一样，不能跳得太疯，也不能跳得太死板，最好的状态是来自骨子里的优雅。

出发之前，唐书影在镜子前审视自己。她连着换了三件旗袍，最后选中一件淡蓝色的，因为蓝色代表浪漫，而且旗袍在大腿处的开衩不高也不低，符合她的身份。唐书影又在手腕上和耳根处喷了香水，并且选了一顶卡其色的淑女帽。

车子离开唐家的宅院，开到宪兵队的院子，开到了招待所的门口。唐书影把等候她的陈昆给接上。车厢里她问陈昆，重庆有什么有名的跳舞的地方？陈昆就如数家珍告诉她，之前在通信里也有提过，都说前方吃紧后方紧吃，重庆的督邮街一带现在全都是舞厅，有胜利大厦舞厅、扬子江舞厅、南国音乐舞厅，还有什么国际俱乐部、绿野和凯歌，总之就这么一条督邮街，舞厅的数量仅仅用两只手是数不过来的。

唐书影说，那你在重庆也跳舞吗？陈昆说，我跳不来的，也很少会去，我知道这些舞厅都是因为看了重庆的报纸，还有偶尔从那边经过，见到了闪亮的招牌和广告灯箱，才被我死记硬背记住的。陈昆还说重庆的歌舞厅现在都是美国人，那些飞行员皮夹克裹身，手里拎着一瓶洋酒，粗大的雪茄朝天吹，好像他们不是来打仗的，而是来当跳舞教练的。

唐书影就摇下车窗笑了，唐书影说，其实我蛮喜欢皮夹克的。但是唐书影不会知道，眼前这个原本叫朱三的陈昆之所以能对重庆的舞厅说得头头是道，都是因为他读过了陈昆太多的日记。

这天车子正要开出宪兵队的大门，却迎面撞上了夜里加班出来的徐志。徐志的头发十分蓬乱，看上去他有些疲倦。徐志伸出疲倦的手，当场把车拦住，问唐书影是不是又要去夜总会跳舞。唐书影说，你觉得呢？难道我去夜总会里游泳？徐志就不容分说把车门打开，徐志说那我也要跟你们一起去，我的专长不仅仅是在文学上，我还是跳舞场上的一把好手。

外滩的路纵向有三条，横向有二十多条。如果把外滩比喻为一片芭蕉叶子，那中马路就是叶子的主脉。皇后夜总会就开在中马路的美颐商店楼上，一半是赌场，一半是舞池。舞池是宁波城最大的舞池，容得下两百个人同时翩翩起舞。

走进舞场的那一刻，徐志就很兴奋。他问了一声陈昆，知道这首曲子该跳什么舞吗？陈昆摇头。陈昆说，我其实是什么都不懂，但我还是认为，和着音乐的节拍走路，叫跳舞。没有和着音乐节拍的走路，那顶多只能叫散步。

看来你是一窍不通，徐志冷笑了一声说，那你就站在旁边当观众。

徐志当即拉起唐书影，转眼之间在舞池里旋转。此时灯光闪烁，乐曲飞扬，徐志对文学的热爱与激情也开始燃烧。他凑到唐书影耳旁，开始赞扬她的旗袍。他说多么美妙的夜晚，又是多么神秘的蓝色，这让我想起志摩兄的《翡冷翠的一夜》。你愿意记着我就记着我，要不然趁早忘了这世界上有我，省得想起时空着恼。唐书影说跳舞就跳舞，不要着恼。徐志想了一下说，我就喜欢你这种洒脱，既能读得懂诗歌，又能在适当的时候批判诗歌。

一曲终歇，两人坐回到陈昆的身边。徐志先是跟唐书影碰杯，然后才敬了一下陈昆。杯里的酒喝光，徐志举起空酒杯深情地凝望,他望见残留的酒液沾在玻璃杯的边沿,在舞池的灯光下显得五彩斑斓,于是又不由自主念出一句,寻梦?撑一支长篙,向青草更青处漫溯……

此时唐书影不免皱起眉头,唐书影说徐志你别卖弄了,你毕竟是少了一个"摩"字的。你这么喜欢念诗,我要不要递给你一只话筒?徐志很坚决地摇头,他说不需要的,我只想念给你一个人听。说完徐志抽空给陈昆倒了一杯酒,他说陈先生你也是读过一点现代诗的,但你最好也要学会写诗,写诗会让你站在人群中显得与众不同,卓尔不群。如果用成语来表述的话,简直就是鹤立鸡群。陈昆说鹤立鸡群有什么用,鸡从来不把鹤放在眼里,觉得不过是一只个子长得太高的畸形的鸡。又不去打篮球,为什么要长那么高。所以我认为,写诗不重要,关键是跳舞要懂。徐志摆了摆手,他很严肃地说,千万别把跳舞和写诗混为一谈,我是真的希望你能写诗,当然你要是写诗遇到了难处,我是可以给你指点一些迷津。但是徐志口若悬河话还没有讲完,突然看到了一个熟悉的身影,于是他立刻意识到这个夜晚可能要出事。

徐志刚刚见到的,是他这段日子里急于想要知道的。差不多快有两三个月了,徐志经常听到一些无聊的风言风语,说是密探队队长唐一彪跟一个名叫何婉玲的女人搞在了一起,两人还在江北老巡捕房的边上租了一间大得像足球场一样的公寓房，卿卿我我甜蜜得要死。何婉玲是谁？何婉玲可不是普通人，她老公是宁波伪政府的经济委员会主任何东，她是何东何先生的三姨太。何先生的三姨太不仅人长得漂亮，还长袖善舞特别会赚钱，做生意的门槛精得不得了。谁都知道她在宁波城里开了三家药店，平常还跟日本人做生意，倒卖一些粮食和棉花。

徐志之前听到那些传言当然不愿意相信。他想怎么可能，人家唐一彪唐队长在宁波城也算是有头有脸，至今也还是单身，再怎么样也不至于去勾搭人家的三姨太，毕竟那是二手货。但是徐志现在有理由相信，其实那些传言并非谣言，竟然是如假包换的事实。此刻徐志见到舞厅角落的昏黄灯光下，就在一张小圆桌前，唐一彪正在弓着身子仔仔细细削苹果，削完以后唐一彪又抓着那只苹果，第一时间送去了何婉玲的嘴边。这时候何婉玲也不推让，反而是凑过去伸出一双手，在捧住苹果的同时也捧住了唐一彪递过来的那只手。何婉玲芳唇轻启，对着苹果轻轻地咬了一口。苹果在她嘴里嚼碎，她的目光却依旧那么自然，始终停留在舞厅里穿梭的人群中。

徐志把这一幕从头到尾全部看完，看完以后一颗心脏扑通扑通乱跳。首先他想，毕竟是美丽的何婉玲，就是咬一口苹果也咬得跟别的女人不一样。然后他想这事情也太离谱了，不管怎样自己也要当作没看见。然而徐志在转头时却发现，此刻的唐书影也正盯着远处唐一彪手里的那只苹果。唐书影目光迷离，盯着那只被咬去一口的苹果一眨不眨，仿佛要等待何婉玲亲自咬下第二口。

徐志推了一下唐书影，说，不该看的就别看了，不如让我再陪你跳一支舞。

唐书影把目光收回，问了一句怎么了，我看一眼我哥又怎么了？徐志就说，你是不是生气了，你以前是不是也听过那些传闻？唐书影却不屑一顾地笑了，唐书影说徐志亏你还是个写诗的，我哥没有老婆，他在外面找个女人又怎么了？你去问问你们家风流成性的徐志摩，男人找女人又有什么错？

唐书影这么抢白徐志的时候，远处的唐一彪也发现了他们两人的存在。那时候唐一彪急忙起身，想牵着何婉玲离开，然而何婉玲却对他笑了笑。何婉玲说，给我坐下！唐一彪愣了一下，最后还是顺从地坐下。何婉玲说，难道你不想介绍我跟你妹妹认识一下？于是徐志很快就看见，唐一彪跟何婉玲已经笑眯眯地朝他们走了过来。唐一彪说我来介绍一下，华泰药房的何经理何婉玲。然而唐一彪话还没说完，唐书影就瞪了他一眼。唐书影说谁要你来介绍，人家何经理在宁波大名鼎鼎，你这一开口就等于让何经理掉了面子。说完唐书影就给何婉玲倒了一杯酒，杯子递过去的时候说，何姐，你说对吧？

那天陈昆也跟着一起喝酒，也陪着他们几个干笑几声，仿佛大家都是相谈甚欢的朋友。陈昆后来发现，当唐书影跟何婉玲开始热烈讨论起探戈舞步要如何演绎才能吸引全场的注意力的时候，唐一彪却走过去搂住徐志的肩膀，把他带去了一个角落里。陈昆当然不会知道，在那个安静的角落里，唐一彪到底跟徐志说了什么。但他发现，徐志的一张脸渐渐拉长，到了最后竟然变得十分阴暗。

那天唐一彪跟徐志是这么说的，别说我没有提醒你，你是有老婆的人。而我妹妹唐书影，早就和陈昆有婚约，你知道我是准备让她嫁给陈昆的。

徐志不服气地说，那你告诉我，陈昆有什么好。

唐一彪想也不想地说，他好就好在，连跳舞都不会。你难道不觉得男人搂住别的女人的腰，在平常是会被女人老公打得半死的。但在舞厅里却是合法的。你不觉得奇怪吗？更何况，你是有老婆的人。

徐志的一张脸于是开始抽搐，两只眼睛也在躲躲闪闪转来转去。他笑得不怎么自然，又从唐一彪打开的烟盒里抓过一支香烟。香烟点燃，徐志不紧不慢抽了一口，然后才文绉绉地说，我老家那个女人你又不是不知道，形同虚设。道不同不相为谋，我准备把她给休了。

唐一彪也点了一根烟，烟雾吐出，散发在他跟徐志的中间。唐一彪隔着烟雾说，徐志我再说一遍，你能不能不要挖墙脚?

　　徐志就显得很不耐烦。徐志说好了好了,我知道了。我跟你说,没有挖不了的墙脚,只有不锋利的锄头。接着徐志就坚定地望向站在那边的何婉玲,何婉玲姣好的身段,何婉玲洒脱的波浪头,以及何婉玲跟唐书影一见如故般的促膝交流。徐志看着这一切冷冷地笑了,立刻感觉此时的自己仿佛是多余,包括之前的咸吃萝卜淡操心。他满腹牢骚地跟唐一彪说,不过我总算发现,挖墙脚我还是需要向唐队长学习,你这一锄头挖下去,挖出来的可是一个大名鼎鼎又珠光宝气的何婉玲。

9 卖房

傅灿灿这天夜里做了一个梦，她梦见留在漵浦镇老家的公公朱良材不行了，梦境中的朱良材睡觉的时候朝天吐出一口血，喷得像一道彩虹，喷出的血把整条被子都染红了。这是傅灿灿留在宁波的第四天，四天里她到处寻找朱三没有任何成果。梦中醒来的傅灿灿惊魂未定，一边喘着粗气一边把儿子朱大米给摇醒。朱大米躺在那里四仰八叉，迷迷糊糊问她，娘，怎么了？你是梦见找到了陈世美，还是捡到了一只金元宝。傅灿灿说不好了，你爷爷这次可能是死定了。这时候朱大米好不容易才把眼睛皮睁开，睁开眼睛后张口就说，娘，我好像又饿了。你听一听，这是我肚皮在叫的声音，还是窗外田野里青蛙在叫的声音。

四五月里的风涌进大美旅馆的窗户，乍暖还寒，傅灿灿听到朱大米这一句饿了，感觉心里比什么都要凉。她望向窗外，时间还是半夜凌晨，四周黑漆漆一片。她想自己怎么倒霉到这种地步，嫁了一个良心被狗吃了的丈夫，碰上一个就要断气的公公，身边还有这么一个不省心的儿子。朱大米虽然叫大米，但他一天到晚总是吃不饱，仿佛是饿死鬼投胎。傅灿灿咬了咬嘴唇，心想这应该就叫作三生不幸，她上辈子肯定是欠了他们朱家的。

第二天一大早，傅灿灿把四仰八叉的朱大米从床上拉起，牵着朱大米的手，急着赶回老家镇海的瀣浦镇。远远地，她见到了凤凰山与息云山，也想起了瀣浦街通往海滩的那堵月洞门，月洞门的石拱门一年四季攀爬着密密麻麻的老迈的藤蔓，藤蔓东牵西连，里头时不时跳跃出一只蚂蚱。傅灿灿打死都不会忘记，出了石拱门往东，以前是数不清的渔船，也就是瀣浦人所谓的三千户烟灶，三百只渔船。以前就是日本人还没到来的以前，那时候的傅灿灿常会跟朱三去渔船上买鱼买虾。那里的鱼虾特别新鲜，价格还便宜得吓人。

现在傅灿灿牵着朱大米的手急匆匆地行走在以前很繁华的瀣浦老街上，曾经鱼市里接二连三的鱼铺，以及装满海产的带鱼匾几乎已经消失，就连鱼腥味也变得很淡。她望向林立的马头墙，钻进一条巷子后拐来拐去，心里觉得越来越沉。巷子很深，以前很适合朱大米跟邻居孩子捉迷藏。但是傅灿灿现在没有心情考虑这些，哪怕是四五月的阳光打在身上，她也并没有感觉到暖洋洋。此刻她心里想的只有公公朱良材，朱良材七老八十了，那副苍老的样子，简直灰黄得跟月洞门上即将枯死的藤蔓一模一样。

傅灿灿最终站在了瀣浦老街自家的院门口，她试着敲了敲门板，声音比较清脆。接着她又敲了一下，这一回的力度明显比之前的要重。但是院子里还是没有声音，安静得跟夜里一样。傅灿灿于是听见自己沉重的心跳，她随即哗啦一声推开门板，却听见里头传来朱良材绵长的咳嗽。

朱良材等到咳嗽完了，开口的声音竟然比较响亮。朱良材说，头可断，血可流，骨头可以拆了，但房子不可卖！你给我滚出去！

听到朱良材斩钉截铁的声音，傅灿灿终于缓了一口气。她虽然没有见到公公的影子，但起码已经知道，老东西还没死。而朱大米瓮声瓮气的声音随即响起，爷爷，我饿。

事实上，这天整整一个上午，朱良材都很繁忙。朱良材依靠一条骨牌凳的帮助，先是从屋里挪步到院子里，接着又从院子里转回去屋里。骨牌凳是朱良材可以信赖的拐杖，像是他的另一条腿。朱良材会过一段时间把它缓慢地托起，托起以后让它稍微前进一步，然后自己就拖拉着一双老腿，比较安心地跟了上去。除此以外，朱良材一旦走累了，就会在骨牌凳上坐下，坐下以后好好地喘气歇息。

所以很多时候朱良材觉得，骨牌凳现在是他唯一的亲人。

此刻朱良材正坐在院子里的一棵桑树底下，茂密的桑树很高大，铺开来的叶片几乎把他瘦小的身影遮去一半，所以刚刚进门的傅灿灿一下子不会见到他。朱良材说，我在这里呢，说完又咳嗽了一阵，咳得眼冒金星头昏脑涨。咳完以后他好不容易吐出一口痰，又抹了抹苦涩的嘴皮时，发现傅灿灿已经站在了他的眼前。面对回到家里的傅灿灿，朱良材开始用一种沙哑的声音诉苦，他说的是家里平白无故丢了一只鹅苗，自己找了一个上午也没有找到。然后他几乎掉出了眼泪，心想要是鹅苗真的找不到了，这对于他们一家人来说会是多么巨大的一种损失。

傅灿灿并没有安慰朱良材，而是问他，家里总共有几只鹅苗？

朱良材于是噘着嘴皮回答，我哪怕不用去扳手指头，我也记得很清楚，咱们家的鹅苗总共有八只。

接下去傅灿灿也开始满地找鹅苗，她把那些黄澄澄又毛茸茸的鹅苗全都聚集在一块，聚集到浓荫遮蔽的桑树底下，然后又赶进一只破烂的笼子里。最后她蹲下身子，在鹅苗叽叽喳喳的叫声中数来数去数了三遍，又抓起其中一只道，爹，没有少，八只鹅苗都在。这时候朱良材又很伤心地咳嗽了一下。朱良材说，你是不是傻？你抓在手里的那只是鸭苗，不是鹅苗，鸭的嘴巴是扁的，鹅的嘴巴是凸起的。

朱良材开始叹气。事实上他非常清楚丢失的鹅苗是被谁偷走的，他知道不会有其他人，肯定就是镇上郑氏十七房的郑胖子阿江。郑胖子阿江是远近闻名的有钱人，这几年一直发了疯一样到处收购房子。他有好几次找镇上的风水先生看过，整个澥浦镇所有人家的院子，就朱良材这一间最能聚财，富甲一方，能够兴旺家运，冬天里能晒到的阳光也最多，而且极有可能出一个大官。所以这几天郑胖子阿江天天过来找朱良材聊天，夸他的儿子朱三很能干，据说在上海赚到了不少钞票，都忙得没有时间回家。然后郑胖子阿江话锋一转，说既然朱三不在家，朱三的老婆傅灿灿又在庄市镇的同义医院上班，那为什么一家人不直接去医院所在地的庄市买一座宅子呢，那样傅灿灿平常照顾公公不就方便了许多，不用经常在庄市和澥浦两个小镇之间来回跑。朱良材很耐心地听着，到了最后说，郑掌柜你说来说去到底想说什么？你说了整整一个下午，太阳都被你说得滚下山了。郑胖子阿江就很委婉地笑了，他搓着自己的一双胖手，局促地讲，那我就直说了，我想买下你这个院子。朱良材说怎么可能，不卖。郑胖子阿江却很执着，他讲你再考虑一下，我愿意给出一个让你老人家很满意的价钱。

朱良材这几天里的时光，就这样被郑胖子阿江给无偿占有了。郑胖子阿江三天两头过来敲门，一门心思想要说服他，而且每次来都从南货店里买了各种小吃，有岭南的桂圆荔枝干，也有本地泥螺醉蟹，绍兴香糕和茴香豆，诸暨枫桥的香榧。有一次他大概是豁出去了，一咬牙买了两瓶上等的绍兴黄酒过来。朱良材就每天晒着太阳,吃着零食,喝着黄酒,剥着醉蟹,听着阿江跟他说废话。终于到了这天上午,朱良材觉得吃得差不多了,再这样吃下去阿江要恼羞成怒了,于是他装出发火的样子,吼了一句道,头可断,血可流,骨头可以拆了,但房子不可卖!为了不伤和气,我就不讲你给我滚出去那么难听的话了。我讲请你出去!

面对回到家里来的傅灿灿,朱良材现在把所有情况都原原本本说了一通,他每说两句就停下来一次,大概是为了方便自己连绵不绝地咳嗽。最后朱良材很确定地认为,鹅苗就是被郑胖子阿江拿走的,他说只有郑胖子阿江上午来过家里,鹅苗肯定是被这个他娘的塞进了口袋里。

于是这天下午大概三四点钟光景,傅灿灿去了郑氏十七房,她要找郑胖子阿江。郑氏十七房到处都是老房子,包括中央房、东房、西房、庙基头全盛郑房、小九房、恒德房、恒祥房和鼎丰房、当典房等,这些白墙黑瓦的砖瓦房都是乾隆至光绪年间造的。十七房最多的是光秃秃的旗杆,还有穿插在空中不可一世的马头墙。马头墙下的藤蔓长得跟月洞门上的一模一样,什么风也吹不走。

郑胖子阿江正躺在自家院子里抽水烟,他的院子里除了一块嶙峋百态的假山,还摆满了一堆空酒缸,酒缸上也攀爬着泛绿的藤蔓。他看见站在眼前的傅灿灿卷起两只袖子，很像是要跟他打架的样子，于是他就慢吞吞吐出一口浓烟，又把水烟筒放下，搁在身边的假山旁。郑胖子阿江说我可能认得你，你是瀣浦镇朱良材的儿媳妇，你的男人叫朱三，你在咱们隔壁镇庄市的同义医院里当护士，所以你身上有医用酒精的味道。说完郑胖子阿江就把扔在地上的一只布鞋套上自己的光脚，并且很努力地拔上了鞋帮。

傅灿灿笑了。傅灿灿说郑掌柜回答正确。她又说，恭喜你了郑掌柜，你今天终于心想事成了，因为我已经决定，把我们家的房子和院子统统卖给你，但你要当场把钞票付清。

郑胖子阿江愣了一下，没想到梦寐以求的好事会来得这么快，所以他很迅速地说了两个字：爽快。

傅灿灿就这样把镇海瀣浦老街上的院子给卖了，用郑胖子阿江的话说，那叫快刀斩乱麻。阿江还说，傅灿灿的风格有点儿像《水浒传》里的孙二娘，简直就是一颗活着的炮仗。但是郑胖子阿江不会知道，傅灿灿之所以如此迅速地决定卖了他们朱家的房子和院子，全是因为那棵枝繁叶茂的桑树。桑就是伤，傅灿灿回到瀣浦镇以后仿佛灵光乍现，突然就想明白了，她想一个种了桑树的院子，一家三代人怎么可能不受伤？怎么可能不妻离子散？这是风水。

那天傅灿灿带着朱良材离开院子时，朱良材哭得稀里哗啦。朱良材说，我贤惠而果断的儿媳妇，鹅苗，至少鹅苗总应该带走吧。这时候傅灿灿就拍了拍身上的衣裳，把掉在肩膀上的一片桑叶给拍落。傅灿灿说老东西你真是糊涂，现在人都顾不过来，哪里还管它什么鹅苗鸭苗。

现在，傅灿灿左手牵着朱大米的手，右手牵着年迈的朱良材，背上背着一个简单的包裹，包裹中主要是一只镜框。在老街上走出蛮长一段路后，傅灿灿突然觉得眼里有点潮湿，心里也一下子像被掏空了似的。她擦了一把眼泪，忍不住回头看了老房子一眼，却发现一只孤单又幼小的鹅苗竟然不离不弃一直跟着他们。她停下脚步，鹅苗居然也回头看了一眼，望向身后巷子里的朱家院子，还有模有样抖了抖身上黄灿灿的羽毛。傅灿灿当即在阳光下有点晕眩，她说真是要被你们这些人给烦死。说完她狠下一条心，走过去蹲下身把鹅苗抓起，抓起以后又送到了朱良材的手里。傅灿灿说，你的宝贝鹅苗，拿去。

郑胖子阿江记得，那天朱良材是极其小心地抱着一只鹅苗离开瀣浦镇的。朱良材年纪不是很大，但是腿脚却不方便，在傅灿灿的牵引下走一步抖三抖，所以去往车站的路显得无比漫长。尽管他像秋风中在枝头颤抖的一片落叶，但他的一双手却始终呵护着那只安静的鹅苗。他那种样子令人啼笑皆非，好像是在光天化日下抱着一块巨大的黄金招摇过市。几乎所有熟悉的人，都安静地排列在路的两旁，看着傅灿灿一手搀着朱良材，一手牵着朱大米，从所有人的目光中离开澥浦镇。傅灿灿的脸上露出一丝笑容，她很豪迈地告诉大家，我们这是要当城里人去。她十分诚恳地对大家说，城里需要我们，朱三现在发达了，朱三派我来接我公公的。

傅灿灿当天就带着朱良材踏上了去宁波之路。她已经决定了，不仅澥浦镇老家的房子不要了，所有破旧的家具也不要了，就连同义医院的工作也不要了。有了这样的决定以后，她又决定在宁波城租一间房子，让朱良材和朱大米跟自己住在一起。与此同时，她第二天就去宁波城新马路上的仁济医院应聘，她找到院长说，你们缺不缺一个比主治医生的医术还高明的护士。院长被她的勇敢所折服，于是她顺利成了他们医院里的一名护士。

傅灿灿最终又在宁波城的白衣巷里找到了一间她所中意的房子。住下以后打扫收拾停当，傅灿灿跟朱良材郑重其事地说，接下去我有的是时间，我要一门心思对付你儿子朱三。朱良材正在吃一只油饼，他含混地说朱三怎么了，傅灿灿就冷冷地笑了一下，她把澥浦老家带过来的一只镜框扔在桌上，镜框里是她跟朱三和朱大米三个人的合影。傅灿灿看着合影说，其实你宝贝儿子也没怎么，他现在骨头有点轻，以为自己当上了皇帝。

傅灿灿又冷笑一声说，我倒要看看，你们家三个姓朱的能不能翻出我的手掌心。傅灿灿的一席话,让朱良材不禁吓出一身冷汗,差点被半只油饼给噎着了。他的身体也如冬天树上仅剩的一片枯叶一般,猛烈地在风中抖动起来。

10　碰头会

朱三在日军宪兵队招待所闲下来的时光里，基本上在读陈昆的日记。陈昆写了很多本日记，通过那些日记，结合唐一彪和唐书影写给陈昆的信件，朱三基本掌握了陈昆和唐家兄妹两人的书信交往过程，每次通信时彼此聊起的所见所闻，以及过往日子里琐碎的生活和情绪。

通过日记，朱三的眼里一次次出现了那座高低不平的城市重庆，包括重庆的嘉陵江，重庆挥之不去的水雾，以及重庆的烤鱼、火锅、酸辣粉和米线。朱三就此知道，山城重庆有数不清的台阶，台阶上替人挑行李的挑夫叫棒棒，棒棒空闲下来的时候，肩上扛着一根扁担，扁担的那头挂着一堆用来捆行李的绳索。除此以外，朱三还更加详细地了解到了重庆一次又一次的劫难。他知道日本人的飞机是从武汉起飞，不分昼夜，一路飞去重庆投掷炸弹，将这个城市轰炸得支离破碎。飞机就要到达重庆的时候，被国民政府的雷达监测到，于是在飞机再次来临时，很多地方会升起被称作"空袭信号弹"的红色灯笼，全城也会同时响起此起彼伏的警报声。

日记里陈昆提到，重庆人对空袭已经习以为常，他们挂在口头的一句是：任你龟儿子凶，任你龟儿子炸，格老子我就是不怕。

看着这些日记,朱三觉得自己跟陈昆靠得越来越近,也仿佛很多次见到行走在重庆街头的陈昆。陈昆那张笃定又从容的面孔,在嘉陵江的水雾中一次次显现,让朱三觉得越来越清晰,似乎已经像是他无比熟悉的隔壁邻居。

当然,陈昆在日记中从来不会提到自己特殊而隐秘的工作,他最多会这样写:唐佩,我已经决定回去宁波,去遇见一段全新的生活。虽然我知道路上都是坎坷,在我的睡梦中,那里也满地都是荆棘,随时有摔倒的可能。但我愿意去宁波,我相信我能把那段路踩踏成一片光明的坦途……

朱三在看到这里的时候想,陈昆,既然你在日记中这样说,那我把我的一双脚给你,我们一起去走这段泥泞又荆棘的路。朱三又想,唐佩,这个跃然纸上的姑娘,一定和陈昆在重庆发生了一些什么……

四月底的一天,由朱三也就是陈昆召集的东海小组的第一次碰头会召开了,就在老路的香烛坊。因为之前的花名册,陈昆早就记住了宪兵队哪些打杂的人是东海小组成员,所以这天上午他分别找到这些人,跟他们全都说了同样一句话:晚上可能要停电,天宁寺附近的路记香烛坊老板让我告诉你,家里最好准备三根蜡烛。

三根蜡烛代表下午三点钟碰面，陈昆提前半个钟头到达了。那时候老路的儿子小路正靠在门前躺椅上，阳光软绵绵的，让他昏昏沉沉地睡着了。他睡着以后按惯例流了很多亮晶晶的口水，在阳光下呈现出丝线的形状。但是他并不知道，接下去有一帮人陆续进入他的香烛坊，然后又笔直走进他父亲的睡房。而睡房里等待这些人的，是之前来过香烛坊给了他一沓钞票想要买蜡烛的陈昆。

　　房间里的光线有点灰暗，陈昆看着眼前的四个人，两男两女，表情各异，每个人都保持沉默，谁也没有开口说话。很快，陈昆打开一只抽屉，让这些人见到他上次过来时掰开来的一堆碎蜡烛。他直奔主题说，你们的名单原本就封藏在这堆蜡烛里，现在老路走了，老路把东海小组移交给了我。我就是你们的上级。

　　说到这里陈昆不知道接下去该说什么，但他听见那个眼睛很大很灵活的少妇问他，老路走了是什么意思？

　　陈昆说，老路走了就是死了。老路死在了上海，是上个月的事情。

　　所有人都倒抽了一口冷气，有人在抹眼睛，还在抽泣的时候甩出一把鼻涕。后来率先开口的还是那个少妇，她叫潘水，是宪兵队食堂的炊事员。她问身边的一个男人，说张会计，没想到你也跟老路这么熟。

　　张会计名叫张文新，是宪兵队密探队去年新雇来的会计，几乎每天都要跟潘水见面。张文新说潘水啊潘水，要是早知道你也是跟老路一伙的，那么上次你打碎我的算盘，让我少了一颗算盘珠子，这样的事情我也就不会记在心里。

陈昆于是到了这时候知道，原来这帮人也是第一次以东海成员的身份出现，也是第一次集中碰面。他问潘水，你会什么？潘水说我什么都不会，我就是以前在街上开了一家小酒店，我烧的油豆腐包肉特别好吃，老路过来吃过了，我就跟他熟了起来，后来我去了宪兵队食堂做事，老路就经常过来寻我。

陈昆皱了皱眉头，说，知道了。他的声音里包含了一些失望，这让潘水听出来了。所以潘水又说，不过领导，你要是让我在日本人的饭菜里下毒，这个对我来说容易得简直就像拍死一只蚊子。

陈昆听到这里又皱了一下眉头，他说潘水你要记住，我们不做下毒这档破烂事，我们以后要的是情报，送给余姚四明山新四军根据地的情报，这比毒死几个日本人要重要得多。说完陈昆又望向马夫羊三坝，他说羊三坝我早就认得你，你经常半夜里去马厩里喂马，马吃草的声音搞得我老是睡不着觉，这件事你有责任。羊三坝就抓了抓头皮，说你可以不吃草，但马怎么能不吃草。

羊三坝接着又说，有句话说得好，马无夜草不肥。

这时候站在一旁的小蜻蜓就听不下去了。小蜻蜓是个女孩,她说羊三坝你真是没有脑筋,你肥的是日本人的马,日本人的马应该让它瘦死,瘦死了潘水姐才可以给你们烧马肉。

羊三坝就接着反驳,说瘦死的马比羊大。

小蜻蜓不到二十岁,胆小如鼠,平常听到有人放炮仗,她也会紧捂着耳朵。走路的时候脚步很轻,害怕把蚂蚁的梦给惊醒。小蜻蜓是宪兵队招待所的清洁工。她白天在招待所擦洗打扫,到了晚上就去当地的甬剧团里参加业余演出。她是个业余演员中小有名气的旦角,但平常却不怎么爱跟人说话,说话的声音也比较轻,羊三坝说像蚊子的叫声。陈昆问她,你们剧团平常在哪里演出?小蜻蜓稍微有点紧张地说,主要是在濠河街上的大世界。陈昆说,什么剧场?小蜻蜓的脸一下子就红了,她看了陈昆一眼,又说了一遍,大世界。

陈昆没有想到,原来宁波城也有个大世界,大世界里除了各种杂耍、弹子房、拉洋片的,也有剧场。所以他问小蜻蜓,那你会演《田螺姑娘》吗?小蜻蜓就很认真地点头,连着点了三次。小蜻蜓说,领导你下次过来大世界,看我是怎么作为一颗田螺从水缸里钻出来的。潘水听到这里时笑了,潘水说小蜻蜓我以前没有听你说过这么多的话,你今天是哪里开窍了?小蜻蜓的脸于是顿时就红了,但她还是鼓起勇气说,潘水姐,跟你们在一起我不怕说话,因为都是自己人。

陈昆后来知道,原来小蜻蜓是老路的侄女,但是小蜻蜓是孤儿,她爹娘几年前死在了日本人的手里,就在宁波沦陷的那一天。就此陈昆心想,老路其实真不应该让自己这么一个侄女加入组织。

那天陈昆讲了很多,主要是关于东海小组以后的行动计划,也关于新四军的四明山根据地,以及怎么从宪兵队获得有价值的情报。陈昆记得自己每次讲完话,小蜻蜓都会在第一时间里点头。点完头小蜻蜓还很多次非常认真地说,领导,我会服从命令的。

就此陈昆终于觉得,自己有必要补充一句。他说你们以后不要叫我领导,我姓陈,耳东陈,以后我们都是兄弟。

这天的碰头会开了一个多钟头,小组成员相继离开后,陈昆给老路的儿子补上了上次忘记在隔壁店铺买的酥饼。然而陈昆后来就要离开时,却被一个急匆匆的男人给堵住。男人叫严守家,手里举着一副望远镜,三番五次说自己是在寻人。

陈昆问他你寻谁,严守家说我在寻我的女人。我女人叫潘水。

陈昆佯装不知,他故意说,没听清楚,你再说一遍,你老婆是叫什么名字？

这时候严守家就加大了音量，很不耐烦地说，我老婆叫潘水，潘仁美的潘，水性杨花的水。说完严守家把陈昆扯到一旁，凶巴巴冲进了老路的睡房，并且不停地叫喊，潘水你给我滚出来，我早就见到你走进这条巷子，你别以为我什么都不知道。我告诉你，我明察秋毫。

但是严守家找来找去什么也没找到，所以后来他在香烛坊里愁眉苦脸地坐下。严守家叹了一口气，说潘水这个女人真是要死了，三天两头不着家。她那么喜欢在日本宪兵队里做事，我知道她肯定成了日本人的姘头。陈昆不禁摇头，说严先生你有证据吗，没有证据不好乱说话的。严守家说会有的，总有一天会有的。只要功夫深，铁棒磨成针。说完严守家晃了晃手里的望远镜，很有把握地说，不然我为什么要买这么贵的望远镜？我就是要管住我们家的潘水，不允许她水性杨花。

严守家的望远镜是上个礼拜刚刚从一个日军宪兵队里的小队长那儿买的，目的就是跟踪监视潘水。望远镜应该经历过数次战场的洗礼，它的两只镜片各碎了一条缝，所以从他的眼里看出去，所有景物都是一分为二的。现在他觉得很奇怪，自己刚才在望远镜里明明见到切成两半的潘水走进了这切成两半的巷子的，但是这女人却跟幽灵一样不见了。现在严守家非常仔细地看一下眼前的陈昆，又望向空荡荡的巷子。巷子里有一只慢吞吞经过的猫，两只眼睛深思熟虑，似乎是看破了红尘。严守家说，我知道宪兵队里有个日本人是叫大场英夫，大场英夫到处找女人。他喜欢吃我们家潘水烧的油豆腐包肉，我最担心的不是他喜欢吃油豆腐包肉，我还担心他吃我们家潘水的豆腐。

陈昆忍不住再次摇头，他说，要是大场英夫真的看上了你们家潘水，难道你还能把他怎么样？就像你去山上遇见老虎，你还想让老虎彬彬有礼地给你让一条路？接着陈昆上下左右盯着严守家看，直到严守家被他盯得心里发慌，他才十分认真地说，严先生买的望远镜不错，不过你一天到晚跟踪你女人，我觉得你简直比宪兵队的警犬还要勤奋。

11 美辰公寓

唐一彪把很多个夜晚都交给了美辰公寓，那是江北岸老巡捕房边上的一套私人公寓，如果用大诗人徐志的话来说，那可能叫作如鱼得水。

一般是在晚上八点左右，唐一彪就会见到赶过来跟他幽会的何婉玲。站在二楼窗口，唐一彪经常看见一辆来生汽车行的出租车在不远处的马路口停下，停下以后车门打开，里头就走出一个神情淡定的何婉玲。何婉玲夹着一个坤包，打扮并不显眼，很多时候她会套一件米白色的风衣，让人以为这么一个有钱又有背景的女经理，是过来外滩找人喝咖啡谈生意。

一八四二年的《南京条约》，让宁波成为对外通商的口岸。于是一时之间，来自英法美各国的商人蜂拥而至，繁华热闹的同时，五花八门的小偷小摸和地痞流氓也层出不穷，所以就有了外滩商埠区内负责治安和刑事的巡捕房。

巡捕房最终被清政府收回，是在光绪三十四年，也就是一九〇八年，那时候唐一彪还没出生。不过也正是因为洋人的离去，才造就了唐一彪如今的如鱼得水。就比如说这天当唐一彪跟何婉玲一起泡在浴缸里的时候，他就不免赞叹起洋人留下来的这个豪华的浴室，里面别出心裁的照明和通风，还有头顶窗户五彩又私密的琉璃艺术玻璃，这些都是宁波城里最别致的享受。

唐一彪搂着何婉玲光滑的身子，偶尔在她肩膀上捏一捏，问她哪里酸痛，也问她经营药房和倒腾物资是不是很辛苦。何婉玲起初闭着眼并没有回答，接着给浴缸边的两只酒杯斟满了红酒。红酒是醒过的，何婉玲只是很小地咪了一口，就感觉来自法国的葡萄汁液正远渡重洋慢吞吞滋润她的唇齿。何婉玲闪了闪眼睛，长长的睫毛让唐一彪心动。他看到何婉玲盯着透明的酒杯说，你觉得日本人还能坚持多久？

唐一彪的手腕抖了一下，杯里的红酒于是晃出了一小片，漾开在浴缸的水面上。他很惊讶，说，你怎么突然说起这个？何婉玲却让自己的身子缓慢下滑，继续在浴缸里沉入，直到在水面上只露出一张潮湿又迷蒙的红透的脸。何婉玲说，因为早晚要说这个。

头顶的灯泡似乎很配合地闪了一闪，随即亮度有所减弱。这样的话题完全超出唐一彪的预料，所以唐一彪一下子无言以对。但他听见何婉玲的声音再次飘来，何婉玲说，盟军在法国登陆了，那个地方好像叫诺曼底。这么一来德国撑不下去了，那么日本呢？何婉玲停顿了一下，又说，消息暂时不要外传。

何婉玲的消息是从麻将桌上听来的,每个礼拜六下午以及当天的整整一个晚上,何婉玲的先生,也就是宁波经济委员会的主任何东,都要邀请松本队长或者宁波的一些名流,一起过来家中打麻将。那天麻将打了两局,有人隐隐约约提起了诺曼底,说是从英国人的电台里听来的。何婉玲不会忘记,那次松本抓着手里即将要打出去的一枚白板,足足看了有两分钟。松本最后清了清嗓子,说,要不麻将改天再打。

自鸣钟敲了十一下,把悦耳的钟声传送得很远。时间已经是半夜十一点,后来,唐一彪跟何婉玲套上洁白的浴袍,站在窗口看宁波外滩的夜景。从眼前的角度望过去,除了五层砖混结构的老巡捕房,唐一彪还能看见之前的英国领事馆、浙海关、天主教堂,以及老字号商铺宏昌源号,还有中西合璧的严氏山庄等。风徐徐地吹着,夜灯一派迷离,唐一彪看着这些建筑就在心里暗想,以前的洋人走了,难道现在日本人也要走?可是日本人一走,偌大一片外滩,接下去该由谁来管?这时候何婉玲打了一个细碎而文雅的喷嚏,可能是站在微风中有点受凉。何婉玲说,你知道吗,宪兵队思想科的大场英夫上个礼拜卖给我一把上好的军刀,军刀是日本天皇之前奖赏给他爷爷的。

唐一彪扑哧一声笑了,他没想到大场英夫为了去桃渡路找妓女,缺钞票已经到了这样的地步,需要卖掉代表祖上荣耀的军刀。但是何婉玲很及时地纠正了他，何婉玲说，大场要的不是钞票，他从我这里换走的是黄金。何婉玲把敞开的窗户关上，又把厚重的窗帘给拉上。她说你别看大场英夫下半身糊里糊涂，其实他上半身很清楚，这符合男人的共性。他知道眼下最重要的就是抓在手里的黄金，黄金就是以后的退路。

唐一彪于是点了点头。唐一彪说，我知道了，黄金就是人心。

12　海叔

一个礼拜后,在唐一彪的反复努力下,陈昆正式加入了宪兵队的密探队,而且是在缉私分队当队长。缉私分队负责检查宁波船埠码头和沿街商铺,侦缉军用和民用物资的走私,虽然日常事务繁忙,但是因为手上的权力,油水也很足。对此唐一彪跟陈昆说,以后你会越来越清楚,这年头什么都需要钞票,所谓家中有粮心中不慌,很多事情都需要抓紧,捞钱也是。

顿了一顿以后,唐一彪又加了一句,我得为你和书影的将来考虑。

那天陈昆带人去了中马路上的"故事海"书场,想要寻找一个逃匿的走私客。检查结束后陈昆发现自己丢三落四,把公文包遗忘在了二楼,于是他让手下在楼下等,自己回去经理室取。

在经理室,陈昆把门推开,见到了早就等候在那里的海叔。海叔既是说书场的说书先生,又是麻雀给陈昆指定的上线,他是东海小组跟麻雀之间的唯一纽带。

陈昆见到海叔时开门见山,直接说这个烂摊子我干不了,海叔你自己去看看,整个东海小组都是什么样的面孔。海叔给陈昆倒了一杯茶,他不紧不慢地说,如果都是精兵强将，何必派你去领导？陈昆说，我不干了，我在宪兵队最多待到秋天，到了秋天我要去见我老婆，见完老婆我还是回去上海大世界。

我是魔术师里的顶流啊，顶流就应该属于大世界。陈昆惊讶地对海叔说，难道你不知道吗？浪费艺术才华，就等于是浪费生命。

海叔在整理桌上的报纸。他把散乱的报纸一张一张折好，最后叠在一起说，别说秋天，我怕你这个月都待不下去。蔡六要来宁波了。

蔡六是哪一根葱？

蔡六就是出卖老路的叛徒，他在上海凯司令咖啡馆见到过真正的陈昆，可能也知道我们要安排人员潜伏进宁波宪兵队。说完海叔提起陈昆之前故意留在桌上的公文包，交到他手里说，朱三你可以走了，缉私分队手下在楼下等你。接下去你们东海小组的第一次行动，就是决定如何除掉蔡六。

朱三茫然站在那里，他没有想到事情会来得如此突然，然而此时，海叔又不无忧虑地说，蔡六不除，我很担心你会成为下一个牺牲的老路。

13　抽筋剥皮

傅灿灿已经死了那条心，她觉得朱三不可能再回来，她这辈子只能守着公公和儿子了。但是有时候傅灿灿又会想，自己那天在宁波火车站站台是不是真的看走眼了，其实那个格子西装的男人并不是朱三。傅灿灿被这样的烦恼所困扰，有一天她终于去问自己的公公朱良材。

朱良材这天好不容易吃下一个完整的包子，他打出一个很扎实的饱嗝，于是空气里都是煮熟的葱包肉的气息。朱良材坐在一张宽大的靠背椅上，吃下那么大一个滚烫的包子，让他连连喘息。然后他过了一阵缓过一口气的时候才说，傅灿灿你没有看走眼，格子西装就是朱三，我儿子就是这样的货色。

傅灿灿听到这里非常惊讶，她奇怪老东西为什么会如此肯定。这时候朱良材就直截了当告诉她，其实道理很简单，因为你这么长时间一直没有收到过朱三的来信。朱良材的手里都是残留下来的包子油，他把两只手指头塞进嘴里吮了又吮，等到把所有的包子油舔干净，他又接着说，傅灿灿你说得没错，朱三是个陈世美，这小子老婆不要儿子不要，连我这个如此优秀的爹也不要了。所以朱三没有良心，朱三是个猪头三。

那天傅灿灿感动得就要掉下眼泪，她差不多就要跪在朱良材的面前。傅灿灿说老东西你简直不是我的公公，而是我亲爹。但我那次写信给朱三，却还在信里骂老东西你不得好死。想起一生中这件顶顶令人后悔的事，我现在简直就想直接去跳海。

那天朱大米耳闻目睹了母亲跟爷爷之间的一场细谈。在朱大米八年的人生历程中，从未见过母亲跟爷爷有过如此热烈的交谈。六月份的阳光已经非常豪爽，朱大米剥去一件衣裳，感觉在白衣巷这间租来的房子里，生活的光亮和愉悦已经跟之前在瀣浦镇完全不一样。他记得从此以后，母亲几乎三天两头会给爷爷买肉包子，同时也带给他一份。他看到母亲将包子塞到朱良材全是皱纹的手里说，爹，你放开吃。

肉包子是从仁济医院的食堂里买的，傅灿灿每次都会把包子塞在一只银白色的铝皮饭盒里。那只铝皮饭盒来自医院的消毒室，医院每天把用过的针管包扎在一起，塞在饭盒里送进锅炉中高温蒸煮，所以傅灿灿的包子每次送到家里，都有着一股挥之不去的消毒水的气息。但是朱大米管不了这些，朱大米会咬着包子向傅灿灿打听，娘，你是不是发财了？

生活的热烈同时还有着另外一种模样，现在朱大米每天早上醒来，都会听见傅灿灿在起床以后开始拉开嗓子叫骂。傅灿灿骂得很卖力,她坐在床头骂,走去灶披间的时候骂,偶尔也会蹲在厕所里骂。傅灿灿骂朱三不要脸,骂朱三狼心狗肺,也诅咒朱三死了连棺材都没有。她每天起床后大致会骂上五分钟,偶尔有一天把这事情给忘了,负责督促的公公朱良材就会问她,你今天怎么不骂了?继续骂,骂完了你再去仁济医院上班。

因为离开了澥浦镇老街院子里的那棵桑树,也因为傅灿灿提供的源源不断的肉包子,朱良材的气色现在明显好了很多。朱良材又提高了嗓门道,傅灿灿你忘了挖地三尺也要找到陈世美吗?你忘了新仇加旧恨吗?傅灿灿于是就如梦初醒,站在阳光下咬着牙说,不能忘,不敢忘,不会忘。朱良材又说,抽不抽筋,剥不剥皮?傅灿灿的声音就显得斩钉截铁,她说,先抽筋,再剥皮。

这天李电影带着吕大鹅,提着一袋水果来到白衣巷时,看见傅灿灿正在给朱良材小心翼翼地剪指甲。朱良材的指甲又长又硬,指甲缝里都是污黑的泥。李电影笑眯眯地把水果摆到朱良材面前,嘴里说叔公,我来看你了。朱良材在靠背椅上点了点头,随即让视线一歪,绕到了李电影的身后。他盯着吕大鹅说,电影,这是谁家的姑娘?李电影就一双手搓来搓去,最后说叔公,她是我朋友,她叫秀子。

傅灿灿也是到了这时才转头,她看见吕大鹅紧紧抓住李电影的一只西装袖子，正在伸长了脖子仔细观望她给朱良材剪指甲。因为朱良材的手始终抖来抖去，所以吕大鹅盯着傅灿灿手里锋利的剪刀，好像是在观看一场恐怖电影。观看的时候吕大鹅说，小心，小心啊。

后来傅灿灿把剪刀扔下，她说李电影你这个当面一套背后一套的混蛋可以走了，你跟朱三是一伙的，你从来没有真正帮我找过朱三。李电影就站在那里孜孜不倦地笑，李电影说，叔公的气色不错，肯定福如东海寿比南山。李电影还说姐，什么时候你带叔公去我那里看电影，我给你们免费安排最好的位置。

李电影这么说着的时候，吕大鹅已经跟朱大米玩到了一起。吕大鹅见到地上一只黄灿灿的小动物，撑开两只脚始终跟随在朱大米身边，她忍不住去问朱大米，这是什么？朱大米就擦了一把鼻涕，告诉她这是鹅。吕大鹅说，骗人，乱讲，鹅毛是白色的，你难道没有见过白色的鹅毛扇吗？像诸葛亮手里拿的那种。朱大米也不想去反驳，他无可奈何地盯着吕大鹅脸上的雀斑，像是失望地说，你怎么连这个都不知道，这是小时候的鹅呀。吕大鹅顿时很惊讶，她从来没有想到，原来小时候的鹅是黄色的，而且还是如此的可爱。所以她张大了嘴巴跟李电影说，天哪，简直太神奇了，这是不是跟拍电影一样？

吕大鹅的这一声天哪，让傅灿灿实在看不下去。傅灿灿怒气冲冲提起扫把,开始在院子里胡乱扫地,她扫了东边扫西边,握在手里的扫把舞得呼呼直响,眼前的泥沙也被她扫得腾空飞起。然而她如此不遗余力地扫了十分钟后,扫得满地烟尘,吕大鹅却丝毫不受影响,始终蹲在地上跟朱大米没完没了地讨论那只鹅苗。吕大鹅跟朱大米说,我的日本名字叫秀子,但我还有一个中文名字叫吕大鹅。现在你的鹅苗跟我在一起,好像它是我的小弟弟。

在吕大鹅的絮絮叨叨里,幼年的鹅苗不再慌张,反而张开嘴巴欢叫了一声。这时候朱大米就跟吕大鹅说,它说它饿了。吕大鹅听闻这一句后反应很及时,她急忙从李电影带来的水果中抓过来一只苹果,咬下细细的一片后送到鹅苗的嘴前。吕大鹅说来来来,吃苹果,不要客气。

14　改名

大概是李电影去过白衣巷后的第三天夜里，东海小组的第二次碰头会召开了。那天是礼拜六，陈昆照例陪唐书影去皇后夜总会跳了一场舞。因为没有少了一个"摩"字的徐志在场，所以在唐书影的指导下，陈昆基本学会了对他来说比较难的探戈舞步。舞会结束，陈昆送走唐书影，接着就去了小蜻蜓的家里。

这天陈昆在夜总会里喝了一点酒，基本有了微醺的状态。一开始他跟小组成员聊天，主要是回忆了一下自己在上海大世界变了三年戏法的历程。陈昆说他原本每天变戏法，连大明星周璇都经常来给他捧场的。陈昆还说本来他变出的都是灰鸽子或者小白兔，但有一天也真是见了鬼了，竟然变出了一只小灰兔。陈昆莫名其妙地笑了一下，感叹自从变出了那只灰色的兔子以后，自己的一切就鬼使神差地变了，他说从此以后我变成了你们眼里现在的陈昆。

潘水听到这里糊里糊涂，她说，领导你能不能简单点，你到底想说什么？陈昆就说，其实我想说的是，这个世界太多的事情都在变化，现在有个名叫蔡六的男人要来宁波，蔡六就是出卖老路的叛徒，组织上已经明确地认定了。蔡六不除，包括我在内，咱们整个东海小组可能都要毁在他手里。

那就把蔡六给卸了。羊三坝说，这事情你们不用操心，我来动手。他又跟潘水说，到时候你带上食堂里的菜刀，我说的是那把剁骨头的骨头刀，不是削地瓜的那把小刀。

陈昆摇了摇头，让羊三坝不要急。接下去他说了很多，除了给组织锄奸，他还强调要拦截下蔡六即将给宪兵队松本队长送去的情报，因为那份情报可能跟四明山的浙东新四军游击队有关。后来陈昆的酒气慢慢散了，但他反而越说越有劲，他觉得东海小组接下去要做的事情其实也就是变戏法，先是怎么把蔡六的情报变回到小组手里，再是大家相互争口气，争取把松本手里的宁波变回到宁波人自己的手里。陈昆说我们变他一个天翻地覆，只有这样才对得住老路。

潘水和张会计他们听到这里愣住了，眼里都出现一道光。他们觉得这样的说法很新鲜，没有那些陈词滥调的口号，更加没有所谓的英勇和悲壮。于是大家又一致决定，以后可以将东海小组改名为大世界小组，他们要在宁波好好地变一场戏法，变他一个五颜六色，也变他一个天翻地覆。

那天小蜻蜓也被这样的想法所鼓舞。她跟陈昆说，大世界好，大世界也是我每天登场上演甬剧的剧场，领导你安排我什么任务，我一定服从。陈昆笑了，说小蜻蜓我宁愿不安排给你任务，你就好好地演你的甬剧，我还要看你的《田螺姑娘》。小蜻蜓说，为什么？陈昆就说，有任务就会有危险，我希望你以后能一直照顾好老路的儿子。

小蜻蜓站在那里不再吭声，陈昆知道她伤心了。陈昆说，小蜻蜓我问你一句，你以后要是被捕，宪兵队会对你严刑拷打，他们把你所有的指甲一片一片拔掉，还把你扔进狼狗堆里，那样你怕吗？

小蜻蜓听到这里一下子掉出了许多眼泪。她眼泪汪汪地说，领导你别说了，你再说我晚上要做噩梦了。

15　马车

六月底的一天，蔡六悄悄登上了离开上海的火车。这时候上级同意，东海小组更名为大世界小组，正如大世界小组所掌握的信息那样，蔡六此行的目的地是宁波。火车开出上海站十分钟后开始加速，在那阵凶猛又悠长的鸣笛声中，蔡六跳动的心渐渐安定下来。他眼看着无比熟悉的上海正在迅速远去，心里却在暗自庆幸，庆幸自己这样的出走终于能够顺利成行。

事实上蔡六离开上海也是迫不得已，他曾经总结过，自己的命运可谓一波三折。

当初作为中共地下交通线某个隐秘小组潜伏在上海的一员，蔡六曾经也是麻雀的手下。可是后来因为身份暴露，他在一次行动中被76号汪伪特工总部直属行动队的苏三省所诱捕。被捕以后面对即将展开的刑讯，蔡六对自己根本没有信心，所以第一时间就服软了。被苏三省收买后，蔡六送上的第一份礼物，就是老路和陈昆在上海的接头信息。那次蔡六原本的想法，是让苏三省远远地监视这两个人，等候接头完成后让他们两人都平安无事去宁波，这样他们再一路跟踪，才能放长线钓大鱼，不仅钓出陈昆到达宁波后的上线，还有望将蛰伏在宁波城的整个东海小组予以全盘剿灭。但是蔡六没有想到的是,那天在凯司令咖啡馆,苏三省却急着收网,即刻就要将两人抓捕,于是也就有了当初鸡飞蛋打的那一幕,先是老路死了,再是那个从重庆过来的陈昆也不知去向。

那个下雨的夜晚,收网行动失败以后,蔡六十分沮丧,坐在苏三省办公室里一直闷声不语,仿佛一枚受潮的鞭炮。苏三省却干净利落地打开窗户,在窗口荡进来的风中活动了一下筋骨后,他又悠然自得地点燃一支硕大的雪茄。面对飘进来的细微却绵密的雨丝,苏三省并不急着去抽雪茄,而是很轻巧地问了一句,蔡六你是不是对我有意见,觉得我太过冲动?蔡六坐在那里凝思很久,他想了一阵后说,苏队长既然突然之间出尔反尔,想必是有更高层面的考虑。

屁个考虑,我才没有你想的那么高尚。苏三省冷笑了一声,象征性地抽了一口雪茄,然后嘴巴略微一张,满嘴的烟雾喷薄而出,仿佛他的嘴巴是一个动人的烟囱。苏三省说,我其实很清楚,老路和陈昆两人一旦去了宁波,剩下的就没有我们直属行动队什么事了。苏三省说蔡六你可能还没有听明白,那我这么跟你说吧,只要陈昆到了宁波,我们手上掌握的所有情报,就要完完全全地移交给宁波宪兵队。

是完完全全,不能有丝毫的保留。苏三省继续加重自己的语气，他说这就等于免费赠送一份大礼，也就是我们前期的所有努力都是在给宁波宪兵队打工，完了还半毛钱的奖金都没有。

那天蔡六听到这一句时，眼前豁然开朗。他表面上不停地点头，仿佛已经大彻大悟，但在心底里，蔡六已经作出决定，自己的下一站应该是直接投靠宁波宪兵队，因为他手里还掌握了另外的情报，那样的情报与余姚县四明山的浙东新四军游击纵队有关。蔡六那时候的思路已经跟被雨水冲刷过的玻璃一样清晰，他很明白，类似的情报要是再次交给苏三省，最后的结局还是明珠暗投，含金量势必会大打折扣。所以他在心里说，敬爱的苏三省苏队长，既然你只看重你眼前的一亩三分地，那就别怪我另攀高枝。

火车一直往南，经过十多个钟头的奔波后，车轮现在已经把上虞站远远地抛在身后，前面即将到达的一站是余姚，而过了余姚也就是蔡六心心念念的宁波。此刻蔡六坐在火车餐车里，毫不吝啬地就要给自己点上一份牛排时，却看见一个戴眼镜的男人朝他走了过来。男人毫不犹豫地在他对面坐下，坐下以后男人开口说，蔡先生，久仰。

蔡六一下子蒙了。他想不明白这又是哪一方的诸侯。但是话还没来得及问出，男人又张口道，苏队长要见你。

哪个苏队长？蔡六的心顿时凉了，但嘴里还是要明知故问。他是万万没有想到，自己此番来宁波，原以为是悄无声息不露痕迹，但这一切竟然还是没有躲过狐狸一样的苏三省的眼睛。

苏队长当然是直属行动队的苏队长。男人推了推架在鼻梁上的金丝眼镜，那副腔调像是斯斯文文，也像是十拿九稳。接着他又凑到蔡六眼前说，苏队长也在这趟车上，我现在就带你过去，他在软卧包厢里等你。

事情既然到了这种地步，蔡六觉得也没有必要再遮遮掩掩了。这个世界上任何破事，该面对的都还是得要去面对。他想苏三省也不至于太过为难他，大不了自己回去上海以后好好地向他认错。于是蔡六很及时地点头，提起随身携带的公文包，起身后跟在男人的身后。一路顺着车厢过道往前走的时候，他分明看到了男人就算没有回头，也已经透露出凶猛的杀气。

车子正在减速，车厢摇摇晃晃，蔡六在跟随男人走去软卧包厢的路上时，再次感叹此生命运的一波三折。然而也就是三分钟以后，就在途中那节拥挤的车厢上，蔡六竟然神鬼不知地消失了。那时候火车刚刚在余姚站停靠，蔡六眼见着车厢门打开，突然感觉这是为他打开了冲向另外一个世界的通道。所以他连想都没想就直接冲下了车厢，并且迅速钻进了下车的人流中。

出了余姚站以后，蔡六迅速奔跑在余姚县城陌生的街道上。因为个子高挑，人又长得瘦，所以他奔跑起来的样子特别显眼,像是饱受饥荒之灾又在亡命奔逃的一只瘦长的鸵鸟。余姚站前路的街景在蔡六眼里一闪而过,萧瑟的景象令他失望,促狭灰暗的街道两旁除了稀稀拉拉的水果摊和饮食铺,哪怕是一间像样的杂货店也没有。此时蔡六急于找到一间电话亭,他希望眼里能尽快出现一部公用电话,那样他才能跟宁波宪兵队及时联系上,让他们抓紧时间派车过来接他。离开上海之前,蔡六已经跟宪兵队取得联系,表达了自己想要拜访松本队长的愿望,同时也告知了自己前往宁波的火车班次。

蔡六在继续奔跑,他相信苏三省不会轻易放过他。那些正在追赶他的人或许就在赶来的路上。风声灌满蔡六的耳朵,他感觉迎面吹来的风是滚烫的。滚烫的风掠过他瘦弱的肩膀,狭窄又紧凑的胸腔,同时也将他凌乱的头发吹得很高,仿佛是要将他整个人从大地上连根拔起。

果然蔡六只是跑出了五六分钟光景,就听见身后传来一阵不祥的声音,那种庞大又慌乱的嘈杂声,让他即刻联想到了亡命天涯的追捕。蔡六在顷刻间回头,见到的却是一辆疾驰而来的马车,马车跟疯了一样,携带着一阵狂风,几乎在平静的余姚街头横冲直撞,仿佛要将前方敢于阻挡它的一切给彻底撞碎。见到这一幕蔡六总算松了一口气,他想,追捕他的苏三省总不至于会驾着一辆汹涌的马车,那根本不是他们直属行动队的风格。想到这里蔡六就让自己跑向了街边，尽量跟狂奔的马车远离一点。但是蔡六没有想到的是，他只是跑出了几步路的距离，那辆庞然大物般的马车却跟阴魂不散一样，笔直朝他避身的方向碾压了过来。那时候蔡六一下子蒙了，甚至忘记了躲闪。他只是看见马车瞬间在他眼里无数倍放大，仿佛跟凶猛的潮水一般，然后他胆战心惊正要伸出手去无谓地阻拦时，耳边已经听见嘭的一声巨响。

蔡六被无可救药地撞飞。撞飞以后他感觉自己的身子很轻，似乎摆脱了地球的引力，所以在那片毫无遮挡的空中，他手舞足蹈起来，一直飘出去足足有七八米的距离，最后才砰然落地，再次落回到泥泞的街边，像一只刚刚剥出的不小心掉落在地上滚满灰尘的粽子。

落地以后蔡六全身失去知觉。他并没有感觉到痛，只是看见余姚站前路的两旁，许多水果摊和饮食铺都在旋转，一起旋转的还有远处歪歪斜斜的电线杆，以及头顶三三两两跟棉絮一样破败的云层。蔡六的呼吸越来越缓慢，而那匹马因为疾速撞击所引发的悲鸣声，在他异常混乱的耳朵里，听起来似乎跟梦境一样遥远。

蔡六很快就要陷入昏迷。在闭上眼睛之前，他似乎见到马车车厢上急忙冲出来的是两个陌生的女子，女子的身影毛茸茸的，而随即朝他冲奔来的，就是此刻已经收住马缰的那个不长眼的车夫。蔡六当然不会知道，事实上那个该死的车夫就叫羊三坝，这人是宁波宪兵队的马夫，而剩下来的那两个毛茸茸的女子，分别是叫潘水和小蜻蜓。蔡六在陷入昏迷时更加不会想到，当初在火车上信口雌黄，口口声声说要带他去见苏三省的人，其实也是来自宁波宪兵队。那人是宪兵队密探队财务科十分狡猾的会计张文新。这天在火车上，他还特意换了一副金丝眼镜。

按照陈昆之前的设计，刚才张文新是特意用那样的方式来哄骗蔡六，借此逼着蔡六在余姚站下火车，不然他们大世界小组就无法动手。余姚是靠近宁波的最后一站，而一旦火车到了宁波，站台里就会有等候在那里的唐一彪。唐一彪奉命迎接蔡六的到来。

的确，蔡六的命运就是这么一波三折。他最终毁在了一辆马车的身上，因为那辆马车已经在余姚站等候他多时。看样子，羊三坝带来的那匹发情的公马，已经等得极不耐烦了。它高扬的马蹄，似乎是想要将整个大地踏成碎片。

16　接人

同样的时间里，在距离余姚县城几十公里外的宁波，唐一彪和陈昆正等候在宁波站的站台。站台上的风吹得很轻快，吹起他们的衣角和头发，也扬起一片细小的灰尘。风告诉人们，夏天即将来临，不远处青草和泥土的气息，也正在悄悄地掩盖过来。

夕阳准时到达，上海过来的火车也就是在这时候缓缓停下。火车头冒着浓重的白气，巨大的铁轮和钢轨发出刺耳的声音，看上去像一块腾云驾雾的铁。一会儿，人流从挤得满满当当的车厢中涌出，仿佛是从渔网里倒出了一堆活蹦乱跳的鱼。这时候站在一旁的司机也将手中的牌子举起，牌子上写了几个大字：接蔡先生。

陈昆望向人流时，似乎很随意地跟唐一彪打听，问他这次要接的蔡先生是谁，唐一彪却并不急着回答，而是给他卖了一个关子。唐一彪答非所问地说，徐志现在怎么样了，他不仅是少了一个"摩"字，他还缺了一根筋。他还会三天两头给你挖墙脚吗？

陈昆心想反正闲着也是闲着，接下去在这个忙碌的站台，两人肯定还要在风中站上很长一段时光，所以他就决定，干脆把天给聊开吧。陈昆先是聊起了唐书影，关于唐书影如何喜欢侦探小说，又如何喜欢去跳舞。他说为了让唐书影开心，自己也拼命地去看侦探小说，白天黑夜里使劲地看，就此争取跟唐书影有共同的话题。与此同时，在过去的几个周末里，他也在皇后夜总会的舞厅里渐渐学会了慢三快四，探戈伦巴，碰到动作生硬的地方，他也会很及时地向唐书影请教。唐一彪听着听着就笑了，他想既然如此，那个酸溜溜的徐志就找不到可以开挖的墙脚了。但唐一彪又说，除了侦探小说和探戈伦巴，你别把正经事给我忘了。

陈昆说，看书跳舞不正经吗？

唐一彪白了陈昆一眼，说正经事就是你的缉私分队。我安排你去缉私分队，你别傻乎乎地闲着，要想方设法多存几条黄鱼。因为你以后跟唐书影两人过日子，最需要的就是大黄鱼。

陈昆点头，说晓得了。他知道唐一彪嘴里说的大黄鱼，其实指的就是金条。

两人就这样聊来聊去，直到整列火车上的旅客都走光了，唐一彪还是没有见到朝他走来的蔡六的身影。这时候他心里开始打鼓，难道自己把接站的日子给记错了？后来陈昆也开始着急，他干脆去把列车长给叫了过来，突然有了不太好的预感。列车长看过了唐一彪手上的蔡六的照片，感觉这个人有印象。根据列车长回忆，蔡六之前是独自坐在餐车上，后来被一个戴眼镜的男人带走了，好像还是在余姚站下的车。

唐一彪说，你能确定？列车长说，八九不离十吧。

唐一彪的车子即刻出现在通往余姚县城的路上。车子开得飞快，路上唐一彪跟陈昆解释，蔡六是从共产党那边投诚过来的，投诚过来以后，这人待在特工总部直属行动队，但是可能因为跟行动队方面处得不愉快，所以这家伙前段时间给宁波宪兵队来信也来电话，自称手上有重要的情报可以交给松本，还希望从此以后留在松本的身边。说到最后唐一彪闭上眼，他问陈昆，你觉得蔡六为什么要在余姚站下火车呢？那个带走他的戴眼镜的男人会是谁呢？

陈昆把留了一条缝的车窗给摇上，为了更加方便跟唐一彪的交谈。他说腿长在蔡六的身上，这人为何要提前下车，具体原因只有他自己知道。不过有没有这样一种可能，陈昆想了想说，那个带走蔡六的人，是跟直属行动队有关？

唐一彪不语。陈昆又说，其实这事情要处理起来也蛮简单，只要宪兵队出面跟直属行动队打听一下，就什么事情都明白了。唐一彪听到这里笑了，他睁开眼睛摆了摆手，心想陈昆前面的分析倒是有一定的道理，可是他后面给出的那条建议，只能说明还比较糊涂，不懂得人心。唐一彪说，宁波的宪兵队是不可能去向上海特工总部的人打听的，因为松本巴不得天下没人知道蔡六来宁波投诚这回事情。

陈昆装作似懂非懂，只是在嗓子底下说了一声哦。这时候他听见唐一彪又说，横插一杠截了人家的资源和情报并不厚道，说白了也就是挖人家的墙脚。

车子在坑坑洼洼的路面上疾驰，扬起厚厚的灰尘。陈昆坐在车厢里，耷拉着摇晃的脑袋，眼睛细细地眯起。他并不知道余姚离宁波到底有多远，但他心想，总归等到车子开到了余姚，羊三坝他们应该早就把事情给处理好了。此前他反复对大世界小组人员叮嘱，此番的任务不仅仅是刺杀蔡六，关键还是要拿到蔡六手上的情报。海叔说组织方面并不清楚蔡六即将呈交给松本的是何种类型的情报，但不管怎样，这种情报必须截留，以防它落入他人之手。

后来暮色降临，透过车窗陈昆在一条崎岖的乡村道路上发现，前面路口正走来一辆摇摇晃晃的马车。马车遮盖着车棚，陈昆不用细看也知道，车厢前那个头戴斗笠，又在暮色中特意将斗笠压得很低的车夫，分明就是羊三坝。羊三坝因为在宪兵队养马，所以懂得如何正确调教一匹马。他知道怎样才能让奔跑的马变得疯狂，肆无忌惮地冲向前方的目标，那个目标也就是等待已久的蔡六。

眼见着马车越来越近，陈昆就问唐一彪余姚还有多远，他们晚上是否能赶回宁波，因为他还急着把唐书影给他的一本侦探小说给看完。陈昆之所以要这么问，是为了吸引唐一彪的注意力，好让他不去关注前方羊三坝的那辆马车。这样的一招果然奏效了，坐在前排副驾位上的唐一彪这时转过头来，唐一彪说能不能正经一点，我现在是带你过去办案，你却要跟我说侦探小说。陈昆就挤了挤眉头，又说那你正经一点告诉我，余姚现在有什么好吃的？余姚杨梅不行，杨梅现在还不是季节，那么就是余姚皮蛋，还有余姚桂花肉。唐一彪一下子听得很不耐烦，他说吃你个头，等下能不能见到蔡六都是个问题。

陈昆的脑袋于是继续左右摇摆，这么长时间下来，他觉得脖子都快要摇酸了。此时羊三坝的马车已经跟他的车子擦肩而过，所以他又假装打出一个悠长的哈欠，还用比较疲倦的声音埋怨，这个不让说那个不让说，那我还不如睡觉。说完陈昆把眼睛眯上，却是仔细望向了前方的后视镜。透过后视镜他能比较清晰地看见，此刻羊三坝的马车已经在昏暗的暮色中走远，那个抖动的影子，很快就在他的视线中消失，仿佛整辆马车被暮色给吞没掉了。

现在月光又上来了，陈昆于是望向迷蒙的月光想，既然如此，要不还是干脆心无旁骛地睡上一觉吧。

17　情报

在同一片充满宁波气息的月光下，羊三坝不紧不慢驾驭着那辆马车，马蹄嘚嘚，马车仿佛驶进了一个神话世界。远处不时还会传来几声夜鸟的鸣叫，让这一条路显得无比宁静而悠长。羊三坝偶尔会在马屁股上抽上一皮鞭，他不想让马车跑得太快，怕过分的颠簸会影响到正在身后车棚中忙碌的潘水和小蜻蜓。

在此之前，潘水已经打开蔡六随身携带的那只公文包，她和小蜻蜓将里头七七八八的物品全部掏出，胡乱撒在了车厢地板上。经过一番清点，公文包里除了蔡六在76号的工作证件，此番来宁波的车票，剩下的就是毛巾牙刷剃须刀，以及蔡六在这个季节里需要换洗的两三套衣物。潘水纳闷了，陈昆交代她必须要拿到手的情报到底藏在了哪里？想到这里她又举起带来的剁骨刀，哗啦一声就将公文包的夹层给割开，可是等她将整只公文包都撕得支离破碎，里头照样没有发现哪怕是一片纸条。

潘水当然不会就此罢休，她蹲着身子移步到蔡六的身边，狠狠在他胸口踢了一脚。

在此之前，蔡六的一双手已经被死死地绑着，他整个人靠坐在车厢栏板前，半张脸红肿淤青，嘴角流出一些风干的血。自从被马车撞飞，蔡六陷入昏迷后到了现在还没有醒来。在小蜻蜓的眼里，这人就是一头被人砸晕的猪。所幸还有一息尚存。

潘水刚才的一脚因为踢得比较有劲，踢在了蔡六的肋骨上，所以蔡六在一阵尖锐疼痛中终于迷迷糊糊地醒来。醒来以后蔡六感觉自己的身子在晃荡，直到看清眼前昏暗的车厢时，他才渐渐明白，自己原来是被扔在一辆马车上。蔡六尽量让自己坐稳，在依稀漏进车棚的有限的月光里，面对提在潘水手上的那把明晃晃的剁骨刀，以及被撕裂的公文包，还有公文包里撒了一地的随身物品，他就十分清楚地意识到，自己显然是被人劫持了。

蔡六长长地吐出一口气，他望向凶狠又狰狞的潘水时，气得几乎就要吐出一口血。他实在是难以想象，自己好不容易闯出一条生路，却又活生生栽在了从天而降的女人的身上。而眼前这个宁波女人竟然会这么狠，看上去完全是一副谋财害命杀人越货的模样。蔡六用沮丧的声音说，放了我吧，我带来的钞票不在公文包里，都在我胸前的口袋里。

去你娘的钞票。潘水的刀子直接抵上了蔡六的脖子，潘水说，情报在哪里？

蔡六顿时更加迷糊了，他慌慌张张问了一句，什么情报？我只有钞票！

当然是你要上交给宪兵队松本的情报。潘水说完,另外那只手已经从蔡六胸前的口袋里十分利索地掏出了一只钱包。她将皮夹扔给了蹲在一旁的小蜻蜓,此时胆小怕事的小蜻蜓战战兢兢接住,打开以后倒出一些花花绿绿的钞票,然后就对她摇了摇头。小蜻蜓说,姐,钱包里只有不值钱的钱。

蔡六到了现在终于明白,原来不是冤家不聚头,眼前的这两个女人,竟然还是抗日分子。这时候马车停下,没过多久,蔡六就看见车棚里突然漏进来一大片的月光,和月光一起进来的还有一个脑袋,他记得这就是之前那个赶车的马夫。马夫二话不说夺过潘水手中的刀子,刀尖猛地挑开他胸前的衣裳,毫不犹豫直接割切进他的皮肉。细小的血开始缓缓流了出来,但是刀尖还在继续往前穿刺。此时蔡六听见马夫说,留命还是留情报,你自己选。

蔡六听到了路旁丛林里野鸟在这一刻突然的啼叫,叫声撞碎了一小片的月光。远处和近处,是一片黑色的丛林,月光显得十分高远。蔡六的心头不由升起了一声哀鸣,他的身上的确没有形成文字档案的情报。事实上,他要呈献给松本的所谓的情报,所有信息都保存在他的脑海里,比如说浙东新四军游击队目前总共有多少人枪,其中几个重要的负责人分别叫什么名字,他们平常又分散隐藏在哪片区域,大概每隔多长时间会召开一次碰头会。

锋利的刀子还停留在蔡六的皮囊里，此时蔡六虽然被扎得疼痛难忍，但是心里却在反复告诫自己，必须赶紧想出一个法子，不然自己这条小命就要玩完。死了不仅是孤魂野鬼，而且还死无葬身之地。夜鸟再一次啼响的时候，蔡六说，情报没在我身上，之前被我塞在了火车车厢里。

哪一节车厢？塞在了哪个位置？问话的人是潘水。

你们找不到的，只有我能找到。蔡六说，那趟火车今晚会留在宁波站过夜，现在过去站台还来得及。

马车于是再次出发了，这回羊三坝让马跑得很急。但是羊三坝要到了后来才知道，他们大世界小组的这一次行动，最终将以失败告终，因为他们被蔡六给耍了。

那天当马车横冲直撞地冲到了宁波火车站，蔡六在被推下车棚的时候就故意拖拖拉拉，借此来延缓潘水他们的节奏。蔡六很清楚，他必须抓住机会逃脱。从上海过来的那列火车的确像一条疲惫的长蛇软塌塌地停靠在站台里，这让蔡六更加增添了一份逃脱的信心。因为最起码在接下去的十来分钟里，潘水还是会在一定程度上信任他。

蔡六瘸着一条腿，在羊三坝的带领下靠近了那列空空荡荡的火车。车门并未关闭，羊三坝首先登了上去，随即一行人就蹑手蹑脚行走在黑漆漆的车厢中，渐渐向蔡六所说的餐车走去。此时小蜻蜓能够听见自己轻细的呼吸，在如此影影绰绰又静得出奇的车厢里，她很怕会发生什么。

小蜻蜓猫着身子一步一步走得很慢,结果在就要到达两节车厢的接头处时,她最终还是糊里糊涂地撞上了身边的一块桌板。小蜻蜓惨叫了一声,也就是在这时,蔡六找准机会猛地将她推开,瞬间就一个猛子跳下了车厢。

夜色浓得像化不开的墨,冲下车厢的蔡六在地上打了一个滚。他就要起身开始拼命奔跑时,突然见到远处的一道手电光,以及正在附近巡逻的一队日本宪兵。蔡六觉得这真是天赐良机,可是等他勉强站直了身子,追赶过来的潘水已经第一时间将刀子扎进他的后背。蔡六听见咔嚓一声,接着嘴巴就被潘水给捂住,并且潘水朝他胸口扎去了第二刀,这一刀扎得更加狠。

太多的血涌了出来,蔡六倒了下去,他很想大声喊叫但再也没有力气发声。此时他似乎很清楚,只要潘水再补上一刀,自己就断然没有活下去的理由。但是蔡六在昏死之际迷迷糊糊发现,自己刚才的挣扎已经引起了远处宪兵队的注意,所以那道强烈的手电光迅速朝这边射了过来,将周遭的一切照耀得无比清楚。

这时候潘水没有机会再补上一刀,因为赶过来的羊三坝已经不容分说抓住她肩膀,并且厉声告诉她快走。更多的手电光芒在夜空中像挥舞的一群手臂,宪兵队人员也如潮水一般涌了过来,叽里咕噜的叫喊声云起。那一刻潘水虽然无法确定是否已经刺死蔡六,但她只能跟随羊三坝和小蜻蜓开始狂奔，一起奔向路边的那辆马车并纵身跃上，然后迅速消失在这一晚茫茫的夜色当中。

18 近在咫尺

唐一彪的车子在夜里十点半回到了宁波。在余姚，唐一彪很快掌握到了有关蔡六的信息，同行的陈昆分明听到，余姚县伪警察局当班警察反馈，当天下午在火车站附近的街道上，有个瘦高个子的外地男人被马车撞伤，撞伤以后车夫将这人抱上马车抢救，后来好像是去了宁波的方向。

唐一彪当即让车子折返，希望能在回宁波的路上追上那辆马车，但是车子一直进了宁波城，一直开到了宪兵队的门口，依旧没有见到所谓的马车的身影。唐一彪坐在车厢里一言不发，不想回密探队的办公室，也不想离开这辆车子。在长久的静坐中，他陷入了迷茫，想不明白过去的几个钟头里，在蔡六身上究竟发生了什么。这时候有个密探队的手下向他奔来，手下告诉他，就在半个钟头前，宪兵队在火车站发现一名受伤流血的男子，从男子身上搜出的资料发现，这人名叫蔡六。唐一彪愣了一下，厉声问，人在哪里？手下立即告诉他，正被送去仁济医院。

车子在宁波街道上疾驰，目标是仁济医院。同样坐在车里的陈昆心里因此起起落落，听说蔡六被送去医院，他更加想不明白到底怎么回事。当初在去余姚的路上见到羊三坝的马车，陈昆原以为蔡六已被铲除，需要截取的情报也已经到手。但是现在的事实告诉他，情况根本不是如他所料。陈昆脑子里在迅速考虑着所有的可能，但怎么也无法理出一个头绪。街边的路灯昏黄，一盏一盏在眼里掠过，而让陈昆更加担心的是，仁济医院正是傅灿灿所在的那家医院。要是傅灿灿今晚值夜班，那么接下去将要发生的实在是难以想象。

想到这里陈昆索性把眼睛闭上，车里气氛凝重，他能够听见自己扑通扑通的心跳。

傅灿灿这天的确正在仁济医院值夜班，此前急诊室里病人很多，让她忙得不可开交，现在时间已经快接近夜里十一点，傅灿灿觉得终于可以坐下来缓一口气了。她在急诊台前喝了一杯凉开水，又让护士站的小姐妹帮她捏了一下肩膀，却冷不丁见到一帮冲过来的日本兵。日本兵目中无人火急火燎，许多双军靴踩踏在地板上，当即在拥挤的急诊大厅引发一场骚乱和喧哗。这样的时候傅灿灿反而很平静，不愿意开口。她憎恨日本人，懒得跟这帮人啰唆，但她很快又见到日本兵的身后，还有两个民工模样的人手忙脚乱抬着一个受伤的男子，男子躺在担架上奄奄一息，一眼看上去全身都是血。看上去是一片触目惊心的红，仿佛不是这个人流了血，而是一堆血拼凑成了一个人。

此时傅灿灿并没有急着迎上去，她知道接下去有麻烦了。这时候为首的日本兵朝她凶巴巴喊了一声，又指着担架上的男人说，抢救，快点。

傅灿灿这才迎着那一片红色慌慌张张走了过去，但是路上她故意走得很慢。她俯下身去看了一眼受伤的男子，发现汹涌的血来自胸口，显然是中刀，也许是斧头。接着她试着掀开男人的眼皮，看见那只眼珠就跟死鱼一样的惨白，于是她胡乱地朝着天空甩了甩手，起身以后说，死了，抬回去吧。

但是傅灿灿话刚说完，日本兵的一个巴掌就朝她扇了过来。那时候傅灿灿十分清晰地听见一记巴掌声，声音很干脆，让她耳边同时响起一阵嘤嘤嗡嗡。傅灿灿几乎被这个巴掌激怒了，但她还是按压住心火，抹了一下脸后对日本兵说，是我说错了什么吗？

日本兵就又喊了一声，八嘎。

傅灿灿依然平静地说，就算是九嘎，人也已经死了。如果是我说错了话，那我重新说一遍。死了，不抬回去！我这样说，是不是就说对了？

唐一彪就是在这时候赶到，他扒开人群走到傅灿灿跟前，仔细看了她一眼道，救不救？傅灿灿也从头到尾看了唐一彪一眼，她最看不惯的就是点头哈腰给日本人做事的中国人，她想你这个臭男人，凭什么在我眼前人五人六？

所以傅灿灿慢悠悠地说，不是不救，是救不了。不仅我救不了，神仙也救不了。

救不了就给我找医生。唐一彪开始怒吼。

医生下班了，傅灿灿说，再说难道医生比神仙还厉害？

唐一彪拔枪，枪口对准傅灿灿。唐一彪吼，打电话，叫医生。

此刻的朱三坐在车厢里，车子就停在急诊大厅的门口。刚才唐一彪急着下车时，朱三为了留在车上不露脸，假装发出一阵悠长的鼾声，任凭唐一彪摇了一下都没有摇醒。但是现在朱三明明听见，大厅里已经响起一阵争吵声，而其中那个女人的声音，分明就是傅灿灿。傅灿灿的声音震荡着朱三的耳膜，她先是喊了一句，你吼什么？接着傅灿灿就开始破口大骂，她说来呀，来呀，你开枪打死我算什么本事？你在这儿扮什么英雄？装什么威风？来吧，你倒是开枪呀！

朱三在车里发抖，他完全可以想象大厅里的一幕。他急忙把车门打开，却随即听见啪的一声枪响，声音震得他头晕目眩。朱三晃了晃脑袋，脑袋里嗡嗡嗡地有一万只蜜蜂在鸣叫。朱三回过神，像中了猎人枪伤的野猪一样，发疯般地冲到急诊大厅门口，却看见唐一彪的枪口依旧指着傅灿灿的脑门。谢天谢地，唐一彪刚才那一枪，是射向了头顶的天花板，现在天花板上有许多石灰在纷纷扬扬地掉落，掉落在地上，也掉落在傅灿灿朴素的脸上。此时傅灿灿为了防止石灰飘进眼里，她不停地眨巴着眼睛。在眼睛皮的一开一合之中，万分意外地看见了不得好死的朱三。不会有错，傅灿灿盯着门口的方向咬了咬牙，那个看上去蓬头垢面急得面红耳赤的男人，跟她四目相撞又止不住眼光退缩的男人，正是自己掘地三尺也要找到的朱三。然而就在这个命悬一线的节骨眼上，该死的朱三像雨后春笋一样突然从地里冒出来，跟她近在咫尺。

一切都静止了。此刻朱三的身后，是急诊大厅外浓墨重彩的夜色，而唐一彪的枪口，正指向自己的脑门，像是一根烟熏火燎的烧火棍。傅灿灿想到这里，忍不住就在左眼角掉下了一滴眼泪，但她还是在心里提醒自己，不要发怵，两条腿要站直，因为眼前就是剥皮抽筋的朱三。

唐一彪再次开口了。唐一彪盯着傅灿灿说，打不打电话，叫不叫医生？傅灿灿说，你先打死我再说。

唐一彪又说，我的枪膛里还有五颗子弹，可以让你死五次。

这时候朱三走了上来，朱三挡开唐一彪的枪管，随即伸手搭在傅灿灿的肩膀上。他在傅灿灿的肩上暗地里使劲捏了一下，然后用一种自己也感觉很陌生的声音，拿腔拿调地说，这位护士小姐，何必动那么大的肝火。听我的，不值得。

这次傅灿灿的右眼角也掉下了一滴眼泪,掉落在仁济医院鸭蛋色的护士服上,渐渐被那块棉布所吸收,只留下一个细小的黑点。她听见朱三急促的呼吸,如此熟悉,也闻见三年多来始终没有忘记的,属于这个男人身上的特殊的气息。

朱三又推了一下傅灿灿,说,这位护士小姐,救人是医生的天职,再说救人一命胜造七级浮屠。只要打个电话,就什么事情都没有了,如此轻而易举又积德积善的事,何乐而不为。朱三最后还说,相信我,真的用不着发火,快打电话给医生。这是一个完美的美差。这种美差我等了三生三世,我都没有等到。

那天傅灿灿分别擦去了左右眼角的泪痕,终于很不情愿地拿起了话筒。拿起话筒拨出号码的时候,傅灿灿在嘴皮里不停地嘟哝说,找医生找医生,我给你们找医生,挖地三尺也要给你们找医生。找到医生我剁死他,抽他筋剥他皮,看他敢不敢在我面前无缘无故玩消失。

这时候朱三终于明白,傅灿灿的这些话,是说给他听的。但不管怎么样,朱三终于空出来一双眼睛,所以他很仔细地看了一眼躺在担架上一动不动的蔡六。朱三心里忐忑不安,他在想,该死的蔡六看上去虽然已经一片血红,已经分不清是人还是红色的一堆油漆。但是他到底有没有死透?

19 裁缝

严守家这天在家里做裁缝，胸前挂着一根细瘦的皮尺，这让他看上去更像是一个称职的裁缝。严守家来自宁波奉化溪口镇的塘堰村上，事实上他是镇上远近闻名的裁缝师傅。自从跟潘水来到宁波城，开了一家守家成衣铺，附近几条街上的当地人，一家人的春秋装还有冬装，都会上门来找他量尺寸，也会问他适合用什么布料，价格一般在多少。

严守家这天心情很不好，不仅因为到了大半夜潘水还没回家，还因为在自家衣橱里潘水那件紫红色罩衫的贴身衣袋里，他发现了一个年轻男人的照片。照片用一块干净的手帕包着，十分整洁，甚至还保持着些微的潘水的体温。照片中的男人，干净清爽，留着短发，脸上洋溢着灿烂的笑容。照片的右下角，还印着照相馆的名字，竹影轩。严守家就知道这是奉化县城东街上林老板开的照相馆，严守家看着那张照片，胃里就不停地开始冒酸水，眼睛里就不免烧起一团火，他想潘水啊潘水，你到底还有多少事情瞒着我，你身边竟有多少个男人？严守家把照片翻过来，发现背后用钢笔写了字，赠潘水留念，壮志凌云，李云霄，民国廿一年春。严守家心想这是什么鬼东西，还凌云？你想凌云就凌云了？我还腾达呢。严守家胃里冒着酸水，他想我没有胃病的，怎么胃越来越酸了呢。想来想去严守家就拿起桌上的裁缝刀，咔嚓一声将那张照片剪成两半。剪开的照片里，男人从脖子处断开了，但是微笑还在灿烂地盛开着。这时候严守家正好听到了开门的声音，他知道是潘水回来了，所以等到潘水的一只脚才刚刚踏进门槛，他就很严厉地喊了一声，站在那里，不许动，举起手来！

潘水不知道发生了什么，说你是不是神经病发作了，要不要去看医生。话音还没落，却看见严守家气势汹汹走了过来。严守家手里还拿着那把裁缝剪刀，他走到潘水跟前，先是绕着潘水转了三圈，把潘水搞得晕头转向。接着他像一头忠诚的猎犬一样，把鼻子凑过去在她身上闻了又闻，又说，把你的包给我，我要例行检查。

严守家没有在潘水身上闻到男人的烟味，却在潘水的包里发现了一把很可怕的剁骨刀，而且剁骨刀上分明有暗红的没有被洗净的血迹，这让他不禁大惊失色。严守家厉声责问，潘水你三更半夜才回来，你是不是又去找男人了？你为什么还要带刀？你是不是想趁晚上我睡着的时候杀了我？你姓潘，难道你想改名金莲？

潘水说，你今天是不是破天荒地没有跟踪我？你在望远镜里没有见到我跟哪个男人在一起吗？严守家说，我今天没空,我告诉你我今天日理万机,我不仅接了两件打底衣衫还有三条棉裤,甚至我还接了一件西装。可是我辛辛苦苦发疯一样在为家里赚钱,你的屁股为什么在家里就是坐不住?你是不是存心要把我气死,这样的话你就继承了我的全部遗产,甚至你还可以带着遗产嫁人。如果是这样的话,那我是不是全世界最蠢的人生输家?

接下去潘水阴着一张脸一个字也没说,她开始在灶间生火,想烧一锅温暖的水洗把脸,好让自己疲惫的身体早点收拾好以后睡一觉。严守家却气得直喘气,最后四仰八叉躺在了躺椅上。严守家大喝一声说,潘水,给你男人倒水!于是潘水就起身端来一杯水,送到他身边。严守家说,烫不烫?潘水说,反正不凉。严守家就像模像样喝了一口,又说,为什么不放一点糖?我们家很贫困吗?我们家需要省这一点点的糖吗?我告诉你,就凭着你不为我生下一儿半女,我们家的钱这辈子怎么还会用得完?真是愁死我了!

严守家喝完了水把杯子推到一边,又大喊了一声潘水,时间不早了,快给你男人煮一碗夜宵。潘水就在灶间里探出头来问他,想吃什么夜宵,总不会是吃我一巴掌吧?严守家说随便,最近嘴巴有点淡,家里有没有海鲜?说完严守家把脚上的鞋子脱下,两条腿架在了一张四方凳上,他说女人嘛,就是要伺候自己的男人守着自己的家,不然我又为什么要叫严守家?

后来严守家经过深思熟虑,决定暂时不吃夜宵,他的理由是他已经被潘水给气饱了。潘水给他收拾凌乱的裁缝台面的时候,他看着眼前的女人丰腴诱人的背影想,腰是腰屁股是屁股,其实老婆的确还是长得蛮好看,笑起来的时候有两个酒窝,最主要的是老婆的眼睛大而明亮。也正因为如此,他才担心老婆会出去跟男人鬼混,他怕老婆一眨水汪汪的眼睛,男人们纷纷集体把魂给弄丢了。想到这里的时候,严守家听到了敲门声,他对着门板喝问了一声,来者何人?门外回答他的是个男人,男人压低了声音说,我找潘水!

这天严守家见到披着一身夜色进门的陈昆时,无论如何也觉得很眼熟,后来他终于想起,自己曾经在天宁寺附近的一家香烛坊里见到过这个男人,那次自己还问他有没有见到过潘水。严守家看到潘水把男人领到了灶间,他们两个开始压低声音说话,这让严守家十分生气。严守家说,你们连回避我一下也不行吗?你们把我当成空气了吗?这个男人是不是你的姘头之一,你们有多少事情瞒着我?潘水转头看着严守家,一言不发,在长久的安静过后,潘水突然操起了那把剁骨刀,狠狠地砸向了那口快要把水煮沸腾了的锅。潘水大声说,把你的嘴给我闭上,不然我用针缝了你的破嘴!就在潘水大声呵斥的同时,锅里的水倾巢而出，全部覆盖在了灶膛里熊熊燃烧的柴火上。柴火被水浇灭，在嗤嗤的声音中，所有的热气和烟雾，在瞬间就腾空而起，弥漫了整个的灶间。严守家于是大喊，看不清楚了，烟雾腾腾的，难道你想把家里打扮成天空?!

那天严守家退出了灶间，但他并没有远去。他在一堆云山雾海中努力地睁着眼观察陈昆和潘水，陈昆开口第一句话说，怎么回事，蔡六为什么没有死？潘水于是把之前发生的一切原原本本讲给陈昆听，她还问陈昆，蔡六现在在哪里？陈昆说，在仁济医院，我让医生在抢救他。

为什么要救他，你为什么不补上一刀？

陈昆转眼望向灶间里的锅碗瓢盆，发现每一样都擦洗得很干净。他说，不能不救，那种情况下必须要救。陈昆还说，有些事情，我一下子无法跟你讲清楚。

这时候潘水说蔡六没有死透责任在我，我现在就去仁济医院。我砍他的时候，但凡再用半斤力气，我管他当场就见阎王。但她却听见陈昆说，医院里里外外到处都是把守的宪兵和密探队的特务，你是想飞进去吗？

严守家一直在不远处隔着一片水雾聆听，他看见潘水在灶间里跟陈昆站得很近，两人几乎是交头接耳，说话的声音又尽量压得很低。严守家又上前了一步，想要听清楚他们到底在说什么，但是此时陈昆却推开一片水雾向他走了过来。陈昆隔着一团雾，朦胧而又严肃地说，严裁缝，有件事情我要跟你提前说清楚,潘水遇到了麻烦,接下去她如果不方便再去宪兵队食堂,我希望你们要尽快离开宁波。

严守家听得迷迷糊糊,他说为什么,你们到底有什么事情瞒着我?陈昆说你现在不用知道,但你以后慢慢会知道。

慢慢会知道慢慢会知道,严守家说到这里就把刚才剪成两半的照片拍在了灶台上,他说潘水你今天跟我说清楚,这个断了脖子的李云霄到底怎么回事?

潘水没想到自己珍藏多年的照片现在竟然成了这个样子,她心里不由得涌起了无数的悲鸣声。最后潘水说,严守家我现在就告诉你,这是我的邻居大哥哥,我很喜欢他!

那你嫁给他呀,现在还来得及。严守家说出这句时义愤填膺,他把垂在胸前的皮尺甩了一甩,像是在冬天里朝脖子后面甩出半条围巾。严守家说,我告诉你,凭我现在的财力,在宁波城如果想要娶一个黄花闺女,那是分分钟的事。我不仅会让媒婆踏断我的门槛,还至少保证门口每天都有十个姑娘排队!

此时潘水也不想继续隐藏,潘水说,你不要给我吹牛皮了!我已经嫁不了他了,因为他早就死了。

他为什么要死?他是怎么死的?严守家步步紧逼,你给我老实交代，坦白是唯一的出路。这种细皮嫩肉的公子，茶厂老板家的大少爷，干啥啥不行，只会哄女人开心。要是他不死，撞在我手上，我会用裁缝剪子把他剪成两截。

潘水转过头去，望向窗外深夜十二点钟的宁波。她久久地望着，仿佛想要望向黑夜深得不能再深的深处。潘水平静的语音也缓缓地响起，我索性同你讲吧，他是笕桥中央航校的飞行员，那次空战他坚持到最后，因为飞机上再也没有子弹和炮弹，而且他的飞机已经受伤就要坠毁，那时候他能跳伞逃生，但是他选择了驾驶着飞机撞向日本人的指挥舰。潘水还说，严守家我再告诉你一句，他的事迹上了报，上了电台，他是英雄，你要是吃英雄的醋，你就是全天下最小气的小气鬼。我都能想象，他眼神坚定，驾着飞机俯冲，轰的一声撞毁日本人的军舰，我看见海面上一团燃烧的火，这团火一直燃烧着，像一只火把一样把我前方的路照亮了……说到这里，潘水的声音哽咽，变得有些激动。她咬着牙大声说，如果这样的人不是英雄，难道你这样只会带着一架破望远镜四处捉奸小里小气的男人是英雄？你惭不惭愧汗不汗颜？你算个什么东西?!

潘水的话让严守家倒吸了一口凉气，他想我突然之间怎么就变成了不是个东西，所以有好久他都没有回过神来。他的心里喜忧参半。喜的是那个叫李云霄的飞行员死了，没有强劲的对手和他来抢夺潘水。忧的是潘水现在跟这些陌生人眉来眼去，看上去还在偷偷做什么大事，谁知道会出现什么变故。最后严守家不再想了，他觉得想这么多的破事实在太累，但死要面子的他梗着脖子说，我不跟你们两个人说了，我们没有共同语言。我要做我的裁缝，我今天刚接下来两件打底衣衫还有三条棉裤，甚至我还接了一件西装。

20　寂寞

一连两天，陈昆都没有见到唐一彪，这对他来说是一个煎熬。陈昆原本是想从唐一彪嘴里打听一下，蔡六到底是死是活。如果蔡六被救过来了，他需要为潘水和羊三坝准备好随时撤退的方案，同时也要为自己作好下一步的打算，因为蔡六知道有个名叫陈昆的共党分子要来宁波。

后来陈昆试着去了唐一彪的办公室，密探队手下告诉他，唐队长外出执行任务，至于执行什么任务，无可奉告。这样的事实让陈昆的担心在加剧，他甚至可以想到，这两天里，其实唐一彪一直都在仁济医院，为的就是守住蔡六，确保这人的安全，也就是说，蔡六并没有死。想到这里，陈昆的思绪很乱。

接着陈昆又想到了思想科的翻译徐志，这个热爱写诗但名字中少了一个"摩"字的徐诗人，好像这两天里都没过来食堂吃饭。徐志会不会也在仁济医院？因为蔡六一旦醒来，宪兵队有什么事情需要进一步了解，包括记录蔡六想要反馈的信息，这些都需要有思想科的人在场。想到这一点时，陈昆就觉得有必要去找一下同样是思想科的大场英夫。而恰好在半个钟头之前，陈昆是在宪兵队门口碰见了大场英夫。那时候大场英夫骑了一辆脚踏车，刚在街边的花店里买了一朵玫瑰花，娇艳的玫瑰花插在胸口。如果大场英夫是一棵树，那么现在的样子很像是玫瑰花一次义无反顾的嫁接。大场英夫踢开脚踏车撑腿，飞身上车后吹着口哨，转眼就不见了身影。那样的一朵玫瑰花很快让陈昆想起，之前唐书影曾经跟他讲过，大场英夫是个花痴，这人每次去桃渡路找女人，都要送给陪他的妓女一朵玫瑰花。唐书影还说，大场英夫每次给女人送花时样子都很虔诚，那种样子仿佛是求婚，他先是把玫瑰花送到女人的左手，然后就牵起女人的右手，带她缓缓走去一个烛光闪烁的房间。也因此，桃渡路的女人给大场英夫取了个外号，都叫他日本来的新郎官。

这天差不多是下午四点钟光景，桃渡路柳红院的老板娘见到了走进门来的一位新顾客。老板娘当即笑得跟烟花一样灿烂，也像春暖花开时的蝴蝶一样飞了过来，她正要招呼姑娘们接客时，却见到陈昆掏出一枚证件，亮在她眼前说，宪兵队缉私队的。老板娘的笑容先是僵了一下，随即又跟蜜糖一样香甜，她说就知道长官是专程过来缉私，这些姑娘你想缉哪一个的私，直接带她去房里好好缉，全身上下都给她缉私个一清二楚。

陈昆却随手拎过一把椅子坐下，坐下的时候说，我来找大场英夫。

十五分钟后，陈昆果然见到了大场英夫。大场英夫面带笑容，见到陈昆时也不躲闪，而是捋了捋汗水打湿的头发说，陈先生有什么事情麻烦你等一等，我先过去柜台里记个账。事情需要有先来后到，一件一件来。

作为柳红院的常客，大场英夫很多时候过来找女人都是签字记账，等到每个月宪兵队发军饷，他才过来把之前的欠账给结清。

那天离开桃渡路以后，陈昆就带着大场英夫去了一家日本酒馆。菊正宗的清酒喝过一轮，大场英夫却首先开口了，陈先生有什么事情需要这么特意来找我，这里只有你跟我两个人，你可以直接说。

陈昆又咪了一口酒，抬头的时候眨了一下眼睛道，什么事情都可以说？大场就抚摸了一下嘴角，抹去了残留在那里的一些清酒，然后才很认真地说，但说无妨。

陈昆于是就开口了，一开始他说得很慢，说我需要了解一下徐志，这两天你们思想科的徐志去了哪里？

大场并不显得惊讶。大场说，陈先生为什么要了解徐志？

陈昆的眼里就开始冒火，他使劲捏碎一颗花生米，说，他妈的徐志挖我的墙脚，大场君可能你也知道，唐一彪唐队长早就有意把他妹妹唐书影许配给我，但是这个徐志太过分，每天跟糨糊一样黏着唐书影不放。说到这里陈昆又喝了一杯酒，一滴不漏，他说不瞒你说，我已经有两天没有见到唐书影了,你知道我在担心什么吗?我同你讲,中国有句老话,没有挖不了的墙脚,只有不够锋利的锄头。徐志天天磨锄头,难保他的锄头被磨得锃亮。

大场英夫在给陈昆续酒的时候缓缓地笑了,笑容一片委婉。他说如果就是这两天,陈先生倒是不用担心徐志手里的锄头,因为徐志最近很忙,他一天到晚都在仁济医院,其实就跟唐队长在一起。

陈昆愣了一下,片刻以后糊里糊涂地问,仁济医院?就是为了那个蔡六?

对的,那人好像是叫蔡六,大难不死又捡回了一条命。大场说,陈先生还是喝酒吧,喝酒的时候不要想那些不开心的事情。大场还笑了一下说,人生的不如意,难道我们还见得少吗?不过像陈先生这样,在感情上如此专一的男人,我大场这几年里还的确见得不多。

接下去陈昆缓了一口气,放宽心情继续喝酒,喝酒喝到面红耳赤时,他突然把一沓钞票压在了大场英夫的面前。陈昆指着那沓钞票说,等下去把柳红院的欠账给付了,大场君对我推心置腹,以后但凡需要钞票,缉私队的油水,我愿意分你一半。

大场很恭敬地坐在那里,眼里看着那沓钞票,一双手摆在膝盖上,整个人渐渐坐得更加端正。他过了一阵说,陈先生谢谢你的钞票,心领了,我也不想瞒你,我之所以在柳红院欠账,是因为每个月的薪水都要匀出一部分,每隔三五个月寄回札幌老家给我妹妹,因为我们家里穷。

大场说话的声音越来越轻,他所有的话好像是说给眼前的酒杯听。他告诉陈昆,之前每隔几个月给家里汇款,都是因为他父亲的事情。但是父亲所在的联队调防,几年前战死在中国的台儿庄,据说父亲是被川军70团一个年轻的中校接连命中了两枪,当场就血流如注。大场说,父亲死了这么多年,他一直没让家里的妹妹知道,只是告诉妹妹,父亲的部队驻扎在中国北方一个偏远的山区,那里不方便写信,更不方便往家里汇款。大场不无感慨地说,我是这样给我妹妹描述的,我说父亲在中国北方像一棵白桦树一样,扎下了根。

大场因为喝了酒,所以把故事说得悠远又漫长,而且充满诗意。他不会忘记,战争打响时,他是跟父亲同一天穿上了军装,也在同一天里离开了家乡。那次妹妹送他们两人上船,是在一个银杏叶金黄的秋天。部队登船前,父亲在街边的杂货铺上给妹妹买了一双毛茸茸的棉鞋,棉鞋套上以后,十五岁的妹妹问大场,兄长什么时候才会回来,大场支支吾吾说不出个所以然,父亲就拍了拍他扛在肩上的行李包,说顶多一年,等到明年冬天需要穿棉鞋的时候,我们一家三口就可以团聚了。

陈昆一句一句地听着,他听见大场的声音在酒桌上非常凌乱地散开，散开以后又似乎隐隐约约盘旋在头顶。大场说，父亲已经为国捐躯六年，但这六年里他始终没有领到抚恤金。大场又说妹妹今年已经二十一，这么多年一个人在家举目无亲，妹妹的两条腿天生残疾，一天里最多只能走出半里路。

陈昆听到这里抽了抽鼻子，他又掏出一沓钞票，跟原先那些钞票摆在了一起。然后就在大场摇头的时候，陈昆说，大场君不要理解错，这些钞票是让你汇款给你妹妹的，不是给你的，麻烦你明天去银行里兑换成日钞。

大场说，真的不用，陈先生的心意我领了，陈先生要是真的把我当朋友，看现在这形势，以后要是宪兵队在宁波待不下去了，还劳烦你力所能及搭把手，我想活着回去日本的札幌，我真正的任务是这一辈子照顾好妹妹。陈昆说，大场君为什么这么悲观？大场就苦涩地笑了。大场说实在不瞒陈先生，我三天两头去桃渡路找女人，是因为心里头寂寞。我寂寞的时候想起埋在台儿庄的父亲，也想起留在家中的妹妹。陈先生应该知道的，男人的寂寞是戒不掉的。

那天陈昆实在是喝不下去了，他看见街上的路灯也一盏一盏地亮了。于是就想，黄昏实在是一天中最苍凉的时分。这时候陈昆把话题又引向了蔡六，他说大场君要是有机会去仁济医院，麻烦你帮我了解一下蔡六目前的状况，包括这人跟宪兵队说了什么。大场说陈先生我知道了，只要我力所能及。陈昆说，你不问我为什么吗？大场就说，我为什么要这么好奇，陈先生难道忘了吗，你刚才答应过我，一旦有一天宪兵队在宁波待不下去了，你会力所能及为我搭把手。

陈昆和大场英夫喝完这场漫长的酒，两个人晚上八点左右在街边分手。分手以后陈昆走出一段路，回头时看见大场趴在路边吐了。大场英夫抱着一根电线杆，好像是要和电线杆举行一场摔跤比赛。他吐得不是很多，吐完以后急忙向陈昆挥手，让陈昆快走，还远远地喊了一声，陈先生，再会！

陈昆笑了一下。然后陈昆一步步前行的时候，听到了大场英夫在路灯下唱起了一首札幌的酒歌。他的声音悲凉，很像是大海的呜咽。

21　内鬼

唐一彪站在仁济医院危重病房走廊外的窗口，身后弥漫着经久不散的福尔马林的气息，他在那样浑厚的气息里使劲抽烟。自从蔡六被送到医院里抢救，唐一彪就片刻不离这幢三层楼房。他在蔡六的隔壁病房里吃饭睡觉，送来的饭菜摆在空出来的病床上，睡也睡在那张病床上。他像一个免费的陪护，耐心等待着蔡六的醒来，眼里每天见到的都是白色的床单，白色的被褥，还有那些进进出出的医生和护士，裹在他们身上的一成不变的白大褂。

经过医生的全力抢救，蔡六总算没有断气，还留有跳动的脉搏。但因为失血太多，这人始终在沉睡，眼皮不曾睁开。

窗外是一口面积不大的景观池塘，池塘里除了长满青苔的假山，幽绿的水面上还躺着一片一片的睡莲，偶尔游过一头红色或是金色的鲤鱼，摆尾的动作十分潇洒，千篇一律地甩起一小片水花。唐一彪一边抽烟一边摩挲着手里的一块玉石，玉石是何婉玲去年送给他的，一块老料子，做工精致，雕了一只羊，因为唐一彪属羊。唐一彪心事纷杂的时候，就喜欢把这块玉石放在手上反复摩挲，他希望让这头羊越来越润泽。现在唐一彪依旧在想，蔡六为何会在余姚下车，却又在宁波站里遭遇一场刺杀？蔡六来宁波的消息，刺杀者是怎么知道的？如果消息的泄露不是在上海，那么就是在宁波宪兵队。可是在宪兵队，知道这件事情的人并不多。

唐一彪顺着这样的思路继续延伸，脑子里就有点乱。如果问题出在宪兵队，那么泄露消息的人很明显就在自己身边，而且这人很有可能是中共方面安插在宪兵队的内鬼。想到这里唐一彪将烟蒂扔到地上踩灭，他正要转头时，见到了走过来的徐志。

徐志用诗意的语言告诉他，快辞别寂寞的梦乡，来和我摸一会鱼儿，折一枝海棠。

唐一彪就皱了皱眉头说，说人话。徐志笑了，说这是徐志摩的诗歌《醒！醒！》里的诗句，我的意思是，蔡六醒了。徐志的话还没有说完，唐一彪就像一股突然刮起的旋风冲进了病房。

蔡六刚才在病床上撑了撑眼皮，露出两只眼珠后又缓缓闭上。现在唐一彪在他耳边亲切地轻声叫了几次名字，他看上去是比较顺利地睁开眼睛，只是眼里呈现一片昏暗的光。唐一彪试着问，蔡先生能开口说话吗？蔡六非常疲倦地盯着他，过了一阵才开口，勉强说出一句道，我要见松本队长。

唐一彪说蔡先生有什么话可以先跟我说，我会转告松本队长。但是蔡六了无生气地摇了摇头，此后就再也没有开口。蔡六睁着迷茫的眼睛，很长时间望向头顶的天花板，好像天花板里藏着许多说不出的秘密。后来主刀医生急匆匆走了过来，医生说，谁让你们进来的？五天之内不许再打扰他，否则有什么闪失跟我无关。

唐一彪跟徐志一起离开病房，回到走廊上的时候他跟医生商量，能不能让松本阁下过来一趟，让松本跟蔡六见上一面，时间不超过十分钟。医生却态度很坚决，医生说，唐队长觉得对于一个重症病人来说五天时间很长吗？如果你担心病人会在五天之内死在我的病房里，那么你现在就可以把他带走。

后来唐一彪跟徐志下楼，站在楼前的景观池塘前，看见那些睡莲趴在水面上慢悠悠地漂浮，金色和红色的鲤鱼也时不时露出水面吐出一口气。唐一彪问徐志，你觉得蔡六心里在想什么？徐志朝水面上扔出一颗石子，掉进去的石子带出一圈又一圈的波纹。徐志说，唐队长难道没有看出来，蔡六对我们不够信任。其实这几天我也这么觉得，咱们宪兵队如果是一口深不见底的池塘，那么水面下就深藏着一个水鬼。

唐一彪说，你是说宪兵队里有内鬼。

徐志郑重地点了点头。这时候唐一彪深吸一口气，掏出一根烟说，也许吧。本来以为池浅王八大，也或许水本来就很深。

22　小蜻蜓

旧历六月的最后一个夜晚，小蜻蜓穿了一件单衫，正在大世界剧场的后台化装。天气很热，小蜻蜓出了一点汗。她在画眉毛的时候一边擦汗，一边对着镜子一笔一笔描得非常认真，因为她知道，这可能是她在大世界剧场的最后一场甬剧演出。过了今晚，说不定她就要离开宁波，她要带上老路的儿子小路，也就是自己的堂弟，跟潘水一起撤退去奉化县。

这天下午，陈昆召集大世界小组所有成员开了一个会议，地点是在小蜻蜓的家里。会上陈昆宣布一个决定，夜里十二点，小组成员前往仁济医院执行对叛徒蔡六的第二场锄奸行动。陈昆说这是最后的机会，因为蔡六已经基本康复，唐一彪明天就要送他去宪兵队跟松本见面。小蜻蜓听到这里吓了一跳，忍不住用手遮住自己的嘴巴。她想起在余姚，蔡六曾经见过除了陈昆以外的大世界小组所有成员，那么这人一旦去了宪兵队，随时都有可能见到潘水或者张会计也或者是羊三坝，当然也很有可能会在宪兵队招待所里遇见她。也正因为此，今晚的行动如果失败，或者有人在现场被宪兵队发现行踪，那就必须暂时离开宁波。

碰头会上，小蜻蜓一直感觉头皮发麻，她想起蔡六那张脸，也想起那一晚在宁波火车站的那节车厢里，蔡六曾经趁她不备将她一脚踢出了车厢，然后就在那一晚的夜色里撒开双腿拼命狂奔，如同一股暗黑色的风。

这一晚的演出是甬剧的传统剧目——清装戏《半把剪刀》。甬剧在前两年已经改良，成了宁波人说的现代四明文戏，像小蜻蜓这样的旦角，基本已经是旗袍或者时装出场，但是因为今天是包场，客人点名要看的就是《半把剪刀》。小蜻蜓之前从陈昆的嘴里得知，晚上包场的人叫吕美珍，这人有个日本名字叫留美子，因为她曾经远嫁日本。留美子的五十岁生日就在明天，她请来的宾客除了老家宁波的亲朋好友，还有宪兵队的松本队长他们。

现在小蜻蜓透过后台的幕布缝隙，看见吕美珍跟她女儿吕大鹅，唐一彪跟他妹妹唐书影等人已经相继入场，唐书影的身边，还坐着陈昆。闹台的鼓乐声响起，小蜻蜓在二胡和竹笛的演奏声中突然感觉有点凄凉。她十四岁加入业余剧团，从扮演丫鬟开始，渐渐到了现在成了剧团的挑梁花旦。她曾经把无数个夜晚交给眼前的大世界舞台，也包括白天辰光里，跟剧团的演员一起练嗓子，压腿，走步，就连练习端盘子，她当初也花了足足一个月的时间。

小蜻蜓从小胆子很小，之前在后台见到一只老鼠，她也会连续几天做噩梦。但噩梦围绕她最长的一次，是三年前的四五月份，也就是日本人攻陷宁波的那段日子。小蜻蜓不会忘记，日本兵是从镇海那边登陆的，那时候飞机和军舰的炮弹几乎将宁波城炸成一片废墟，街市上到处都是尸体，以及流离失所的难民。那一年的四月二十日，守城的国军部队已经撤离，小蜻蜓的父母正在城南的长春门附近摆摊卖烧饼，听说日本人就要过来，两人急着就要撤摊，但是煤炉还没来得及搬上平板车，日军平山部队的先头队伍已经赶到。日军如入无人之境，其中一行人还骑着脚踏车。见到小蜻蜓的父母时，他们横着刺刀把两人拦下，勒令他们把墙上的抗日标语给清洗干净。标语写着蒋委员长抗战到底，小蜻蜓的父母战战兢兢提着水桶和拖把，前后左右努力擦洗，其间用了差不多一个钟头，几个白粉大字总算不见了踪影。那时候这两个平头百姓站在墙根前小心翼翼问日军翻译，这样子可以了吗？但是翻译还没来得及开口，就响起了一阵热闹的枪声。子弹是两个日本兵射出的，日本兵各自端着一把轻机枪，朝小蜻蜓父母嘻嘻哈哈射出成群结队的子弹，于是刚刚擦洗干净的水淋淋的墙上，顷刻间又洒上了一片鲜红的血，很像是一树盛开着的梅花。

　　小蜻蜓那次是亲眼看见父母亲被击中，继而又被成排的子弹射成一团血淋淋的肉酱。那天她就躲在隔壁一幢屋子的二楼，她是透过一道砖缝看见，父母亲的血分成好几批喷溅在烧饼铺的平板车和煤炉上，直到最后煤炉里升腾起血被烧干的气息。

从那天开始,小蜻蜓每个晚上闭上眼睛,眼里看到的都是汪洋的血。就连夜里的风吹动门板,她也会跟弹簧一样猛地从床上坐起,一双眼睛盯着门洞的方向,以为是子弹上膛的日本兵就要冲进来了。

现在小蜻蜓在心里一次次祈求,希望陈昆他们几个钟头后在仁济医院的刺杀能够成功,这样她就能继续留在这个舞台,上演她的《田螺姑娘》或者是《风雨祠堂》。但是小蜻蜓没有想到的是,此时她却见到了蔡六。蔡六是被徐志带来的,胸口的衬衫鼓出一团,里头明显是包扎着一圈绷带。蔡六坐下以后目光在台上台下转了一圈,随即眼皮微闭,好像是因为身子虚弱,需要一场短暂的休息。

唐一彪也是在这时候见到了落座的徐志和蔡六,这一幕让他很惊讶。他即刻放下手里的杯子,走过去以后拍了拍徐志的肩膀,随即不声不响将他牵到一个角落处。唐一彪的脸上是隐藏不住的愠怒,他说徐志你在搞什么鬼,你为什么把蔡六带到了这里?不是说明天上午让他面见松本队长吗?徐志眨了眨眼睛,随即告诉唐一彪,他也是临时改变的决定,因为感觉仁济医院里这天晚上的气氛不对,再说蔡六也想提前面见松本队长,所以他就把蔡六带了过来。

唐一彪说,徐志你有本事啊,这样的事情你也不想跟我商量。然而他话还没说完,就见到松本队长已经笑眯眯地走入剧场,并且在手下的带领下迅速在前排位子上坐下。坐下的时候松本还双手抱拳向吕美珍道喜,嘴里说对不起留美子,我来晚了一点,你的生日戏我肯定是要过来捧场的。

松本这么说完的时候,台上的幕布已经徐徐拉开,一台好戏眼看着就要开场。于是松本睁大了眼睛,有那么一刻陷入短暂的回忆,他突然之间有一种恍惚,仿佛回到了千里之外的家乡,见到了一场马上就要上演的狂言或者是能剧。

此刻在后台,异常紧张的小蜻蜓已经见到了急匆匆过来找她的陈昆。两人躲在一排道具箱的后面,陈昆压低了嗓音解释,自己也没有想到会突然发生这样的一幕。蔡六明天去宪兵队面见松本,这个消息是大场英夫告诉陈昆的,所以陈昆才安排了夜里十二点的刺杀。现在陈昆望着眼前瑟瑟发抖的小蜻蜓,问她是不是不敢上台了,小蜻蜓盯着自己的脚尖,没有点头也没有摇头,但她最终吐出一句说,我有点怕的。

陈昆的一双手缓缓落在小蜻蜓的肩膀上,他说抬起头来,抬头看着我。

小蜻蜓犹犹豫豫把头抬起,望向陈昆时,眼里几乎掉出了泪水。但她听见陈昆说,不要怕,你正常登台演出,相信我，蔡六没有时间指认你。小蜻蜓的嘴角抖了一下，脸上的肌肉差不多在抽搐。她说为什么，领导你不要这么安慰我。这时候陈昆就拔出腰间的手枪，他卸下弹匣摆在小蜻蜓的面前说，弹匣里总共有五颗子弹，我已经想好，等下我就坐在蔡六的后排，蔡六一旦有什么异常反应，他要起身指认你的话，我就把第一颗子弹送进他的后脑勺，反正我们今晚的目的就是要刺杀他。小蜻蜓愣了一下，说不要，但是此时陈昆却笑了，陈昆说放心，我还剩下四颗子弹，万一我无路可逃，我会把最后一颗子弹留给自己！

小蜻蜓的眼泪终于掉了下来，泪水滑过涂在她脸上的油彩。她说领导，你那么勇敢让我觉得自己真是难为情。此时催场的鼓声已经响起，她看见陈昆的一只手伸了过来，十分仔细地将她的泪珠给擦拭干净，并且用中指拈去了她左右眼睑下分布均匀的最后两滴眼泪。陈昆笑了一下说，其实你也不用担心，毕竟你是化过装的，难道蔡六就能一眼把你给认出来？我觉得未必。

这时候小蜻蜓终于非常认真地点了点头，她几乎是哽咽着跟陈昆说，那我过去了。

后来的事实证明，小蜻蜓的担心的确是多余的，因为整场戏演下来，差不多就要结束了，坐在靠背椅上的蔡六还一直在打瞌睡。仿佛他要扮演一只青蛙，进行一场漫长的冬眠。小蜻蜓在台上镇定自如地演戏，那宁波腔的唱词在观众耳畔亲切地滚动与流转。小蜻蜓偶尔会看一眼蔡六身后的陈昆,她看见陈昆始终对她微笑,那种微笑给她信心和定力。

《半把剪刀》的最后一场戏,是陈金娥赶去法场救助儿子徐天赐,并且当面揭穿曹锦棠的人面兽心。小蜻蜓在台上演的就是陈金娥,她接下去要唱的是曹锦棠你衣冠禽兽豺狼心险,屈斩亲生罪恶累累。可是她罪恶累累四个字刚刚唱完,可能是唱腔的音调比较响亮,所以她见到入睡在靠背椅上的蔡六迷迷糊糊晃了晃脑袋,随即就把眼皮睁开。醒来以后的蔡六端起茶杯喝了一口水,然后把视线转移到了台上。小蜻蜓遇见了蔡六那双迷蒙的眼,即刻就有点慌,所以她稍微侧转身子,尽量不让蔡六看清她的整张脸。她继续着哀怨的唱词:可怜我儿未见娘面,恨上加恨冤上加冤。但是小蜻蜓毕竟是小蜻蜓,她唱到这里的时候唱错了,唱成了可怜我娘未见儿面,所以她唱完以后心里咯噔了一下,一张脸涨得通红。此时台下正在嗑瓜子的吕大鹅吐出一片瓜子皮,喊了一声唱反了,于是所有人的目光都在一瞬间朝着小蜻蜓聚集。那一刻小蜻蜓看见蔡六疑惑的目光,那样的目光像是朝她扔过来的一把刀,她还看见蔡六急忙俯过身去,凑到徐志耳边时又伸出手指指了指台上的自己。他好像是在问徐志,台上这人是谁?

小蜻蜓更加慌了,慌得几乎忘记了接下去的台词,此时她也看见，蔡六身后的陈昆正把一只手伸向腰间，所以她恍惚间已经听到了一声枪响。虚幻的枪声过后，小蜻蜓六神无主愣在那里，她在努力地想着被遗忘的词，当她终于唱出一句金娥岂能饶过你，我不杀你恨难消时，仿佛是下定了决心，整个人已经朝着台下飞了过去，很像是电影里仙女下凡时的那种镜头。而此时她的手里，正好拿着属于戏中角色陈金娥的一把道具剪刀。

那天包括唐一彪和徐志在内，所有的人都没有想到，从台上飞身冲下的小蜻蜓竟然很没有理由地冲到了蔡六的跟前，然后身子虚弱又动作迟缓的蔡六还未来得及躲闪时，小蜻蜓手里的剪刀已经瞬间扎进了他的喉管。

蔡六的血当即喷了出来，像是一截突然被挖断的自来水管，这一幕顿时让陈昆也看傻了。陈昆看见小蜻蜓在一刀扎下去以后又迅速将蔡六喉管里的剪刀拔出，然后刀尖又狠狠地刺向了蔡六原就负伤的胸口。这时候陈昆听见砰的一声枪响，来自他的右手边，他用眼角的余光看见，开枪的人是唐一彪。与此同时，他也看见小蜻蜓在中弹以后对他如释重负般地笑了一下，随即就整个人倒下，软绵绵地倒在了他的身边。

小蜻蜓看到整个剧场都陷入一片混乱，太多的人都抱头鼠窜拼命奔跑，剧烈的嘈杂声跟洪水一般。而她的眼里涌进来一道白光，白光中站着自己做烧饼的父亲和母亲，他们眼角含笑,十分慈爱地向她招了招手。而一群蜻蜓,也在天空中开始翩飞,很像是童年时在空旷的田野上看到过的场景。

此时陈昆什么也没听见,他迅速地靠近小蜻蜓,并且用臂环住了她的后脖颈。他十分清楚地看到小蜻蜓的嘴唇在嚅动着,用几乎谁都听不清的声音说,领导我想过了,你不能向蔡六开枪。小蜻蜓的嘴里都是血,她说得断断续续,说你要是一开枪,咱们的小组……以后就没有领导了,也没有人能拿到日本人的情报了。接着小蜻蜓又很开心地笑了一下说,领导我是不是很勇敢?

此时陈昆根本没有力气点头,因为巨大的悲伤正向他袭来。他忍不住把眼睛闭上,却冷不丁又被冲过来的人群撞倒,撞倒以后躺在了地上,几乎跟小蜻蜓躺在了一起。躺在地上的时候,他还被纷乱的人群踩踏了几脚。陈昆听见了小蜻蜓说出的最后一句话。小蜻蜓微笑着用如蚊蝇般的声音说,领导,我其实不怕死,我是怕疼。日本人会对我严刑拷打,我怕我扛不住,说不定就把我们小组人员招出来了……

后来两个赶过来的宪兵每人抓住小蜻蜓的一条腿,把她滚烫的尸体很随意地拖了出去。地上于是留下一道歪歪斜斜的血迹,血迹似乎还冒着热气。小蜻蜓被拖出一段距离,其间她脚上的一只青灰色布鞋掉了下来,掉落在那些血迹的中间。

陈昆那时候极力把视线收回，并没有望向被拖走的小蜻蜓，而是呆头木脑端详着依旧躺在靠背椅上的蔡六。在他僵直的视线里，他看见死去的蔡六长得那么瘦，这人被小蜻蜓一刀扎去的胸口位置皮肉绽开，很容易看见露出来的骨头。现在死去的蔡六睁着一双奇怪的眼睛，仿佛用尽全身力气望向剧场的天花板。陈昆顺着蔡六的目光看去，看到天花板上正悬挂着一只辛勤织网的蜘蛛。

后来陈昆试着要将那把剪刀拔出，却发现刀口已经被蔡六的骨头卡住。因为小蜻蜓的牺牲，巨大的悲痛让陈昆身上的力量荡然无存，一双手怎么也使不出劲道，所以他拔了好几次也没有成功。这时候唐一彪也挣扎着从地上爬起，原来他也被人群挤倒在地。现在他铁青着一张脸走了过来。唐一彪失望至极，面对惊慌失措又面色惨白的徐志，他狠狠地骂了一句，徐志都是你小子干的好事，我真是服了你，我都想跪下来叫你一声师父。

松本也就是在这时候缓缓走了过来。在陈昆非常凌乱的记忆里，这人仿佛是从地底下突然冒出来的。松本深深地看了在场的所有人一眼，然后就走到死去的蔡六的身边，身子略微弯下，眼睛凑过去以后煞有介事地凝望了好久。松本后来说，怎么这么容易就被人弄死了，你们这帮人是不是也太过粗心大意了。他想了一下又说，抓紧处理一下,这种天气尸体很容易发臭。

临走之前,松本拍了拍陈昆的肩膀,结果却是什么也没有说。

23 鹅，鹅，鹅

傅灿灿已经连续很多天没有咒骂朱三了。她现在每天起床以后不再咒骂陈世美，也不再念叨着剥皮抽筋，所以他们家变得很安静。朱良材感觉很奇怪，他觉得少了咒骂声的清晨是不完整的。最后他没有忍住，问傅灿灿怎么不骂了，还说你一天不痛骂个几句，我的牙齿就会没理由地疼，疼得稀奇古怪。傅灿灿于是终于吐出一句，她冷冷地说，你的宝贝儿子现在是卖国贼，朱家族谱的历史以后要改写了。我恭喜你，不仅生了一个陈世美，还生了一个汉奸。

当然傅灿灿并没有告诉朱良材，那天她在仁济医院值夜班，当她跟宪兵队那个名叫唐一彪的男人吵得不可开交时，朱三曾经跟她近在咫尺。那天的事件平息后，傅灿灿一个人呆在洗手间里，气得简直想要抽烟。她一次次咬着自己的指甲，心里已经很清楚，朱三之所以不回家，是因为他没有脸回家，他当上了万人唾弃的汉奸。傅灿灿猛然记起，那天朱三回宁波，在火车站里开车接走他的人，就是刚才用枪指着她的唐一彪。所以傅灿灿在心里说，无耻，一丘之貉，王八蛋，垃圾，不得好死，臭阴沟里的蛤蟆……

吕美珍也就是留美子五十岁生日过后的第二天,李电影跟吕大鹅再次来到了白衣巷。时间已经来到了夏天,吕大鹅穿了一条质地很轻飘的裙子,裙子比较短,潮流得不得了,刚刚能遮掩住膝盖,所以露出一截新鲜白亮的小腿。吕大鹅给傅灿灿送来一套日本资生堂的美颜霜,说是保湿又防晒,可以避免皮肤在夏天里变黑。傅灿灿看都没看,随手把美颜霜扔在了桌上。她凑到李电影跟前对着他的耳朵皮说,脸皮都不想要了,还管它晒得黑不黑。

吕大鹅最想念的还是朱大米的那只鹅,一段时间没有过来,她发现鹅已经长大了,鹅不仅长高长胖了,就连原先黄灿灿的羽毛也开始改变颜色了,有那么一种要变白的趋势。吕大鹅撩起裙摆蹲下,满眼慈爱地抚摸着鹅的后脑勺。她问朱大米,你是用什么喂它的?朱大米却没有时间回答她,说不要吵不要吵,我很忙的,我没有时间和你讨论用什么喂它,我顶多只能告诉你,为了它我每天清晨都要去拔青草,青草不能带露水,所以我拔的大概是十点钟左右的青草。朱大米一边说一边也蹲了下来,他抽空看看吕大鹅光滑又修长的脖子,又偷偷望向吕大鹅露出来的半截光腿。这时候李电影敲了敲他脑袋,问他看什么呢,那么小的年纪贼眼溜溜的,有什么好看的?朱大米于是哈哈哈地笑了,说,李电影我刚才发现你也在看,难道蒋委员长的法律规定你可以看,我们小孩就不能看?接着朱大米

说,现在是激动人心的表演时间了,我需要表演一下,于是张嘴唱起了一首儿歌:

  鹅,鹅,鹅,
  曲项向天歌,
  鹅,鹅,鹅,
  脖子那么长的鹅,
  飞到屋顶就是一只天鹅。

吕大鹅在朱大米的歌声中哈哈大笑,她没有想到世上还有这么有趣的儿歌,于是急忙问,还有吗?朱大米说当然有啊。朱大米就又开始唱了:

  鹅,鹅,鹅,
  白毛浮绿水,
  红掌以上就是大腿,
  鹅,鹅,鹅,
  大腿一抬屁股一摆,
  地上多出一盘香喷喷的菜。

吕大鹅听到这里已经笑成一朵颤抖不已的花,她笑着笑着几乎笑出了眼泪。可是吕大鹅笑完以后还是有一点不够理解,所以她很迷惑地看了一眼自己的大腿,又向朱大米虚心请教,为什么大腿一抬屁股一摆,地上就会多出一盘香喷喷的菜?朱大米顿时很着急,就像恨铁不成钢一样暴躁。他喊了一声道,是屎呀,是屎呀,鹅的屁股一摆,拉出来一泡臭烘烘的屎呀。你连这个都不知道,为什么你总是这么笨。

现在吕大鹅终于笑成一只弯腰的虾米,她笑得上气不接下气,扶着李电影说,电影你救救我救救我,我快要被笑死了。她还抹了一把眼泪问朱大米,这么好玩的东西是谁教你的?朱大米说是我爹,是我爹亲自教我的。

你爹是谁?我怎么从来没有见过他?

我爹在上海,朱大米说我爹有很多个名字,他先是叫朱三,再是叫陈世美,现在他还有个名字,是叫卖……

朱大米就要说出卖国贼的时候,被冲过来的傅灿灿很及时地制止住。傅灿灿手里提着一把菜刀,菜刀指向儿子恶狠狠地说,你再敢提你那杀千刀的卖嘴皮子的爹,信不信我就把你的舌头给割了,割下来和韭菜一起,炒成一盘下酒菜。

后来,吕大鹅有一句没一句地跟傅灿灿聊天。她跟傅灿灿提起了母亲吕美珍的生日,也提起了发生在大世界剧场的刺杀,她夸张地说,真是没有想到,那个名叫小蜻蜓的女孩子，看上去那么文弱，竟然当众杀死了蔡六，结果被唐一彪一枪命中，倒在了陈昆的身边。

李电影早就听吕大鹅说起过剧场里的刺杀，他现在听见吕大鹅提起了陈昆，他知道陈昆就是他姐夫朱三，所以他说吕大鹅你别说了，这种社会新闻听起来很恐怖。但是傅灿灿却急着问吕大鹅，陈昆是谁？

陈昆是唐一彪队长的准妹夫，他刚来宁波，唐队长要把妹妹唐书影嫁给他。

傅灿灿听见这一句就什么都知道了，她把很多事情都联系上了。那天去宁波站台接朱三的除了唐一彪，还有个走路很像是跳舞的女的。那么这个女的是唐一彪的妹妹唐书影，而朱三现在其实不叫陈世美，其实是叫陈昆。

傅灿灿想，原来朱三这只癞蛤蟆，现在是摇身一变吃到了天鹅肉。傅灿灿想到这里的时候，朱大米嘹亮的声音响了起来，娘，我饿！

24 时事公报

礼拜六下午，坐落在外滩的美辰公寓，唐一彪正懒洋洋躺在沙发上。沙发的左首还坐着何婉玲，所以唐一彪躺在那里时，用何婉玲的大腿当枕头。天气有点热，挂在天花板上的电扇风叶呼啦啦地吹着，吹动唐一彪身上那条宽大的短裤，也让何婉玲身上的香水味在房间里四处弥漫。一只猫在不远处好奇地打量着他们俩，它觉得这两个人缠绵得十分厉害，真是让它觉得很恶心。

这套公寓三室两厅，配备了两个宽大得像房间的浴室和三个宽敞得像房间的洗手间，还有一个宽敞得像客厅的厨房。就在刚才，唐一彪亲自给何婉玲烧了一顿丰盛的午餐，除了腐皮包黄鱼、鱼鲞烤肉，还有俄罗斯红肠，水果沙拉，以及宁波人喜欢吃的梭子蟹炒年糕。现在唐一彪从一场瞌睡中醒来，醒来以后看见头顶的何婉玲左手拿着一个本子，右手拿着一支笔，好像在计算着什么。唐一彪问，何老板在忙什么呢，是在给你的药房算账？何婉玲眉头一皱，说，我在算我们手头现在总共有多少钱。唐一彪听到这里扑哧一声笑了，他坐直了身子道，既然我们有那么多的钞票，何不把这套房子买下来，你有没有觉得这里每个月的房租有点贵？

何婉玲却把本子放下,问唐一彪有没有脑子。她说你傻啊,我都想把何东给我买的房子给卖了,咱们带上所有的钞票去香港。唐一彪听到这里瞪圆了眼睛,他心想难道自己要离开宁波,这是他之前从来没有想过的事情。现在他开始想了,他觉得不管怎么样,应该考虑一下自己的退路。

十五分钟后,唐一彪听见一阵敲门声,他奇怪谁会找来这套公寓,却在透过猫眼时看见,站在门外的竟然是他妹妹唐书影。唐书影手里拿着一沓报纸,进门后不声不响,阴沉着一张脸,把报纸扔在了桌上。唐一彪说,你怎么找到这儿的?唐书影说,你不用管!唐一彪就说,你怎么了?唐书影说没怎么,我是过来向你道喜,你要成为名人了,因为你的名字上报纸了。

唐书影带来了二十张报纸,都是同一天的《时事公报》。刚才在四明街的一处报摊,唐书影见到了这份报纸,报纸上刊登了唐一彪的照片,相关内容不仅报道了唐一彪那天在大世界剧场枪杀甬剧演员小蜻蜓,还指出最近两天,宁波戏剧协会的负责人邬宪成、于义风也相继遇难,全都死在了宪兵队的手上。唐书影看完报道后额头冒汗,当即把剩下来的《时事公报》全都买下。现在她眼里再次出现大世界剧场的那一幕,枪声过后,小蜻蜓的血喷溅了出来,所以她站在唐一彪眼前说,我当时也傻了,现场那么多的宪兵，为什么对中国人开枪的不是日本人而是你？而你偏偏是我哥。

唐一彪把报纸放下，很久以后，唐一彪说，你不懂。

我当然不懂，唐书影说，我不懂的是那么年轻甚至还来不及感受人间的一个女孩子，之前看上去那么胆小，那天却什么都不顾，把刀子狠狠地扎向了蔡六。而我更加不懂的是，你怎么会忍心向她开枪？

唐书影越说越激动，直到最后眼里出现了泪花。她说开枪也就算了，但你们却还要对戏剧协会的人下手。唐一彪你厉害的，现在整个宁波城的人都怕了你了，作为你妹妹，我为你感到骄傲。

何婉玲一直坐在不远处翻书，好像兄妹之间的谈话跟她没有关系。这中间她起身给唐书影倒了一杯汽水，偶尔还到窗前站一会，以便看一看外滩的风光。后来她终于还是走了过来，她说书影你别这么说他了，他有他的难处。这时候唐书影把脸转了过来，唐书影说，我在跟我哥说话，麻烦你不要插嘴！

何婉玲坐下。何婉玲说，你哥加入宪兵队的密探队也不是一天两天了，你现在跟他发火，射出去的子弹已经收不回来了。

那天唐一彪站在窗口抽烟，涌过来的热浪一阵一阵。他把烟头烫向其中一张报纸，眼看着《时事公报》的

"公"字很快变成一个烧焦的黑洞。他说唐书影你不知道，关于蔡六这件事情，包括松本在内，很多人都觉得宪兵队有内鬼。那天我要是不开枪，接下去不追查戏剧协会，有些人可能会把枪口对准我，以为我就是那个内鬼。

唐书影笑了一下说，什么才叫内鬼？唐一彪说内鬼就是共产党，我们怀疑宪兵队里有潜伏进来的共产党，当然现在搞清楚了，这人就是小蜻蜓。

唐书影又笑了。唐书影说，人鬼不分，我看你们宪兵队才是宁波城里真正的魔鬼。

傅灿灿这天傍晚也见到了《时事公报》，她是在下班回家时在街头报童的叫卖声中听到了这个消息，于是她买下了一份报纸。那时候她身边还带着儿子朱大米。傅灿灿很长时间盯着报纸里的照片，似乎在唐一彪身后见到一个模糊的背影，那人十有八九是朱三。傅灿灿想，该死的朱三，丢脸丢到家门口了。后来她在回家路上路过民光大戏院，想去把报纸交给李电影看一眼，让他知道朱三现在成了什么角色，但她还没到达电影院，远远地就看见李电影在影院门口跟一对男女在交谈，而那个男人，应该也就是朱三。此时傅灿灿喊了一声李电影，李电影却急忙把那人推进了电影院，这才着急忙慌迎上来跟傅灿灿打招呼，说姐，怎么这么凑巧，你们这是要去哪里？

傅灿灿说我不去哪里,我今天就带着朱大米过来看电影,你不是说了好几次要请我看电影吗?李电影一下子很为难,一双手搓来搓去,他说真是不凑巧,今天的电影票全卖完了。傅灿灿说卖完了又勿搭界的,我站着看就行,我看电影不需要坐位子。朱大米马上就跟了一句,说对,我看电影也不需要坐位子。因为电影是用眼睛看的,不是用屁股看的。

傅灿灿和李电影两人在影院门口推来推去,一个要进去,一个要拦着。李电影不让傅灿灿进去看电影,是因为刚才跟他聊天的人的确就是朱三,而陪朱三过来看电影的,也就是唐书影。李电影很清楚,此时要是傅灿灿进去了,很多事情就不可收拾了。

但是李电影毕竟只是个放电影的,他又不是武林高手,哪里是傅灿灿的对手。后来傅灿灿扇了他一个耳光说,老娘命令你滚开,不然我就掐死你。李电影还没反应过来,傅灿灿就已经牵着朱大米的手冲到了他身后。

傅灿灿带着朱大米,几个大踏步走进电影院,结果差点摔了一跤,因为电影已经开场,里头黑咕隆咚什么也看不见。她想走进去一排一排挨位子找人,可是那么大一个电影院,里头黑漆漆的又坐满了人,想要在其中找出属于朱三的脑袋,实在是有点困难。傅灿灿想到这里也不着急,她把手中的《时事公报》卷成一卷,卷成一个圆筒状的喇叭的样子。她把喇叭口朝向观影人群的背影，又对着喇叭的这一头清了清嗓子，然后就开始铆足了劲叫喊，各位观众大家好，现在开始广播找人。我要寻找的这个人姓朱名三，字世美。朱三你本人听到广播后，马上给我滚出来。你一定要相信，观众的眼睛是雪亮的，不要以为我没看见你，你就可以当缩头乌龟。我同你讲，你就是化成灰我也认得你。

所有人都把头转了过来，他们虽然看不清傅灿灿的那张脸，但是谁都能明白，这是哪个名叫朱三的男人被一个女人给缠上了，女人说不定还是他老婆，老婆是过来电影院捉奸，因为名叫朱三的男人在陪别的女人看电影。此时傅灿灿继续对着喇叭喊，朱三你到底有没有听见，朱三你这个陈世美，你真是不要脸到家了。

影院里一阵哄堂大笑，很多人都嘻嘻哈哈在问，谁是朱三啊，朱三你快站起来。又有人开始火冒三丈骂娘，叫喊着吵死了，还让不让人看电影啊？这时候李电影赶了过来，李电影花了吃奶的力气才把傅灿灿连抱带推地给弄走，弄走的时候傅灿灿的两条腿在张牙舞爪地乱踢。李电影于是绝望地说，姐我求你了，姐你能不能不要再闹了？

这场闹剧从头到尾差不多延续了有十分钟。整整十分钟里，唐书影发现身边的陈昆始终没有回头，也没有去抱怨，好像如此荒唐又喧嚣的一幕，他丝毫没有听见。事实上唐书影跟陈昆落座的位子,就离傅灿灿喊话的地方不远,最后唐书影回头时,又听见李电影对着那个叭啦叭啦的女人喊了一声姐。唐书影刚才在影院门口跟李电影见过一面,她看见李电影跟陈昆很热情地打招呼,陈昆却躲闪着不想跟这人聊天。所以现在唐书影碰了碰陈昆的手臂,问他,你是怎么认识李电影的?但是陈昆一双眼睛始终盯着银幕,陈昆说我们看我们自己的电影,我已经好几个月没有看过电影。

唐书影记得,这天电影快要散场时,陈昆去了一趟洗手间,但是直到电影结束,她却再也没有见到陈昆,这人好像是彻底消失了。后来影院门口只剩下唐书影一个人,于是她想了想就独自回去了。临走的时候,唐书影见到躺在地上的一张报纸,就是这一天的《时事公报》。因为被很多过往行人的鞋踩过,所以那张报纸上布满许多横七竖八的脚印,有些地方还被碾磨得支离破碎,这让唐书影想起,当初在大世界剧场,被宪兵当众拖走的小蜻蜓的尸体。她记得小蜻蜓被拖走的时候,地上有一道很长的血痕,那道血痕一直延伸出去很远,到了最后若隐若现,很像一截渐渐干枯的河流。

25　四季歌

唐书影回到唐宅以后并不急着上楼，而是打开了家中客厅里的狗牌柚木柜式留声机。她喜欢听留声机里周璇演唱的《四季歌》，那是百代公司去年发行的一张唱片。唱片里，周璇的《四季歌》是这么唱的：

> 春季到来绿满窗，
> 大姑娘窗前绣鸳鸯，
> 忽然一阵无情棒，
> 打得鸳鸯各一方。

唐书影就这样让《四季歌》来来回回地播放，同时也跟着黑胶唱片里面的周璇一遍一遍地清唱，仿佛歌中所唱的那个坐在窗前的姑娘，此刻就是她唐书影自己。后来唐书影唱累了，也见到了过来找她的陈昆。唐书影说，你怎么又出现了，你刚才不是无影无踪消失了吗？我还以为你是一团空气。陈昆不好意思地笑了笑，又走过去把《四季歌》的音量稍微调低。他说我刚才突然离开电影院，没有来得及跟你讲，其实是这么回事情……

唐书影说你不用解释，但是你既然过来了，那我现在就想跟你说说另外一件事情。

陈昆说可以，那你先说吧。唐书影就说了，唐书影说我这几天老是想起小蜻蜓，我觉得小蜻蜓很不简单，她背后应该还有人，这些人或许是专门为了对付日本人。

陈昆站在留声机前，看见细纹密布的黑胶唱片在慢慢旋转，里头唱出的一句是大姑娘夜夜梦家乡，醒来不见爹娘面，只见窗前明月光。陈昆的目光有很长时间停留在不断旋转的唱片上，整个人似乎被清凉的月光所包围。他说，也许吧，因为我听说小蜻蜓的爹娘，就是死在日本人的手上。

不是也许，我认为是肯定。唐书影说其实我还想跟你说的是，我哥下午告诉过我了，松本觉得身边有内鬼，这个内鬼是共产党，他是奉命潜伏进了宪兵队。

那就对了呀，这么说，这个内鬼就是小蜻蜓。小蜻蜓就是在宪兵队的招待所干活。

唐书影笑了，却笑得比较失望。她说陈昆你这人真没劲，你刚才说的跟我哥说的一模一样，但我觉得我哥那么说是因为脑子简单，而你却是故意这么说的，因为你在糊弄我。

陈昆愣在那里很久，不知道接下去该怎么开口。此时留声机里的周璇已经把整整一首《四季歌》给唱完，于是那块黑胶唱片一直在空转，而音箱里响起的，是一阵稀稀拉拉的细碎的摩擦音。陈昆眨了眨眼,轻声说,唐书影我有点糊涂了,你到底想说什么?

这时候唐书影似乎步步紧逼,她说我先不跟你说刚才的电影院,我是记起来那天在大世界剧场,当蔡六到达时,你好像去了后台跟小蜻蜓见了一面,所以你回来以后就没有跟我坐在一起,而是坐在了蔡六的身后。说完这些唐书影深深地看了陈昆一眼,她说陈昆你有没有觉得自己很奇怪,不管是看甬剧还是看电影,你看到后来都把我一个人丢下,你去忙你自己的事情了。你不觉得你很神秘吗?

此刻陈昆已经无言以对,他抹了一把脸,有点颓然地在沙发上坐下。他不会告诉唐书影,刚才在民光大戏院,电影就快要结束时,他因为担心傅灿灿会守在影院门口,所以就借口去了一趟洗手间,并且从洗手间的窗口爬了出去。但是陈昆没有想到,他爬出窗口落地以后的第一时间,就见到了堵在他面前的傅灿灿和朱大米。

傅灿灿站在那里像是一座塔,手里提着一根棍子,还没等朱三反应过来,棍子就啪的一声砸在他头上。傅灿灿说该死的东西不要脸的东西,你肚子里有几根蛔虫老娘都看得一清二楚。还想跑,你倒是跑啊,我今天看你能往哪里跑,你敢跑我就砸断你的两条狗腿。傅灿灿的叫骂声如同连珠炮,手里起起落落的棍子也跟舞龙一般,劈头盖脸砸向了朱三，瞬间砸得他晕头转向。

朱三抱着脑袋无计可施，最后他央求着能不能别打了，我们完全可以文明一点，我们可以辩论啊。此时傅灿灿的棍子终于停了下来，傅灿灿说老娘把话扔在这里，你今天必须跟老娘回家。把你带回去以后，我要在你额头上刺五个字，傅灿灿家的。

我不能跟你回去，有些事情等我以后跟你慢慢解释。

你要解释，就现在解释。不想回是吧？傅灿灿就喊了一声朱大米，勒令他赶紧去把李电影给叫来，来的时候还要记得带上一根绳子，她要将眼前的朱三像捆粽子一样给捆绑回去。

朱大米说，娘我不去，这种野蛮的事情，要去你自己去。

你也不服管教是吧？傅灿灿说，行，你们父子俩一个德性，看我怎么一起收拾你。但是傅灿灿举起棍子就要向朱大米招呼过去时，仔细想了想又说，你不去我去，那你给我站在这里好好守着，守着这个不要脸皮的家伙。

傅灿灿将棍子交到朱大米的手里，接着又瞪了一眼朱三说，你给我站在这里别动，你要是敢走出去一步，小心我回来以后剥了你的皮。说完傅灿灿就转身，踩着匆忙又响亮的脚步，朝着影院门口的方向奔去。她要去电影院里寻找李电影。

到了现在朱三的眼前就剩下一个朱大米,这是他经常会想起来的儿子。朱三犹豫着蹲下身,反反复复抚摸着朱大米的脑袋,又从头到脚看他一眼,感觉儿子除了瘦,身子其实并不显得矮,更不像傅灿灿说的那样得了黄胖病。朱三喊了一声大米吾儿,朱大米却站在那里不吭声,只是仔细端详着手中的棍子,仿佛那是一把难得一见的青龙宝剑。朱三又叫了一声儿子,还说儿子你还认得我吗,你知道我是谁吗?这时候朱大米猛地将棍子举起,并且将棍子笔直插向了空中,好像要将头顶的月亮给刺穿。朱大米说我认得你,你是陈世美,你完了,我娘要将你剥皮抽筋。我娘这个人我太了解她了,她说到做到。

我不是陈世美,我是你爹呀。你怎么会在宁波,你不是跟爷爷一起在镇海吗?

朱大米的脑袋慢吞吞歪斜了下来。朱大米说,可是爷爷跟我讲,你是在大上海变戏法,那么为什么你也会在宁波,你是不是有了新的老婆?

朱三知道时间对他来说十分紧迫,他要是不急着离开,接下去的事情将难以收拾。朱三说儿子,想不想看爹变戏法?

朱大米很使劲地摇头,摇完头以后说,娘以前跟我讲过,你变的那些戏法都是骗人的把戏,只有傻兮兮的上海人才会相信,我们宁波人一个个都灵光得很,才不会稀罕。

朱三说相不相信稀不稀罕只有亲眼见到才知道，要不你闭上眼睛，我现在就给你变出一只鸽子来。朱大米还是一个劲地摇头，朱大米说我不喜欢鸽子，我喜欢兔子。

朱大米把眼睛闭上，等待朱三为他变出一只兔子的时候，朱三就急忙一个人走了。但是朱三在路上静悄悄走出十来米距离时，忽然听见朱大米站在原地喊了一声好了没有，你可别骗我啊，你变出来的一定要是兔子。朱大米还说你也不能一个人偷偷跑走啊，你要是跑走了你就死定了，你言而无信，就不配当我爹。我就这么告诉你吧，当我爹的要求是高得不得了的。

现在陈昆面对的，是坐在他眼前的唐书影，唐书影一再提起的，是关于小蜻蜓和内鬼。陈昆盯着唐书影看了一阵，然后把视线转开。他说唐书影你究竟想说什么，你是不是觉得我就是宪兵队的内鬼？但是唐书影即刻打断他。唐书影说不是的，我下午就跟我哥说过，他们宪兵队才是宁波城里杀人不眨眼的魔鬼。而且我现在还要同你说，我很佩服那个小蜻蜓，我想她死得那么决绝，肯定是背负着什么使命，或者是为了保护在场的另外一个人。

陈昆听到这里止不住地惊讶，他望向唐书影，好像是见到一张完全陌生的面孔。他想了一阵，就要鼓起勇气开口时，却听见唐书影说，陈昆你什么都不用说了，我决定以后一直跟你在一起。

为什么？

因为那样可以保护你。唐书影又说，但你必须告诉我，真正的陈昆去了哪里，因为我现在已经知道，你是叫朱三。这时候陈昆终于明白，那么热爱着侦探小说，热爱着上海滩《神探华良》的唐书影，怎么可能在推理能力上比别人弱呢？

《四季歌》的声音再次在屋里响起，这个夜晚，陈昆和唐书影都听得很动情。在漫长又清瘦的乐曲声里，两人面对面坐了一个通宵，他们不会忘记《四季歌》的最后一句是：血肉筑出长城长，侬愿做当年小孟姜。

26　情敌

　　唐一彪最近把很多事情看在眼里，他发现自从那次在外滩的美辰公寓吵过架以后，唐书影一连两三个礼拜都懒得理他，就连跟他说话也是有一句没一句，那样子好像开口说话特别累。而与此同时，唐书影和陈昆之间却越来越热络了，两人一天到晚形影不离，亲密得像是一对小冤家。对此唐一彪也不往心里去，他想自己跟不了妹妹一辈子，但是陈昆可以，那么既然到了这个份上，他这个当哥哥的，是时候把妹妹托付给另外一个男人了。

　　那天陈昆也在唐家。陈昆在厨房里炒菜，唐书影则躺在沙发上看她的侦探小说。小说中的主人公叫华良，相当于柯南·道尔从英国派往上海滩的福尔摩斯，也相当于程小青笔下的霍桑。唐书影看侦探小说的时候，喜欢吃苹果。那些被削了皮的苹果分解成了小块，唐书影用一把细小的银叉叉着苹果块吃。但凡小说进入了引人入胜的情节，唐书影吃苹果的速度明显变得十分缓慢。唐一彪走过去在沙发上坐下说，看书呢？看什么书呀？唐书影说，我看《神探华良》全集，你说，华良这个人物是不是真实存在？唐一彪说，那是小说，小说就是虚构的。又说，我突然有个想法，你说是不是可以让陈昆搬来家里住？然而唐书影似乎什么也没听见，她在翻过一页小说后一声不吭。唐一彪又说，我是打算好了，准备找咱们宁海顶好的木匠，给你打一套最好的家具，当然还有那些气派的嫁妆。我只有你这么一个妹妹，你们的婚礼必须风光，必须用上我们老家嫁女儿最高规格的十里红妆。你的事办完了，我也就对得起地下的父母了。这时候唐书影终于把小说盖上，唐书影说，你管不管我，你都没有对不起我。再说我的事情不用你管，你去照顾你的何婉玲。唐书影还说，你要是嫌我在家里碍眼，那我就搬出去住，你就当作已经把我嫁出去了。

唐书影之所以这么说，是因为她有自己的想法。她希望能帮助陈昆搬出宪兵队招待所，由此争取到一个相对私密的空间，但是陈昆搬出招待所也不能住在他们唐家，因为这个唐宅毕竟是属于唐一彪的。所以唐书影认为，对陈昆最有利的安排，就是在宁波城里重新租一套房子，这样她跟陈昆住到一起，在许多事情上帮衬他，也就相对显得合情合理。

唐书影开始找房子的时候，徐志有一天走进了松本的办公室。之前因为私自将蔡六带去大世界剧场，又在剧场里发生了那起命案，徐志差点被松本关进监狱。那时候徐志实在是百口难辩，因为松本问他，整个事件是不是你特意安排的，就为了把蔡六送去小蜻蜓的剪刀口。徐志吓得跪在松本的面前，一连磕了一百来个响头，并且朗诵了"轻轻的我走了，正如我轻轻的来"，而且还表示无论轻轻的来去，自己的小命属于伟大的松本，想要随时能够拿走，但是他希望能够将功赎罪，为"大东亚共荣"作出自己的贡献。

小命虽然保住了，但是失去了松本的信任，徐志当然是不甘心的。现在徐志毕恭毕敬站在松本的面前，再次对自己的失误作出了深刻的检讨，他还强调，当初蔡六也的确是想尽快跟松本队长见面，因为蔡六觉得宪兵队有内鬼。徐志说以上这些事实，当初宪兵队安排在仁济医院的其他看守人员可以作证，包括蔡六的主刀医生。但是松本对徐志说的一点也不感兴趣，松本这次没有洗茶碗，而是在浇花，他在办公室里养了一盆夜来香。松本在给夜来香摘去一片黄叶的时候说，徐志你不要老调重弹了，我看中的只有结果，结果就是蔡六死了。

徐志说，那队长有没有想过，难道宪兵队的内鬼仅仅只有小蜻蜓？就凭小蜻蜓那么一个女孩子，她能闹起那么大的风浪？后来徐志就慢慢把话题引向了陈昆，他的推理主要有三点，一是陈昆刚来宪兵队，此人在重庆的底细有待追查；二是蔡六来宁波的消息陈昆是知道的，因为他还跟唐一彪一起过去宁波火车站接人；三是小蜻蜓和陈昆之间有很多的接触机会，因为小蜻蜓是宪兵队招待所的保洁员。

徐志说到这里注视着松本的表情。他看见松本已经停止浇花，而是在擦皮鞋，擦一阵子皮鞋又在鞋面上哈出一口热气，然后提起鞋子从不同的方向反复端详，直到觉得一双鞋子已经光可鉴人。

松本把皮鞋放下，端端正正地摆在办公桌底下。他说徐志你对陈昆有意见我早就知道，因为陈昆是你的情敌，而且我听说，你一直拿着一把锋利的锄头，想要随时挖陈昆的墙脚。现在唐书影已经明确跟陈昆在一起，所以你面子上过不去。徐志把嘴巴张开，讶异到无言以对。这时候松本开始织一只毛线手套，不久前他向吕美珍学习了毛线的编织法，吕美珍还向他赠送了几团颜色各异的恒源祥绒线。现在松本虽然织得十分笨拙，但是手套的模样已经成形。他所有的视线都集中在那副竹做的毛线针上，所以他头也不抬地说，你怀疑陈昆也就等于怀疑唐一彪，因为是唐一彪把陈昆介绍进宪兵队的。但是有一点我很清楚，那天你带蔡六去大世界剧场，唐一彪的确是毫不知情，他还在现场狠狠骂了你一通。

唐队长直接枪杀了小蜻蜓，队长有没有觉得是杀人灭口？徐志觉得到了这个份上已经没有必要掩饰，所以他决定更进一步。徐志说，队长认为有没有这样一种可能，唐队长开枪是为了毁灭证据，以防引火烧身。但是徐志没有想到的是，此时松本却从椅子上站了起来，松本很严厉地说，徐志既然你有这么好的想象力，那你以后不要再写诗了，你可以去写小说。写得比你们宁波的柔石和苏青还要厉害。

徐志退出松本办公室的时候，垂头弯腰小心翼翼把门合上。他站在走廊上缓缓吐出一口气，然后掏出手帕，擦去额头上冒出来的一些汗。然而徐志并不知道，就在他离开以后的十分钟左右，办公室里的松本已经拿起电话拨出一个号码。电话在片刻以后接通，那边传过来的声音是吕大鹅的，松本说秀子小姐多日不见，你有没有听说唐书影最近在找房子，因为她想跟陈昆有个甜蜜的温柔乡，毕竟在宪兵队招待所里他们彼此交往不方便。

吕大鹅很快听出了松本的意思，因为她跟母亲吕美珍住的呼童街108号是一幢三楼三底的房子，差不多租出去了，只有二楼还有一间空着。吕大鹅说队长的意思是不是让唐书影搬过来住，这样我们彼此有个照应。

松本就在过了一会说，你觉得可以吗？

接着松本又说，我想要再次和令堂大人留美子小姐见面，再次交流一下毛线手套最新鲜的织法。

27　呼童街108号

九月初的一天，陈昆在中马路上的故事海书场听说书。他来得很早，却故意坐在最后一排，因为台上正在说书的人是海叔。海叔这天眉飞色舞说的是梁红玉的故事，梁红玉受宰相朱胜非和隆祐太后所托，即将连夜出城前往几百里外的秀州。陈昆身后的窗口下，流淌着夏天里的濠河，河面宽敞，拥挤着众多的脚划船，船上装满了木材和细砂。后来陈昆看见海叔卷起袖子，手上的折扇哗啦一声收起，接着就惊堂木一拍道，梁红玉就这样叱咤风云召回了夫君韩世忠进兵杭州勤王，但她第二年就要来到咱们的宁波，欲知后事如何，请听下回分解。

听客们一个个离去，说书场里最终留下来的只有陈昆。他后来趴在窗口，让濠河河面上的风迎面吹来，风中夹杂着一些泥土和水草的气息。陈昆的大半个身子露出在窗外，风将陈昆的头发吹散，还蠢蠢欲动地要将他衬衫的纽扣给吹开。这时候陈昆就会想，人这一辈子要是能一直这样吹吹风，那其实也是蛮好的。

但是陈昆这样的思绪很快就被海叔的声音给打乱，那时候海叔已经向他走来，就站在他身后。因为时间有限，海叔并没有跟他闲聊的工夫。海叔告诉他，因为小蜻蜓的牺牲,组织已经安排人员送老路的儿子也就是小蜻蜓的堂弟去了余姚四明山的根据地,那边会有人照顾小路。因为他非要继续开店,所以安排他在小卖部工作。陈昆在这样的声音中放眼望去,看见远处通利源榨油厂的一截高耸的烟囱,烟囱在冒烟,仿佛容易令人伤感。与此同时,陈昆也闻见了榨油厂里飘荡过来的棉籽油的芳香。他在那样的芳香中深吸一口气,然后并没有回头。陈昆说,我可能要搬家了,搬去呼童街的108号,以后唐书影会跟我住在一起。

你们怎么可以住到一起?海叔的声音中有着许多担心。海叔说,我必须提醒你,你可是有家室的人。

陈昆还是趴在窗口背对着海叔。他笑了一下说,我知道我是有家室的人,我妻子是镇海人,比我大三岁,我儿子今年也已经八岁。但我现在又必须跟唐书影住到一起,这不是我所能决定的,也是没有办法的办法。陈昆又说,实话告诉你,唐书影已经看出我的身份,但她并没有揭穿我,反而愿意竭尽所能保护我,所以我们会像一对即将成婚的恋人一样,有分寸地住在一起,这样你能放心吗?

所有声音都传到了海叔的耳里。海叔说,难道你能确定,这不是唐一彪或者宪兵队为你设下的陷阱?有些时候他们可能很高明。

哪怕是陷阱,那我现在已经掉下去了。那么此时在你我的身后，说不定就有许多双眼睛正盯着我们。

海叔陷入沉默，然后长长地缓了一口气。他看了一眼陈昆说，这是你这边发生的新情况，你能及时告诉我是对的，但我也必须把这情况向上级组织汇报。又说，组织上原本给你安排的潜伏期是三个月，既然如此，你是不是已经决定继续潜伏下去？这时候陈昆终于把身子转了过来，他望向海叔的那张脸，过了一阵才说，我是已经决定继续潜伏，我现在每次想起曾经保护过我的小蜻蜓，就觉得自己应该在宪兵队继续待下去，一直待到组织需要我离开的那一天为止。

陈昆是在第二天搬进了呼童街的108号，说是搬家，其实他自己的行李很少，主要是搬运唐书影的衣橱、化妆台、留声机、各式各样的衣物和鞋帽，以及整整两个木头箱的侦探小说。搬完以后，陈昆和唐书影各自冲了一个澡，两人头发还没晾干，就急着下楼去跟吕美珍和吕大鹅共进晚餐。吕美珍这天烧了很多菜，露天餐桌摆在楼下院子里，头顶是一棵茂盛的桂花树，桂花正要蓄势待发长出来的样子。

在唐书影的记忆里，这天吕大鹅很兴奋，因为两家人住到了一起，以后这个院子势必会很热闹。吕大鹅一直忙着敬酒，他们喝的都是啤酒，啤酒浸泡在刚刚打上来的井水中，喝到嘴里凉爽。后来吕大鹅拍了一下陈昆肩膀，笑呵呵着说，照理讲我是这里的房东，你以后准备怎么孝敬我？陈昆说不用以后，我现在就敬你三杯酒。但是他酒杯端起时却被吕大鹅给拦下，吕大鹅说谁要你敬酒，我要的是你以后经常把唐书影借给我。陈昆问把她借给你以后会还吗，吕大鹅就说小气鬼喝凉水，喝了凉水抱大腿。

这天吕美珍还是跟往常一样，她不怎么爱说话，喝酒也喝得少。吕美珍在咪下一口酒后慢慢露出笑容，笑容比较淡。她责怪吕大鹅怎么光顾着说话，难道桌上那么多菜都不合大家的胃口？吕美珍说一转眼自己都五十了，像今天这样大家围着一张桌子吃饭，在她记忆里只有当初嫁去日本的时候。那时候在神户的街边，她跟丈夫还有女儿吕大鹅，在傍晚来临时围在桌边吃海螺，还有一层一层的生鱼片，风从濑户内海的方向吹来，把吕美珍的头发给吹散。吕大鹅说娘你就知道说这些，吕美珍就笑了，那我还能说什么，我能说的只有过去。

吕美珍喝了一口茶，仿佛沉浸于其中。又说，过去才是最美的。难道不是吗？

喝酒喝到后来，唐书影去楼上把留声机打开，她还是想听周璇的《四季歌》。歌声从楼顶纵身跳下来，吕大鹅抓起两只筷子敲打着眼前的瓷碗，声音叮叮当当，她摇头晃脑跟着周璇一起唱，唱到后来吕大鹅突然跟唐书影说，我们明天一起去看电影，我带你去民光大戏院看电影。唐书影问她看什么电影，吕大鹅说管它什么电影，反正我们去看电影又不需要买票，有人会请我们看。唐书影又问谁会请我们看电影，吕大鹅就笑了，吕大鹅说请我们看电影的人就叫李电影，他在民光大戏院放电影。

吕大鹅说完时，唐书影心里咯噔了一下，她很快见到陈昆投递过来的目光，那样的目光可以说冷峻，也有一丝飘忽即逝的慌张。唐书影给陈昆倒了一杯酒，又跟吕大鹅说，可能我明天没有时间，刚搬过来家里这么乱，我跟陈昆还需要好好整理一番。

28　手电筒

入住呼童街以后，朱三有了更多的时间，去跟唐书影讲关于真正的陈昆的故事，那些故事都来自陈昆的日记本。朱三喜欢陈昆的日记本，也愿意为唐书影一天接着一天朗读。

一般是在每晚十点钟左右，当楼下的吕美珍和吕大鹅熄灯上床，整条呼童街也陷入一片宁静后，朱三就会拉上窗帘并且关了电灯。这样的时候他身上盖了一条毛毯，靠坐在沙发的扶手上，而当他将陈昆的日记本打开，翻到前一天阅读过的那一页后，唐书影则已经坐在床头，身上盖了一条入秋以后的被子。

朱三打开准备好的手电，一轮手电光照耀着陈昆的日记本，将里面的文字照耀得清清楚楚。这天，朱三将为唐书影朗读的，是陈昆生活在重庆时写下的最后一页日记，日记的内容大致是这样的：

> 一九四四年四月七日，重庆又是多云的一天。上午十点二十分光景，市区响起防空警报，那时候我走在化龙桥边，就近找了一个防空洞躲避。跟往常一样，日本人的战机像拉牛粪一样扔下几枚炮弹，随后

就在地面炮火和机关枪的攻击下急忙拉升高度飞走了。

防空洞里太多的人挤在一起，甚至都无法挪动一下身子。这几年重庆的人口越来越多，因为涌入这座城市的政府机关和各种各样的企业，也因为从沦陷区过来想要安家糊口找生活的百姓。前两天的报纸说，抗战爆发前重庆的人口不到四十万，时间过了仅仅一年，这个数字就成了五十三万。更加离谱的是到了去年年底，这座城市里塞下去的人群很快就要突破一百万大关。

几十万人手牵手赶来重庆，而我却明天就要离开这里，可能也是永远地离开这里。我会坐轮船先去武汉，然后再前往上海，最后到达此行的终点站宁波。

踩着柏油马路，马路的两旁堆满了瓦砾，路旁有个美国记者在给刚刚放学的一帮孩子拍照片，孩子嘻嘻哈哈觉得很有趣。后来我去了敦厚路的邮政总局，在那里买了一张明信片，也就是中华民国在民国元年发行的第一套明信片——壹分面值的民国五色旗。说来好笑，因为是民国首套明信片，上面贴的邮票竟然还是清朝的邮票，只是盖了一个中华民国的印章。这套明信片有纪念意义，估计全国现在只有重庆才能买到，所以我当初答应唐书影，去宁波跟她见面时，就把这张明信片送给她当作见面礼……

朱三读到这里时停住了,他愣在那里想了想,最终又掀开毛毯离开沙发,过去把电灯打开。他之所以有这样的举动,是因为想起当初在陈昆的皮箱里,自己似乎的确见到过这么一张明信片,可是他之前根本没有当回事。

现在朱三在陈昆的皮箱里仔细翻寻,终于找到了这张明信片。在那方明信片里,他看见了随风飘扬的中华民国五色旗,从上到下的颜色分别是红黄蓝白黑,旗杆上则是包裹了一轮蓝白相间的旋转形的彩条。

后来朱三把明信片送到唐书影手里,他很认真地盯着唐书影的眼睛说,你是不是早就知道有这么一张明信片?然而唐书影并没有回答。唐书影也起身离开床铺,她走过去把抽屉打开,从里头取出一捆包扎好的信件,那是陈昆曾经写给她的总共十六封信,全部发自重庆。她抽出其中一封,拆开以后展开里头的信纸,看了一眼后就递给朱三。朱三于是见到,在这封三月份寄出的信里,陈昆写了这么一句,五色旗的明信片要下个月才有货,邮政局的朋友答应我给我留下一套,到时候我会买来送给你,希望你能喜欢。

朱三在床前坐下,跟唐书影坐在了一起。夜风吹动起窗帘,窗帘上不知什么时候趴着一只这个时节里已经很难见到的知了。朱三说，唐书影你告诉我，你是不是早就认为我可能不是真正的陈昆？唐书影却对他笑了一下，在低矮的台灯前，唐书影的脸一半是乳白色的光芒，另外一半则是光线无法照到的阴暗。唐书影说，我只是觉得奇怪，为什么你一直不提明信片。

唐书影轻声细语，声音缓缓飘向朱三的耳朵，那种声音让这个夜晚显得更加寂静，同时也显得更加幽凉。唐书影说，我真正对你有怀疑，是因为你都不知道陈昆心里有另外一个爱人，你对此一无所知。朱三听到这里止不住惊讶，这一切令他无法想象。这时候唐书影就告诉他，在之前的几封信里陈昆已经向她坦言，自己曾经深爱的女人也姓唐，叫唐佩，是重庆一家国文小学的老师。陈昆说唐佩扎着两条辫子，喜欢在春天里围上一条紫颜色的纱巾。早在一九四一年的夏天，日本战机针对重庆市区的一场轰炸中，唐佩所在的小学教室被炸成一片废墟，她也被埋在了一堵倒塌的砖墙下，从此以后再也没有醒来。唐书影说，朱三你知道吗，陈昆无法忘记唐佩，他希望我对此不要介意。陈昆还说过每年到了唐佩的忌日，他都要买一束洁白的康乃馨，康乃馨插在自家的花瓶中。

这么说，唐佩的忌日已经过去了？

唐书影点头。她不会忘记，六月二十一号那天，自己曾经去宪兵队招待所找过陈昆，但她那时候并没有在陈昆的房里见到过鲜花,甚至连一只花瓶也没有准备。唐书影想到这里目光微闭,似乎要让那些记忆变得更加清晰。她说,六月二十一日就那么悄无声息地过去了,似乎对你来说是一个普普通通的日子。然后又过了一段时间,就在大世界剧场,我当面见到了小蜻蜓对蔡六的刺杀,而你那时候就站在小蜻蜓的身边。当小蜻蜓中弹,你的眼神告诉我,你心里很痛。

房间里更加寂静,只能听见挂钟指针咔嗒咔嗒的跳动。朱三后来把床头灯熄灭,重新坐回到了沙发上。在那场凝重的黑暗中,朱三说既然你什么都看在眼里,那我接下去就跟你讲一下关于陈昆同志的牺牲。朱三说,我见到陈昆的第一面,是在上海大世界游乐场的门口,那时候他刚从重庆过来,我也并不知道他叫陈昆。那天他就牺牲在我的眼前,他中弹倒下,一场大雨将他温热的血水给冲走,到了最后地上什么也没有留下。

在这样的讲述里,朱三不免再次想起上海的那场雨,仿佛此刻就淅淅沥沥浇落在他的头顶。他还看见许多血水渐渐漫延,在那一天的雨水中以一种缓慢的姿态漂浮。

此刻的呼童街108号,深夜里的时间也以一种缓慢的姿态流逝。朱三后来什么也没说,只是在聆听深夜暗处的寂静。仿佛过了很久以后,他才听见靠坐在床头的唐书影说,你的手电筒一直亮着,你为什么不把它给关了?这时候朱三从回忆中走出，他仔细想了想，却将摆在沙发上的手电筒拿起，拿起以后让那条明亮的光柱以一种倾斜的角度射向远处角落的天花板。

天花板被照耀得格外清晰，朱三坐在那条光柱的背后说，今晚的手电我想一直让它亮着，为了照亮这个特殊的夜晚，也为了祭奠我们共同的朋友陈昆，还有重庆小学的国文老师唐佩。

在唐书影的记忆里，这个夜晚朱三说出的每一句话，声音都有着莫名的磁性，让她听着觉得十分舒服。所以唐书影后来说，朱三我要谢谢你，谢谢你今晚跟我说了这么多，我也会记住这个夜晚里的手电光，记得刻骨铭心。

29　朱良材

冬天到来的时候，宁波湿冷的气候在街面上刮起几阵冷风以后如期而至。当窗外那株独一无二的银杏的叶片开始飘落，朱良材也开始了这一年漫长的咳嗽。有时候他把自己窝在老旧的藤椅里，椅子上垫着一件老棉袄。有许多地方，老棉袄的外罩破开，艰难地露出黄白的棉絮，像一个被子弹打中后出现的伤口。朱良材有时候会担心，是不是因为自己掷地有声的咳嗽，震落了窗外鲜亮的银杏叶片。

朱良材身上有一块旧得发黄的怀表，梅花鹿牌的，是他二十多年前带领少年朱三去泥螺山看海时，朱三从路边一丛茂盛的"看麦娘"丛中捡来的。那天朱良材心血来潮，告诉朱三说，我朱良材之所以成为一名良材，和经常看海是分不开的。看海可以让你的心胸开阔，再说泥螺山上还有灯塔。灯塔做什么用？是指方向用的。所以我们去一下泥螺山，不仅开阔了心胸，而且还找准了人生的方向，何乐而不为。于是朱三顺从地跟着朱良材去开阔心胸，低头走路的时候，在一丛看麦娘丛中发现了一道亮光。那时候朱三暗叫一声不好，心想这下可能要发财，说不定发光的是一件古代的宝贝。然后他伸出手去拨开草丛，抓到手里的就是这块怀表。怀表并没有链子，朱三那次捡起时心怀雀跃，跑到朱良材跟前急不可待地问，这是什么镜子？怎么连人影都照不见。朱良材接过以后两眼发光着笑了。朱良材说傻儿子，这哪里是镜子，这是表呀，比镜子贵了许多倍的怀表。

什么是表？

面对儿子的提问，朱良材就提起裤管在路边很大方地坐下，开始不厌其烦地讲述。他说表是一种很金贵的东西，这家伙把每一天的辰光都装在这面小镜子里，你哪怕是把它藏在谷仓里黑咕隆咚，它照样会跟你讲什么时候日头出来了，什么时候又该上床睡觉了。

它是怎么跟你讲的？难道它还会开口说话？

它当然不会说话，但它会用这几根指针跟你讲清楚，我们刚才讲话时总共讲了几分钟。朱良材指着怀表镜面下一格一格跳动的指针，十分耐心地说，臭小子你真是走了狗屎运了，这么跟你说吧，一个人怀里有表跟怀里没有表是完全两样的，有了表就代表体面，代表风光，他连说话的声音都跟别人不一样，可以说得响亮一点。为什么可以响亮一点呢？因为时间这种古灵精怪的东西，以前只有老天爷知道，现在有了怀表你就等于知晓了老天爷的秘密，那你就是天兵天将。

朱良材说完起身，把没有链子的怀表很郑重地放进口袋里。他还仔细检查了一回口袋,担心口袋的哪个角落可能会有破洞,在这样的担心最终被解除后,他才拍了拍朱三瘦小的屁股道,儿子你发财了,但是你就是发财发得跟沈万三一样,你也得照样跟你爹回家。

那天朱良材有模有样穿行在溆浦镇繁忙的鱼市中。阳光奢华,他迈出去的每一步都显得方方正正而且亲和有力,仿佛是戏台上的皇上正在微服私访。路上朱良材终于见到一个可以随便聊聊天的熟人,那是他隔壁的三叔公。他跟三叔公非常热情地打招呼,说三叔公今天生意不错哦,你卖了好多鱼,那么你今天摆摊准备摆到几点嘞?三叔公说他妈的,谁管他几点,我又哪里知道是几点。这时候朱良材就挺直了腰身,又摆开架势活动了一下筋骨,然后他跟大鹏展翅一样平举起右手,举手以后五根手指又尽量张开,好让三叔公的视线被他吸引。朱良材的右手开始缓缓收回,如同习武之人正在运气一般,收回到胸口的方向。接着他慢条斯理样子端庄,那片伸进胸口的手掌在掏出身上的怀表后看似很随意地摆在了眼前。怀表反射太阳的金光,朱良材看了一眼后十分确定地说,现在是十点五十二分,再过八分钟呢就是上午十一点。说完朱良材擦了一下表盘,又说三叔公你知道的,十一点再过一个钟头呢就是十二点,但是一旦到了十二点,这个上午的时间就偷偷摸摸地过完了。所以说时间这东西啊,他娘的真是过得比飞机还要飞快。

那时候三叔公吃惊地看着他。三叔公说朱良材你竟然有怀表了，你那怀表是真的吗？天哪，你是从哪儿偷来的吧？你怎么会有怀表，这简直和扫帚柄上突然长出竹笋来一样是一个奇迹。

朱良材听到这里心里很不高兴，他冷笑一声说，人不可貌相，燕雀安知鸿鹄之志，难道我这么一个气度非凡的人连一块怀表都配不上拥有吗？我老实同你讲，我最大的财富肯定是我独一无二的儿子。我告诉你，我儿子以后至少得当上镇长，当完了镇长还要去当县长，当完了县长再去当什么长，那我以后想好了再跟你慢慢讲。

但是朱良材的微服私访持续没有几天，那块引以为豪的梅花鹿怀表就出状况了，怀表镜面下的几根指针一直趴在那里不动，一副筋疲力尽赖着不走的样子。朱三见此很沮丧，忍不住抬头问他爹，是不是老天爷不想告诉我们关于时间的秘密了？朱良材坐在那里摇头叹息，觉得自己是被怀表欺负了，毕竟这东西是路边捡来的，就像捡来的儿子不是他自己亲生的。朱良材很认真地说，这跟老天爷没有关系，我猜一定是表坏了，但是我们漰浦镇又没有修表师傅，再说修表又那么贵，所以我们暂时就不需要知道几点几分了。

于是，梅花鹿成了塞在朱良材口袋里的摆设，他也从此以后不会在三叔公面前煞有介事地凝望时间了,因为时间已经趴在那里不动了,就剩下几根死皮赖脸的表针。

但是自从跟随儿媳妇傅灿灿搬到了宁波城以后,朱良材又想起了那块怀表,因为他觉得自己是城里人了,城里人需要体面,体面的人需要用一块怀表来装点一下门面。有一天朱良材把傅灿灿叫到眼前,让她带他去开明街的好时来钟表店把怀表给修好。修好以后朱良材不语,过了一阵才跟傅灿灿说,你觉得我们是不是需要给怀表配一根表链,表链不需要太金贵,质地一般价格又便宜的就可以。

傅灿灿当然满足了朱良材的这个请求。后来当表链配上,傅灿灿看见朱良材像是一名远道归来的乡绅一样,郑重其事把怀表挂进了棉衣胸口的内兜里。然后朱良材还摊开一片手掌压了压,以此确定梅花鹿是正好贴在他胸口的位置。当这一切完成时,朱良材就似乎胸有成竹地说,可以了,回家。

现在朱良材在咳嗽的时候,每次都会把怀表掏出,颤颤巍巍摆在掌心里。他两只眼睛盯着重新跳动起来的表针一动不动,连续研究了三天,最后才十分有把握地跟傅灿灿说,大体上我前天是每隔五分钟咳嗽一次,每次咳十五到二十秒,到了昨天,到了昨天变成每隔三分钟就要……朱良材说到就要时,忍不住又爆发出一阵凶猛的咳嗽,咳嗽了足足半分钟,完了他说你看你看,我刚才一句话都还没说完，就咳了这么久。朱良材还说，傅灿灿我是不是不行了，你要不要带我去见医生，再这样下去我担心自己早晚都会被咳死，会把五脏六腑都咳出来。

朱良材还补充了一句说，你知道我最担心的是什么吗？我最担心的就是英年早逝。

于是傅灿灿带朱良材去了白衣巷附近的福寿堂中医馆，每天上午一次，下午一次。针灸医生给朱良材扎银针，细密的针头几乎扎得全身都是，让朱良材看上去像是一只体弱多病的刺猬。扎完了银针，朱良材又要等傅灿灿下班以后过来接他，所以医生有一次忍不住问他，怎么每次都是你儿媳妇过来，你儿子有那么忙吗？朱良材愣在那里想了想，吐出一口痰的时候说，我儿子在上海，他在给虞洽卿做事。虞洽卿你总认识吧？也是咱们宁波人，他在上海有很多工厂，好多事情管不过来就干脆交给我儿子来管，因为他相信我儿子的能力和为人。

我儿子这样的人，至少是当镇长的料。说不定就是个县长。朱良材补充道，去上海帮助虞洽卿也是看在乡亲的分上，勉为其难。

那次傅灿灿从头到尾耳闻目睹了朱良材跟医生的吹牛，所以她在回家的路上很不耐烦地说，麻烦你以后少说几句，你儿子是什么货色你自己不知道吗？朱良材说知道，你不是说他是汉奸他是个卖国贼吗？狗东西哪天要是被我撞见了,我给他上半身抽筋剥皮,下半身刮骨凌迟。傅灿灿说这可是你说的,朱良材就歪着脑袋继续往前走,最后停在路中央深思熟虑地说,朱三会不会是逢场作戏?又说傅灿灿你别想了,反正你主要还是带好朱大米,朱大米是你的本钱,也是我们老朱家好几代人的本钱。说完朱良材掏出怀表看了一眼,说,时间不早了,我该回家熬中药了。

这年冬天的第一场雪来了,来了又停了。这天朱良材扎完了银针后坐在门口看人扫雪,跟他在一起的还有孙子朱大米,以及地上那只长得越来越高也越来越肥胖的鹅。傅灿灿给他买来一只桂花球,他跟朱大米每人轮流咬一口,其实就是一小口。桂花球很香,朱良材在咬下一口时努力接住从嘴角掉落下来的芝麻,他把这些芝麻聚精会神聚集到一起,然后又一粒不剩送回到了嘴里。这时候朱良材听见,脚边的那只大白鹅突然对着天空嘎嘎叫了两声,声音很嘹亮,让他止不住惊讶。朱良材怒气冲冲骂了一声,叫什么叫,再叫我把你炖煎炒煮了,加葱。但是倔强的大白鹅一个字也没听进去,大白鹅雪白的脑袋一晃,带动起额头硕大的鹅瘤,然后它又尽量伸开脖子,坚硬凸长的嘴巴朝着弄堂口方向肆无忌惮地张开,竟然又迫不及待连着叫了三声,嘎,嘎,嘎。

朱良材顿时觉得耳朵都要被叫聋了。他顺着白鹅炯炯有神的目光望去，远远地，似乎见到一张比较眼熟的脸。那张脸起初比较模糊，藏在一辆小轿车已然打开的车窗后面，后来等到朱良材十分缓慢地揉了揉眼睛，再次努力地望过去时，他不禁张大了嘴巴，然后又对着身边冷飕飕的空气说，真是见了鬼了。

朱良材见到的，是坐在一辆小轿车里的朱三，那是他许多年没有见到过的儿子。

这天陈昆的车子之所以会出现在白衣巷的弄堂口，是因为他此时正在执行任务，而且是在执行两方面的任务，既有海叔交办的任务，又有宪兵队的缉私任务。

两天前，海叔告诉朱三，四明山浙东新四军游击纵队第三支队的副政委要来宁波，需要从大世界小组这里取走一份情报，双方的接头地点确定在白衣巷内的一家打铁铺。朱三并不知道，如今傅灿灿已经带着一家人租住在了白衣巷，他原本想自己过去跟副政委见面，但是海叔告诉他，这种任务可以交给小组其他成员，也是一次工作锻炼的机会。朱三就此想到了潘水，他让潘水过去打铁铺给宪兵队食堂定做一把菜刀，没有比这个更加适合的理由。但是朱三还是有点担心，因为白衣巷这一带常常有巡逻的宪兵经过。为了以防万一，到时候又方便支走巡逻的宪兵，朱三决定自己带一队人手，假装去白衣巷路口对面的"人间天堂"缉私。朱三知道人间天堂表面上是澡堂，其实里头经常有人私底下贩卖鸦片。

这天潘水进去打铁铺的时候，朱三的车子也正好在弄堂口停下，而他带来的那些缉私队人员，此时也正大摇大摆着进入了马路对面的人间天堂。朱三自己开的车，车上还有唐书影，因为他之前跟海叔提过，可以考虑让唐书影加入大世界小组，在参与一些外围任务时渐渐历练成熟。既是考察她，也是锻炼她。现在朱三把车窗摇下，又看了一眼戴在手上的原本属于陈昆的那块闪亮的欧米茄手表，时间是十点三十五。然而他正想跟唐书影聊一下自己的老家镇海澥浦镇的海滩时，却听见一阵连续响起的嘈杂的鹅叫声。朱三转头望过去，首先见到的当然是远处站在雪地上的那只聒噪的鹅。但他定睛一看，却发现事情不对了，因为此刻就在大白鹅的背后，正有一双焦灼的眼睛拼命朝自己望过来，而雪地光芒下那张苍老又褶皱的脸，分明是他三年多时间没有见面的父亲朱良材。

此刻朱良材坐在陈旧歪斜的竹椅上，下半身一动不动，但是他瘦弱的脖子力所能及地往前探伸，一双眼睛也跟专心致志的猫一样，始终盯着坐在轿车里的朱三的方向，像是盯着一个狭路相逢的仇人。

唐书影也见到了远处巷子里的朱良材。朱良材投射过来的目光锐利寒凉，恍如一把扔过来的刀，携带着仇恨，让她心里发毛。唐书影说，那人怎么这样看着你，他是不是认识你？这时候朱三转头，神情仓皇。车厢中空气凝滞，朱三最后闭上眼睛说，他是我爹。

唐书影当即愣住，感觉眼前的一切仿佛都是虚幻。她在收回目光的时候想，那这事情该怎么办？

同样的时间里，朱良材已经从竹椅上歪歪斜斜站起。站起以后他厉声问朱大米，你娘呢？快去把你娘给我叫来。朱大米说，我娘亲自去买菜了，爷爷你要找她有什么事情？朱良材就随手抓起身边那条破旧的竹椅，竹椅在手里晃了晃，朱良材说快去告诉你娘，我朱良材今天要清理门户了。朱大米满脸疑惑，他望向突然变得那么严肃的朱良材，问他，爷爷爷爷，什么叫清理门户？朱良材说，你很快就会知道什么叫清理门户，你等下什么都不需要做，你只要把眼睛给睁大。

眼睛睁大了我能看见什么？

你能看见一个完全不一样的我，我是你见山开山、见水劈水的爷爷。说完朱良材提着那把吱呀叫唤的竹椅，仿佛提着一把刀。在向巷子口那辆小轿车走去的时候，朱良材已经在心里打定了主意，今天一定要当着街坊邻居的面，好好教训一下朱三，教训一下这个忤逆不孝的儿子。朱良材不会忘记傅灿灿之前跟他讲过的，傅灿灿说朱三现在是汉奸，天天在日本人面前点头哈腰，仿佛是日本人养的一条狗。所以朱良材心里想，凭着手上这把竹椅，他可以先将朱三那辆轿车的窗玻璃给砸碎,砸碎以后他会把朱三从车子里整个人拎出,先是狠狠地扇他几个耳光,然后再责令他跪下,在自己面前痛哭流涕地认错。但是哪怕是这样,朱良材也不会饶了朱三,他要等到街坊邻居都围上来,纷纷你一言我一语相劝,劝他算了算了,没必要把事情闹大。到了那种时候,可能朱良材才会收手。

想到这里,朱良材就觉得自己浑身充满了比鲁智深还要巨大的力量。他想起早年岳母曾经在儿子岳飞身上刺字,留下的几个字分明是尽忠报国。尽忠报国的声音在朱良材的耳朵里回响,他觉得是时候展现自己的满腔豪情了,所以一双腿脚就迈得比平常快了很多,嘴里还嗫嚅着你个王八蛋,欺宗灭祖的白眼狼,看我手执钢鞭将你打。朱良材越骂越来劲,此时他风风火火上前,骂完了一句就干脆利落地吐出一口浓痰,但是因为光顾着赶路和骂娘,所以他后来吐出去的一口痰,竟然落在了一个迎面走来的男人的身上。

男人是从白衣巷中间段的一条小弄堂里走出的,那时候他也正在赶路,身边还跟了两三个随从。朱良材吐出那口痰时没有刹住脚步,结果又跟那人撞在了一起,那时候朱良材依旧气势汹汹,嘴里吼了一句让开,仿佛挡在他眼前的是一根碍手碍脚的小树苗。

男人当然不情愿让开,他一把抓住朱良材的衣领,十分轻易地就将他扯了回来。接着男人又指着裤管上的那口痰，跟朱良材说，舔了。

朱良材老眼昏花，到了现在才看清楚那口痰。但他也不退让，反而挺直了脖子说，不就是一口痰吗，自己擦一擦不就行了？识相的给我站远点，老子今天要去清理汉奸。

朱良材说完汉奸这两个字，男人反而很奇怪地笑了。男人笑得比较阴险，笑完以后又猛地按住朱良材的脖子，瞬间将他干瘪的身子按下去了三寸。然后他提起那条裤腿说，其实我就是汉奸，但我现在命令你把这口痰给舔了。

男人并没有胡扯，事实上，他就是宪兵队思想科的翻译徐志。徐志这天之所以出现在白衣巷，是受了松本的指使。松本之前收到一条秘密信息，说是这天上午的白衣巷，可能会有共党分子活动，他们企图要跟城里的同伙接头。收到信息后松本就让徐志带上几名宪兵便衣过去巷子里蹲点，倘若遇见可疑分子就第一时间抓捕。现在徐志被眼前的这个糟老头子搞得心情很差。徐志说，舔不舔？朱良材说不舔，又笑着说，但我知道你不是汉奸，所以我原谅你了。

在唐书影的记忆里，这天上午的天光大概是在十点三十五分左右开始阴暗的，那时候她看了一下表。十点三十五分唐书影坐在朱三的车上，车子正在缓缓移动，因为之前见到了朝巷子口冲过来的父亲朱良材,所以朱三启动车子离开,但是车子仅仅开出十来米的距离,犹犹豫豫的朱三好像有什么东西放不下,所以又将车子倒了回去。

天空阴沉,好像又要下起一场雪。在那样阴沉的天空底下,倒车回去的朱三怎么也没有想到,此时撞进他眼里的一幕,竟然是父亲朱良材操着那把竹椅,朝着不知何时出现的徐志狠狠地砸了过去。那时候朱良材破口大骂,好你个汉奸卖国贼,想来我白衣巷耀武扬威,看我怎么抽死你,看我怎么给你剥皮抽筋。

朱良材之所以如此暴躁,是因为他刚才已经彻底相信,眼前的徐志的确就是汉奸。徐志刚才扇了他两个巴掌,扇得很响亮,让他觉得自己一张脸迅速变得滚烫。扇完了巴掌徐志又踢了他一脚,将他踢倒在了地上,接着徐志的皮鞋就接二连三朝他踹了过来,徐志每次踹出一脚就说,我就是汉奸,我就是汉奸,老不死的你为什么不愿意相信我是汉奸。

朱良材仿佛听见自己的骨头被踢断的声音,咔嚓咔嚓,似乎是一截连着一截。但也就是在徐志的皮鞋一次次踹过来的时候,朱良材见到了插在这人腰间的手枪,所以他在徐志终于踢累了以后勉为其难地站起身子,一把擦去嘴角的血,然后就操起倒在地上的那把竹椅,毫不犹豫地朝徐志砸了过去。朱良材心想,是应该反击的时候了,是应该尽忠报国了。

徐志在抡过来的竹椅下稍稍躲闪了一下,然后他看到身边的一名便衣,那个叫武田的士兵突然就拔出了手枪。此时朱良材嘴角含着血笑了,他看着那把枪,上前一步道,汉奸卖国贼,有本事你们打死我啊,你们要是有本事打死我,我就跪下来叫你一声爹。

徐志于是也笑了,似乎笑得很缠绵。他抬头看了看天,见到几粒刚刚飘落下来的雪粒子,说明一场雪就要到来了。徐志在雪粒子落下的时候说,老不死的东西,赶紧回家吧,放你一条生路。朱良材大骂,在宁波的地盘上,为什么不是我饶狗汉奸一命,而是你们放我一条生路。我呸。这时候武田即刻扣动扳机,非常利索地让一颗子弹飞奔了过去。其实也谈不上飞奔,因为眼前的朱良材就跟他近在咫尺,所以子弹刚一出膛,就迅速钻进了朱良材的腹部。子弹穿透朱良材的棉衣,瞬间溅出很多飘飞的棉絮。

朱良材惊讶地见到了自己的血,顺着被捣毁的腹部,流向他下半身的裤管。此时他觉得喉咙里很痒,刚想要再次咳嗽出两声时,就听到了第二声枪响。子弹这回还是命中他腹部,比刚才高出三公分左右,好像是专门找他年迈又萎缩的腹部寻仇。朱良材看着棉衣上两个鲜血淋漓的窟窿,临死之前似乎见到宁波的又一场雪,正在他眼里变得纷纷扬扬。

傅灿灿这天在朱大米的带领下急匆匆赶到现场时,雪已经下得正儿八经了。之前她在路上听见了两声枪响,觉得那种声音很不真实。她问朱大米,什么声音?朱大米摇头说,不知道呀,娘你在说什么。但是傅灿灿很快发现,刚才那两声枪响,同时惊吓到了原本跟她一起出去买菜的那只肥胖的大白鹅。

傅灿灿赶到现场,猛然见到一摊血,流淌在尚未融化的雪地上,色彩是那样的耀眼。她还见到躺在血泊中的公公朱良材,朱良材一命呜呼,不愿闭上的眼中有一丝鄙夷的神色,似乎望向人世间一切,也望向企图占领他额头的雪。傅灿灿努力把涌出来的眼泪挤了回去,然后她转头问武田,是不是你开的枪?武田直接把手枪抬起,顶在了傅灿灿的脑门。徐志忙挡开了武田的枪,对傅灿灿说怎么了,难道你还想吃了太君?太君刚才是为民除害。徐志这回说话的腔调很文雅,让他好不容易找回了之前的诗人模样。他说你千万不要发火啊,这里是白衣巷,你要是发火做出了什么火爆的举动,担心你儿子又要穿戴一次孝衣。

傅灿灿站在那里,眼睛穿越落下来的雪,望向朱三车子的方向。她看见了藏在车子里的朱三和唐书影,朱三把沉重的脑袋埋在方向盘上,继而无计可施地抬头,几乎是闭上了眼睛,使劲又缓慢地对她摇了摇头。此时傅灿灿咬了咬牙,却苦于手上连一根棍子也没有。傅灿灿说,狗,日本人是一群疯狗。她正要转身去家里拿一把菜刀时，一队刚刚抵达的宪兵的小队长，直接用长枪的军刺抵在她脖子上，稍微往下压了一压。宪兵喊了一声跪下，又说，两手趴地，让你记住什么才是真正的狗……

那天的后来，所有的人都散去，朱三亲眼看见傅灿灿跟朱大米在给朱良材收尸。收尸的时候，傅灿灿并没有哭，一切都做得有条有理。她深深地看了一眼弄堂口轿车里的朱三，然后就对眼泪汪汪的朱大米说，不许哭，你一哭老天爷也要哭了。

傅灿灿把朱良材的尸体搬上了木板车，雪依旧在下，覆盖在她热气腾腾的身上，像是给她盖上一层白麻做成的孝衣。后来傅灿灿在前面使劲拉木板车，身子弯下，两只脚踩实，为了尽量不打滑。与此同时，朱大米又在后面哼哧哼哧推着木板车，他一边推车一边甩出一把清凉的鼻涕，身后还跟着那只亲密无间的鹅。朱三后来在车厢内看见，沉重的木板车上，竟然有一只怀表很不经意地掉了下来，掉下来以后又很快被跟上来的车轮所碾碎。

朱三望向漫天飞舞的雪，想起二十多年前，他捡到梅花鹿怀表交给父亲的那个下午。他好像听见父亲说，有了怀表就等于知晓了老天爷的秘密，那你就是天兵天将。但现在朱三觉得，藏在怀表里面的时间已经停止，时间跟怀表里的指针和转轮一样，已经被很多东西碾压得七零八落,同时又支离破碎。

这时候朱三听见唐书影哽咽的声音。

唐书影眼含热泪说,死的人难道真的是你爹?

30　红蜻蜓

徐志这天回到松本面前时十分懊恼，因为朱良材的出现，他要执行的任务又一次被搅黄了。他想不出这里头的原因在哪里，却提出了自己的疑惑。徐志说有一件事情很奇怪，为什么陈昆今天也会出现在白衣巷？松本队长正在吃一顿简易的午饭，最近他肠胃不怎么好，很多时候都用一碗皮蛋瘦肉粥来应付。但这皮蛋瘦肉粥是他亲自熬的，为此他换上便衣，亲自去了一次菜场，买来他精挑细选的皮蛋和瘦肉，并且买来了当佐料的酱菜。他在夹起一片酱菜的时候说，这事情一点也不奇怪，陈昆是去人间天堂缉私鸦片。徐志说，怎么会这么凑巧呢，共党分子在那里接头，他陈昆早不去晚不去，偏偏在这个时候去缉私鸦片，队长认为有没有这样一种可能……

但是徐志话还没说完，松本就补了一句道，你是想说共党分子要接头的人是陈昆？但是陈昆过去缉私是昨天就定下来的，这事情我早就知道。而且他去缉私不是他一个人，他带了缉私分队总共十二个人。

下午到来的时候，松本在一场午睡过后给吕美珍打去了一个电话，邀请她跟女儿吕大鹅一起来家中喝茶。那时候雪已经停了，松本把茶桌摆在了宽敞院子中白茫茫一片的雪地里，他还在茶桌上安放了一只炭炉，炉里的火焰熊熊燃烧，踊跃扑向炉顶那只黑铁铸造的茶壶。

茶壶的四周，松本摆放了一些零食，主要是几个红柿子，还有板栗和花生。冷风吹来，有一些蓬松的雪从树叶上掉落，松本回头看了一眼，又转身搓了搓手，剥开一只变暖的柿子，递到了吕美珍的手里。

喝茶的时候，松本一直皱着眉头，因为他还是觉得隐隐有点胃疼。然而松本没有想到的是，此时吕美珍却从包里给他掏出了一瓶日本京都产的太田胃散。事实上吕美珍也经常被胃炎困扰。当初在日本，她就常常感觉胃里一片灼热，胃气很胀，那时候她还以为是吃了太多生鱼片的原故，加上吃海鲜时又要吃很多的醋。但她后来才知道，那是会陪伴她终生的慢性胃炎。

太田胃散含桂皮、丁香、茴香、陈皮等，松本在吞服以后，感觉嘴里一片清凉，脑子也清醒了很多。他给吕美珍续了一杯茶，很希望能跟她聊一聊记忆中属于日本的雪。吕美珍却把目光放远，很长时间愣在那里不响。她看见跳动在雪地上的一只麻雀，那么瘦弱的身子，踩出去的每一步都是悄无声息，只在雪地上留下一排凌乱的脚印。这让吕美珍想起自己幼年时在宁波，也是这样的下雪天，哥哥曾经带她诱捕觅食的麻雀，那时他们用的是一只竹篓子，竹篓子在雪地上稍微撑起半边，里头撒了几粒稻谷。

吕美珍说，松本先生是不是想家了？先生在中国已经待了很多年，您的经历，以后都可以写一本书了。松本十分专注地抚摸着自己刮得青光光的下巴，望向坐在屋里落地窗前的吕大鹅，在厚厚的玻璃窗后面，感觉吕大鹅的身影稍微有点变形，似乎显得胖了一圈。松本说留美子我跟你没法比，我都有六年时间没有见到自己的女儿了，我现在偶尔会有一种奇怪的想法，你说要是有这么一门电话，能够连通起宁波和日本，那我就天天能听到我女儿的声音，听她在电话里给我唱歌，她喜欢唱《红蜻蜓》。

松本坐在煮茶的炭炉前唱起了《红蜻蜓》，晚霞中的红蜻蜓请你告诉我，童年时候遇见你，是在哪一天？十五岁的小姐姐嫁到远方，别了故乡久久不能回，音信渺茫……松本唱着唱着就听见吕美珍一起加入了进来，吕美珍身子轻轻摇摆，那种难得一见的微笑，几乎有着恬静少女的光芒。她的声音伴随记忆中的旋律响起，晚霞中的红蜻蜓呀，你在哪里啊，停歇在那竹竿尖上，是那红蜻蜓……

后来吕美珍在这样的歌声中微闭双眼，一只手靠在扶手上撑起半张脸，看上去似乎是睡着了。事实上吕美珍是想起了自己的丈夫，那个已经离世很多年的渔夫。丈夫比她大了五岁，个子跟她差不多高，经常赤脚踩在沙滩上。那时候他们家有好几条渔船，在日本神户市的海边，一个名叫兵库岛的地方，靠岸的渔船排成一排。在许多个落雨的夜里，其中一个船舱里飘荡着微弱的火光，那样的火光也是来自一只炭炉，炭炉是在给丈夫热一壶米酒。吕美珍在这样的回忆中果然进入了睡眠，呼吸变得越来越平稳。这时候松本脱下自己的军大衣，走过去给她轻轻盖上。接着他的军靴在雪地上踩过，响起咔嚓咔嚓的声音，他重新回到屋里，并且将厚重的门板合上。

吕大鹅正在对着一面镜子补妆，她感觉冬天里不仅皮肤干燥，寒冷的天气还容易把她的面部冻僵，让那些细碎的雀斑变得更加显眼。松本轻轻撩起她头发，笑眯眯赞扬她最近变得越来越漂亮了，还问她，是不是因为你在恋爱？吕大鹅就笑了，说我真是想不通，像我这么漂亮得像仙女的人，怎么会一直嫁不出去。

嫁人的事，那是缘分没来。既然没有恋爱，那就说正事吧。松本坐下时，说出的声音就变得严肃而且沉稳。

吕大鹅就说了。吕大鹅说，陈昆和唐书影这对恋人好像是有点奇怪，这两人常常在半夜熄灯以后打手电筒，手电一直亮着，但是陈昆并没有睡觉，他一个人在房间里说来说去，听起来像是在给唐书影朗读一部小说。

你确定是在朗读小说？

吕大鹅噘起嘴巴摇头。她说，我只能听见一个大概呀，我站在楼梯的中间段又不敢继续上楼，万一被他们发现呢。

还有吗？

还有就是他们好像并没有睡一铺床。因为我前两天清早上楼找唐书影借一本侦探小说时，陈昆去上班了，唐书影在洗手间里刷牙，我抓紧时间摸了一下他们的被窝，发现被窝的左手边很凉，看不出有人睡过的样子。

松本说好的，接下去你要继续观察，有什么反常现象及时告诉我。他还说我告诉你一件事情，上午在白衣巷，徐志开枪处理了一个抗日老头子，那时候陈昆恰巧也在弄堂口，他离现场很近。

你告诉我这些又是什么意思？

松本就眨了眨眼睛，说其实也没有什么具体的意思，就是让你脑子里多一根筋。松本同时看见，此刻院子里的吕美珍已经睡醒了，正把他的军大衣给收起。而一蓬挂在枝头的雪，被风吹落，在太阳光照耀下纷纷扬扬中闪着一片亮光。

回去的路上，吕大鹅紧紧挽着母亲吕美珍的手，担心自己会在雪地上跌倒。马路中间的雪很厚，差不多能掩盖脚踝，但是路边一条小径上的雪，已经被来来往往的人给踩碎，上面留下了很多乌七八糟的脚印。在那些脚印的旁边，吕大鹅仿佛听见雪在纷纷呻吟，又渐渐开始融化的声音。于是在那样细碎又静悄悄的声音里，吕大鹅又突然想起，自己已经好几天没有见到李电影了。想起李电影，她就想起傅灿灿家里那只生动有趣的鹅，以及朱大米跟他那位年迈的爷爷，爷爷经常坐在椅子上叹气。吕大鹅这么想着想着才忽然意识到，好像傅灿灿一家人就是租住在松本所说的白衣巷，她记得那条巷子很长，中间又分岔出去许多条小弄堂。

吕大鹅想，现在白衣巷和那些分岔出去的小巷，应该都被白雪铺满了吧。那些白雪铺满的巷子，会不会让人迷失了方向？

31　修表记

经历了一场血光之灾,夜里傅灿灿在弄堂口烧纸,同时也在烧朱良材的遗物。她烧完了朱良材的夏衣夏裤,又开始烧朱良材的帽子,还有他睡过的枕头,以及总共三双布鞋。

黑烟弥漫,朱大米愁眉苦脸站在一边,火光将他的整张脸映照成通红。在把流出来的鼻涕狠狠地吸回去以后,朱大米说娘,爷爷死了会埋在哪里?傅灿灿一下子被儿子问住了,此时她正拿着一根木棍,想要把布鞋底下燃烧的火焰拨得更高。傅灿灿想了想说,朱大米我们已经没有家了,我们家在澥浦镇的房子已经卖掉了,没有家的人死了以后就没有坟地可以埋,所以你爷爷被推去火葬场火化了。

什么是火化?

火化就像这双布鞋,还有刚刚那个枕头,推进炉子里一把火给烧了。

朱大米的眼泪终于掉了下来。朱大米说,娘,我现在可以哭了吗?我哭得小声一点,不要让人听到。我一共哭个一个钟头吧,为什么要哭一个钟头呢,是因为爷爷对我很好,如果我只哭十分钟,那肯定对不起爷爷。那么好的爷爷，我以后就是发财了，有钱了，我也买不回来这样的一个爷爷了。

傅灿灿蹲在那里擦了一下眼睛，她的眼里都是呛人的烟。傅灿灿说，有什么好哭的。但是话刚说完，她自己的眼泪却流了下来。她使劲眨巴一下眼睛，努力不让眼眶里的眼泪继续往下掉。泪水在眼眶里打转，此时她开始想念起自己的公公朱良材。于是朱良材年迈又瘦弱的身躯在她眼前浮现，如同一棵摇摆在风中的颤颤巍巍的稻子。她同时听见朱良材绵延不绝的咳嗽，也听见朱良材说记住了，鹅苗和鸭苗是不一样的，虽然它们都有一模一样的黄色的绒毛。

朱大米蹲在傅灿灿身边，他在安静了一阵后说，娘，你不让我哭，你自己为什么哭了？

傅灿灿把头转了过去。傅灿灿说，你哪只眼睛看见我哭了？我那不是哭，你没看到烧这些东西里里外外都是烟吗？我那是被烟呛的。傅灿灿看似很随意地擦了一下双眼，又说这该死的烟连我都敢呛，真是胆大包天。

烧完了朱良材的遗物，傅灿灿带着朱大米回家。回家以后她把门关上，重新点了一对蜡烛。她跟朱大米说，跟你爷爷讲一声，我们在门外也点了蜡烛，他沿着蜡烛火，就可以找到回家的路。后来傅灿灿在给朱大米洗脸的时候，果真听见了敲门声，她把门板打开，见到的却是站在门口的朱三,以及跟朱三并肩而立的唐书影。傅灿灿差点就要喷出一口血,觉得嗓子里很堵。她莫名其妙地笑了一下说,都明目张胆了,是不是要过来给朱良材守灵?可是你们两个要是进来了,我是不是应该出去,以便给你们这对狗男女腾出地方?

朱三侧着身子,从门边走了进去。他见到了父亲的遗像,就摆在墙角的四方桌上,四面用一块黑布包着。他想喊一声爹,最终却没有喊出来,于是就在潮湿的泥地上跪了下去,连续磕了三个响头。后来朱三跪在地上,很长时间盯着那张照片,感觉老头子朝他意味深长地笑了一下。此时朱三还分明听到一个声音,来自记忆中的父亲。父亲说朱三你要是敢抛弃了傅灿灿,我一定二话不说打断你的狗腿。

房间里安静得出奇,傅灿灿站在旁边一直在等,她在等朱三起身。后来她实在等不下去了,就说朱三你别装模作样假慈悲,你不要再演戏了,你可以走了,你给我滚。朱三说我不滚,我今天要住在这里。这时候傅灿灿就由不得他了,傅灿灿抄起刚才烧遗物已经被烧焦了一半的木棍,狠狠地朝朱三砸了过去。她砸了一下又一下,接着就是凶猛的第三下,直到最后木棍在她手里滑脱了出去。这样的时候傅灿灿还是不解恨,她又把朱三按在地上,整个人骑在他身上,然后两只手左右开弓,给他扇过去一个又一个的巴掌。扇巴掌的时候傅灿灿一直在骂,她骂陈世美,她骂没良心,她骂剥皮抽筋。最后她还伸出手指在朱三脸上使劲抓了一下,抓出一道深深的血痕。傅灿灿说,老娘今天就把你的脸皮给掀了,反正你早就已经不要脸。

傅灿灿这样歇斯底里泄愤的时候,唐书影一声不吭,远远地抱着自己的双臂站在一旁。唐书影带来了三只桂花球,其中一只摆在朱良材的遗像前,另外两只交到了朱大米的手里。唐书影问朱大米,李电影来过了吗?朱大米在吃下一口桂花球的时候点头,说来过了,李电影是我表舅舅,为什么你也认识他?唐书影就微微笑了一下。唐书影说,现在我还认识了你,我知道你叫朱大米。

事实上,就在朱良材死后差不多一个钟头左右,唐书影就去了一趟民光大戏院,找到了正在那里放电影的李电影。唐书影说,你还认得我吗?李电影就笑眯眯地回答,说怎么会不认得,你跟我姐夫在一起,你们来看过一次电影。李电影说到这里觉得说漏嘴了,因为他不能透露出朱三是他姐夫,这是朱三反复叮咛他的。此时他正想编出一句谎话圆场时,却听见唐书影说,我现在过来是为了跟你说三件事情,你每件事情都要一字一句听进心里去。

唐书影开始说了。她说,第一件事情,你姐夫朱三并不是汉奸,他在宪兵队是身不由己,事实上他也盼星星盼月亮,巴不得把宁波城的所有日本人统统赶出去。第二件事情，我和朱三现在住在呼童街108号，就住在吕大鹅家的二楼，我这么跟你说，你应该知道怎么做，因为吕大鹅跟她母亲吕美珍，同松本走得很近。

李电影听到这里很用力地点头。他用热情的目光迎向唐书影，在把她的整张脸仔仔细细看了一遍后说，你放心，我肯定知道怎么做，我在思想上很进步的，我同你讲，我以前奋不顾身参加过罢工游行。

唐书影说，第三件事情是，朱三的父亲朱良材刚才死了，就死在了白衣巷，他是被一名日军的便衣打死的，身上中了两颗子弹。那时候我跟朱三就在旁边，但是我们的无奈在于，我们只能眼睁睁看着朱三父亲被杀，却什么也做不了。

唐书影把整件事情迅速说完，李电影站在放映室窗口整个人蒙住了。那时候白天场的电影已经散场，李电影看着稀稀拉拉的观众离开影院，把门前那片雪地踩得乱七八糟，其间还有人扔下零零碎碎的垃圾，在雪地上特别显眼。李电影于是抹了一把脸，他说他妈的宁波的环境卫生真差，不是一般的差。他又说我知道怎么做了，我现在就去白衣巷，我把这些事情跟我姐说清楚。

现在傅灿灿不停咒骂朱三，把自己的嘴巴都骂累了。她又接连不断打朱三，所以也把自己的手都给打肿了。但是傅灿灿安静下来的时候发现，此时的儿子朱大米竟然跟唐书影靠得那么近，两个人还你一句我一句，不停地说来说去，好像儿子的心肝都被唐书影给收买走了。傅灿灿的怒火就又涌了上来，她说朱大米你是不是眼睛瞎了，你为什么要跟那个狐狸精说话，你凭什么跟她说话？朱大米把头转了过来，很委屈地望向傅灿灿。他把一只手伸出，让傅灿灿看见抓在他手里的一本书。他说，娘，阿姨送我一本书，这本书是《安徒生童话》。娘，安徒生是不是一个叫安徒的人生出来的？

傅灿灿说，阿姨个屁，你个没用的东西，你是想要认贼作母吗？

朱大米就十分认真地看着唐书影，看见她皮肤很白，眼睛很亮睫毛很长，也看见她身上的呢子大衣很高级。朱大米说，阿姨，你是不是我爹的小老婆？你看上去那么高级，我爹是怎么把你骗到手的。我觉得他就是一个骗子！

傅灿灿这天最终消下气来，是因为见到了朱三戴在手腕上的那块西马表。在过来白衣巷之前，朱三换下了原本属于陈昆的欧米茄表，特意把陈旧的二手西马表重新戴上。现在朱三听见傅灿灿说，把表摘下来。朱三说，为什么要摘下来，这是你送我的，你说过戴上这块表就是你的人，逃也逃不走。但是傅灿灿差点又扇过来一个耳光，傅灿灿说，还想让我打你是吧，你是不是眼睛瞎了，表都停了。

朱三定睛一看，表盘里的指针果然不动了，就像他当初捡来又交给父亲的那块梅花鹿怀表。

这天的后来，朱大米是绝对没有想到，父亲朱三跟他带来的阿姨唐书影，竟然真的住在了家里。朱大米看见唐书影站在傅灿灿床前，那时候傅灿灿正在摊开床上的被子。唐书影说姐，我能不能跟你睡在一起？这时候朱大米显得十分焦急，他说不可以，你睡这里的话那我睡哪里？但是傅灿灿很快瞪了朱大米一眼，傅灿灿说你个没用的东西，你还想睡哪里，快跟你爹睡你爷爷的床上去。

朱大米就脱了衣裳，很快跟朱三一起，钻进了朱良材床上的被窝。在床上朱大米根本没有心思睡觉，他使劲睁着眼睛盯着朱三，说爹，你给我讲故事，讲安徒生童话。朱三于是把唐书影买来的《安徒生童话》打开，他翻来翻去翻了一阵说，这么多故事你想听哪个？朱大米指着童话书说这个，朱三于是就开始讲了，他讲的是丑小鸭变成白天鹅的故事。

朱三说，粗心的天鹅妈妈不小心把天鹅蛋留在了鸭巢里，鸭妈妈以为是自己生的鸭蛋，它想，这只鸭蛋怎么这么大呀？而且孵了这么久，小鸭子还是没有孵出来。朱大米听到这里嘻嘻嘻地笑了，朱大米说，鸭妈妈就是个笨蛋。难道比我还笨吗，简直不可思议啊。

朱三继续往下说。朱三说，有一天鸭蛋终于孵出来了，但是鸭妈妈愁眉苦脸很不高兴，因为这只鸭子这么大又那么丑，根本不像一只正常的鸭，所以就给它取了个名字，把它叫作丑小鸭。但是鸭妈妈哪里知道，这只丑小鸭其实是一只小天鹅。朱大米这时候不仅睁大眼睛还张开了嘴巴。朱大米说，确实很难的，我以前听娘说起过，小鸭和小鹅是很难分清楚的，有次娘在溆浦镇老家，当着爷爷的面，也是把一只小鸭当成了鹅，为此爷爷还骂了她一顿。

朱大米说到这里时，听见隔壁房间里，傅灿灿也在跟唐书影热烈地聊天。朱大米说爹你等我一下，说完就钻出被窝，只穿了一条短裤就冲进了傅灿灿的房里。朱大米说娘，你们在说什么，是不是也在讲童话故事？如果是的话，我们四个人可以睡在一张床上了，这样方便开一个童话故事的大会。傅灿灿猛地把头抬起，看见赤条条的朱大米跟一只猴子一样。她骂了一句小棺材，我揍死你这个冻不死的，你给我滚！朱大米就笑呵呵地，蹦蹦跳跳回到了朱三的身边。他跟朱三说，爹，继续讲，你刚才讲到了丑小鸭伤心地离开了它出生的地方。

朱三的故事重新开始的时候，唐书影也的确是在跟傅灿灿讲故事，她讲的是自己以前跟陈昆之间的故事。她说但是陈昆已经不在了，所以在宪兵队里，朱三现在成了又一个陈昆,不仅如此,朱三还代替陈昆成了她的爱人。傅灿灿说,我大概知道他在干什么事了,我以前可能误会了他,但是我心头仍然不解气。说到这里傅灿灿扯了一下被角,说只有这么一条被子,唐书影你会不会觉得冷?唐书影告诉她根本不冷,两个人睡在一起很暖和。傅灿灿于是接着说,你们在呼童街家里,两个人也是只盖一条被子吗?

唐书影听到这里终于听懂了。唐书影说姐你不要误会,朱三在呼童街算是受罪了,他每天只能睡沙发,因为要把床留给我。当然,我是要盖两条被子的。

傅灿灿长长地舒了一口气,但她仍然要装作很大度的样子说,那当然应该他来睡沙发,他皮那么厚,老天爷冻不死他。傅灿灿说完,听见隔壁房间已经传来朱三和朱大米父子两人此起彼伏的鼾声。傅灿灿还听到朱大米在梦中说出的梦话,他说,爸爸我饿。这阵阵鼾声和儿子的梦话让傅灿灿觉得心里很踏实,所以她在那样的鼾声里说,唐书影我们睡吧,时候不早了,很快就要天亮了。

可能是因为睡在家里,而且还抱着久违的儿子,所以朱三这天睡得特别沉,一直睡到了第二天的上午十点。他是被窗外一群打雪仗的孩童给吵醒的,那时候一块蓬松的雪有拳头那么大,啪的一声砸落在了窗口。

醒来以后朱三并没有见到傅灿灿,他只是看见唐书影坐在朱大米对面,正在讲另外一个安徒生的童话故事。唐书影这天讲的是《卖火柴的小女孩》,可是朱大米坐在那里抓耳挠腮,他责怪唐书影为什么要讲女孩子的故事,还说卖火柴不好玩,没什么意思。

朱三点了一炷香,在父亲的遗像前拜了拜,然而他正要带着唐书影离开时,却见到傅灿灿风风火火从外面回来了。傅灿灿手里抓着那只西马表,她跟朱三说你快过来,表我给你修好了,现在时间很准,是十点五十。

傅灿灿一大早就去了好时来钟表店,她曾经去那里给朱良材修过梅花鹿怀表。那时候修表店还没开张,她却急着把店门敲开,但是店门敲开也没用,因为修表师傅很忙,手头有很多个表要修。傅灿灿就说师傅我加急,我付你三倍的钞票。师傅于是慢吞吞坐下,坐下以后把表壳拆开,直到后来给西马表换上一根新的发条。

发条换上以后整只表重新翻过来,傅灿灿看见细长的指针果然开始重新跳动,那种嚓嚓嚓嚓的样子坚强有力,让她的心也跟着一起跳,扑通扑通地跳。傅灿灿赤红着一张脸,在付钞票的时候眼泪都快要流出来了,所以她毫不怜惜数出去的一张又一张的钞票。她还说师傅你真是帮了我大忙,实话跟你说,你不仅修好了一块表,还修好了一段姻缘,师傅你简直就是天上的月老,地上的红娘,我心中威力巨大的齐天大圣孙悟空如来佛和四大天王。

修表师傅是个近视眼,他藏在镜片后面的眼睛眯成一条细小的缝,然后冷笑了一声说,不要给我灌迷魂汤。

现在傅灿灿把西马表重新套上朱三的手腕,还把卡扣严丝合缝地卡好。她说朱三你记住了,你这辈子逃不走的,你哪怕想逃走,唐书影也会帮我拦住你的。她还转过脸跟唐书影说,你说对吧,戴上我的表,他就是我的人。

朱大米听他娘这么叽里呱啦说来说去,就急忙把朱三的手抓了过来,然后非常仔细地看着那块表,上上下下左左右右地看。看完了以后朱大米问傅灿灿,娘,什么是发条,我怎么没有看见?傅灿灿就敲了一下他脑袋说,关你什么事,发条就像一团面条,全都卷在表壳的里面,你当然看不见,你能看见的只有时间。

朱大米半懂不懂,他只是记得爷爷朱良材以前也告诉过他,藏在表盘里面的都是时间,时间原本抓在老天爷手里,现在被公布在人间。当然,那时候朱良材给朱大米看的是梅花鹿怀表,那时候梅花鹿怀表也刚刚修好。

此刻阳光钻进窗户,有那么一种暖洋洋的意思。阳光照耀起许多的灰尘,在白亮的光线下,这些灰尘在飘浮,像是一群细小的神仙踩在云层。那些暖意像细针一样,刺进皮肤,钻进血管,使朱大米幼小的身体感到了温暖。

然而朱大米却听见傅灿灿说,时间不早了,已经十一点了,朱三你该走了。朱大米依旧牵着朱三的手,他又看了一下朱三的表,心想哪里写着十一点了,难得见到的爹为什么又要走了?

后来朱三跟唐书影是从后门离开的,为了不被隔壁的街坊邻居撞见。临走时傅灿灿又把朱三叫住,她站在朱三身后擦了擦鼻子,好像觉得鼻子里面有点痒。傅灿灿迟疑了一下,说朱三你这一走,下次要什么时候才会回来?朱三站在那里陷入沉思,他过了一阵才说,以后有什么事情去找李电影,李电影会来跟我讲的。为了安全起见,可能需要等到我完成任务,甚至是胜利以后,我们才能相见。

傅灿灿迟疑了一下,最后突然咬着牙说,我等,我等一百年也等!只要你永远戴着西马表。傅灿灿接着又说,我给你信中写的都是气话,没有那个泡浴缸里的警察局副局长。朱三说,敢那么大胆挖我墙脚的人还没有生出来呢。

后门走出去是一座破院,有一块平整的仰天躺着的菜地,傅灿灿在那里种了十来棵油冬菜,还有长势良好的大蒜和青葱,看上去生机勃勃,十分葱茏。油冬菜上落着一些没有融化的雪,其中一块雪在朱三经过的时候冷不丁掉了下来,声音听起来稀里哗啦。

朱三扒开菜地旁低矮的木栅栏,人还没走出去,却听见身后响起大白鹅的叫声。白鹅对着他跟唐书影的方向,努力伸直脖子嘎嘎叫了两声,那种没心没肺的样子,好像是在给他送行,也好像是极不耐烦地催促他快走。

朱三就这样带着唐书影走了。朱三的身影消失在中午时分暖阳弥漫的雪地里。因为他戴着一块刚刚修好的旧表,表跟随他的手腕一起晃荡,所以细碎的阳光就在发黄的表盘上一抖一抖,让人觉得冬天的阳光似乎很不稳重,很像一个正在学走路的小屁孩。

32　项链

吕大鹅坐在呼童街108号的门口晒太阳，肩膀上盖了一条小毛毯。顺着她的目光看出去，可以看到成片的雪，覆盖在屋檐上，也盖在了马路牙子上。总会有一些污浊的脚印，像池塘里的一串蝌蚪一样，呈现在雪地上。太阳扔出的光线丝丝缕缕，打在雪上映出明晃晃的一片白亮。而这种白亮中，夹杂着丝丝暖阳中的寒意。吕大鹅怕冷，不过她最怕冷的地方是脖子和肩膀，她认为这两个地方往往在每年寒冬里承受着最大的考验。

晒太阳的时候吕大鹅在嗑瓜子，嗑得比较慢，因为她手上还戴了一双防寒的手套，手套会适当影响嗑瓜子的速度。吕大鹅嚼碎一粒瓜子仁，在把两片瓜子壳有条不紊摆在桌面上的时候说，娘，陈昆和唐书影昨天都没回来睡觉，你说他们会去哪里呢？

吕美珍并没有回答，她在给一件毛衣摘线球，摘下来的线球用舌头一舔，然后又使劲吐出去。毛衣是前两年织的，穿的次数多了，就会在下摆和两个胳膊肘处出现很多毛茸茸的小线球，浮在毛衣表面上飘飘荡荡。

吕大鹅又说，娘，你觉得陈昆和唐书影会结婚吗，他们两个人像是就要结婚的一对爱人吗？这时候吕美珍听不下去了，吕美珍说，你要是操心操这么多，很快会变得跟我一样老。吕美珍的回答让吕大鹅很不满，她嘟哝了一句，那我什么时候结婚？我连婚都结不了，我的人生太失败了。

陈昆和唐书影就是在这时候走了进来，走进来的时候，唐书影挽着陈昆的手，还把半个脑袋靠在陈昆的肩膀上，好像她那半张脸太重了，需要用陈昆的肩膀来托举。但是吕大鹅第一时间发现了陈昆脸上的几道血痕，看上去像是被人用手指甲抓了一把。吕大鹅说，呀，呀呀，唐书影你怎么这么狠心呀，你这是要让陈昆破相呀？唐书影于是让半张脸离开陈昆的肩，让倾斜的脑袋挺直。她说，就知道你会这么想，实际是陈昆昨天下午一不小心摔了一跤，摔了一个大花脸，所以我们都不好意思露面，昨天晚上就干脆住到了我家里。

吕大鹅听完以后点头。但是吕大鹅想，整个宁波城到处都是雪，陈昆要是真的摔了一跤，他摔在软绵绵的雪地上，怎么脸上会被割出好几道那么深的血痕？难道雪跟刀子一样锋利吗？

后来吕大鹅产生进一步的疑惑，是因为这天下午发生的另外一件事情。那时候吕大鹅想起昨天松本队长跟她母亲一起唱的《红蜻蜓》，就说娘，你有没有听过鹅鹅鹅？吕美珍说什么鹅鹅鹅，吕大鹅就笑呵呵着开始唱了。吕大鹅离开椅子站在雪地上，两只手摆开，像是长在白鹅身上的翅膀。她说，鹅，鹅，鹅，曲项向天歌，鹅，鹅，鹅，脖子那么长的鹅，飞到屋顶就是一只天鹅。

唐书影说，什么乱七八糟的，这不是打油诗吗？吕大鹅却一边唱一边哈哈大笑。吕大鹅说，好笑的还在后头，但是她还没开始唱，就听到陈昆接了上去。陈昆说，白毛浮绿水，红掌以上就是大腿，鹅，鹅，鹅，大腿一抬屁股一摆，地上多出一盘香喷喷的菜。

吕大鹅愣了一下，她很开心地说，陈昆，这么高难度的歌你也会啊？你可能真的是个天才。陈昆却说，你以为就你一个人会，我很小的时候就会了。

是谁教你的？

我爹教我的。

吕大鹅心里咯噔了一下，她心想这话怎么这么熟悉，然后就很快想起，当初在白衣巷，当朱大米对她唱完鹅鹅鹅时也是这么说的，我爹教我的。但是在白衣巷，吕大鹅从来没有见过朱大米的爹。

后来吕大鹅离开呼童街去了民光大戏院，她要让李电影带她去找朱大米。李电影说我现在哪里有时间，我真搞不懂，你为什么要找朱大米？吕大鹅就说她想念那只大白鹅了。李电影说你想也没用啊，他们回镇海老家了，我不会骗你。吕大鹅说好吧，但是你今天说话的样子怎么这么不耐烦，你是不是讨厌我了？

吕大鹅傍晚回到家里的时候，吕美珍一眼就看出了她的伤心。吕美珍说怎么了，吕大鹅却问她，陈昆和唐书影在家吗？吕美珍说不在，他们出去跟唐一彪一起吃饭了，晚上还要一起去皇后夜总会跳舞。吕大鹅就慌慌张张地说，娘，出事了，我现在就要去找松本队长，我告诉你一个秘密，陈昆是藏在宪兵队里的奸细。

吕美珍这天刚在房里生了一个火炉，为了取暖。她是坐在火炉旁烤火的时候，听吕大鹅讲完所有的事情的。吕大鹅说自己离开民光大戏院后，就干脆独自去了一趟白衣巷，在傅灿灿的家门口，她见到了两根烧过的蜡烛，还看见了糊在门柱上的白对联，所有一切告诉她，松本队长说的徐志在白衣巷枪杀的老人，就是朱大米的爷爷朱良材。吕美珍说，然后呢？吕大鹅就说，娘我有一种直觉，李电影有什么事情瞒着我，我认为陈昆可能就是朱大米的爹，所以他昨天晚上没有回家，因为朱良材死了，他昨晚就在白衣巷守灵。还有，他们一家人都会唱鹅鹅鹅。

吕美珍把摊开在火炉前取暖的一双手翻转过来，她望向自己的手背说，再然后呢？吕大鹅听到这里就有点急了，她说娘你怎么还不明白，所以我才要去找松本呀，松本让我注意观察陈昆，有什么异常及时同他讲，那现在陈昆已经有很多疑点了呀。吕美珍就点了点头，她看了一眼吕大鹅的脖子，脖子上有一根新的珍珠项链，是吕大鹅这几天刚戴上的。吕美珍说，项链是松本送你的？吕大鹅说是的，是松本队长给我的奖赏。吕美珍说摘下来，让我也看一眼。吕大鹅就把项链摘了下来，送到了吕美珍的手里，说免费给你看。但她没有想到的是，吕美珍连看都没看，直接就把项链扔进了火炉里。吕美珍说，你今天要是敢走出这扇门，我就跟你断绝母女关系。

吕美珍还说，吕大鹅你有没有脑子，你还以为你自己是日本人吗？你以后是准备跟松本的宪兵队回去日本，还是准备继续留在宁波？

吕大鹅百思不得其解，她急着想把那根项链从火炉里捞出，但是项链已经在火红的木炭中坍塌，首先开始燃烧的是那根红色的系绳，珍珠也渐渐被烧焦。吕大鹅说我当然要留在宁波啊，我去日本干什么，我们在日本又没有家了。

那你还要为松本卖命？你觉得松本会一辈子留在宁波吗？你出卖陈昆跟唐书影，他们是跟你有仇吗？你戴了一根松本送给你的项链，就不知道自己几斤几两了？项链我们自己买不起吗？吕美珍说出这些的时候不紧不慢，嗓音也并没有比刚才响亮，就跟往常聊天一样稀松平常。她后来把脸转了过来，面对吕大鹅说你看牢我，我今天这些话只跟你说一次，你今天出卖了陈昆，以后哪怕陈昆饶了你，但是陈昆身后那么多的宁波人也不可能放过你。你要是还没搞清楚你是属于哪个国家的人，那你以后的结局，基本就是家破人亡……

吕美珍的声音就那样一阵一阵传来，让吕大鹅巴不得钻到地缝里。此时吕大鹅已经气喘吁吁，她两腿发软着在沙发上坐下，奇怪这天的火炉怎么会这么热，热得她全身都在出汗，好像整个人是刚从水里浮了上来。后来她惊魂未定，想了想终于声音飘忽着说，娘你刚才说的那些，我基本上都听懂了。

听懂了最好，吕美珍说，只要你听懂了，我这辈子也就没有后顾之忧了。

吕大鹅说，可是那么好的珍珠，扔进炉子里，我还是觉得很可惜。

吕美珍仍然漫不经心地说，这个世界上，只有走错了路才是最可惜的。再说珍珠不就是长在蚌壳里的石头吗？吕美珍说这话的时候，屋顶瓦片上一堆蓬松的雪开始跌落。从吕大鹅的视线望向窗口，可以看到那堆雪的姿势纷纷扬扬，很像一场即兴的小雪。

33　收音机

唐一彪最近已经感觉到一些不对劲，就是他跟松本队长之间的交往显得怪怪的。首先是宪兵队的一些重要外勤任务，松本常常会绕过他，安排其他人去执行。就比如上次去白衣巷追查共党分子，他是过了几天才知道有这么回事情，而且带队过去的人竟然是那个少了一个"摩"字的徐志。然而与此同时，松本又好像对唐一彪越来越客气，很多次还单独约他喝茶。但喝茶时松本说的又不是公务，主要是表达自己对家乡的思念。

唐一彪当然会有自己的打探，他必须要知道松本为什么对他若即若离。直到过了民国三十四年的元旦，他才隐隐约约觉得，似乎有人在暗地里调查陈昆，所以有次喝茶的时候他就壮起胆子直接把话给说开了。唐一彪说松本队长，陈昆是我未来的妹夫，我听说现在有人想查他，说白了其实是想扳倒我。如果他真的有问题，我愿意以死谢罪。

松本正在专注地洗茶碗，他一言不发，仿佛时间就此凝固。唐一彪真担心这样下去，松本会不会把茶碗给洗成两半。这时候松本气定神闲地把一张脸抬起，随手扶了扶有点滑落下去的圆框玳瑁眼镜。松本说，这可是你说的，说话一定要算数。唐一彪没想到松本会一下子变得这么严肃，但就在他愣在那里的时候，看见松本大笑了起来。松本笑完以后说，不就是徐志在瞎胡闹吗，你又何必跟他计较？他是胳膊你是大腿，他跟陈昆之间那些扯不清的事情，你说他是为了唐书影，想挖陈昆的墙脚，你以为我不知道？松本一边说话，一边泡茶。松本泡工夫茶很有一套，每个细节都做到了一丝不苟的讲究。他最后替唐一彪把热腾腾的茶给倒上，说尝尝看，警察局那边上午刚送过来的，说是云南那边顶级的普洱。

回到外滩最有名的美辰公寓，唐一彪靠在那张钢琴的边缘，把这些事情都跟何婉玲说了。他说得比较详细，娓娓道来的样子像是想说清楚一段远古的历史。那时候何婉玲刚汰过浴，正在吹她水珠不停滴落的头发。黄铜外壳的吹风机举在手上，让唐一彪觉得像一把杀伤力挺厉害的短枪。何婉玲把吹风机口转了过来，出风筒直接朝唐一彪吹了一下，吹得他鼻头发烫，脸上有了一阵麻酥。

那你觉得陈昆有问题吗？何婉玲在吹风机的轰鸣中轻描淡写地说。

能有什么问题？我们天天在一起的呀。唐一彪说，我看他也没有那么大的胆子。

何婉玲就把吹风机给关了，拔下电线的时候说，其实有没有问题都不是问题，问题是陈昆现在待在缉私队能捞到多少钞票。陈昆他只要手头有钞票，以后你跟我，他跟唐书影，我们四个人一起直接去香港，管他松本和徐志怎么想。他们就算想破脑袋，跟我们有什么关系。

说完何婉玲在床上俯卧着躺下，嘴里含混不清地说，钞票还是交关重要的，这个道理你一定懂。看到何婉玲准备就绪的样子，唐一彪当即飞身跃起给她捏背。捏背的时候唐一彪又顺手把收音机打开，里头正在播报的一则消息是，美军已经在菲律宾吕宋岛登陆，他们是在吕宋岛西北部的一个名叫林加延的海湾登陆的，投入了二十个坦克营。在收音机营造的战火的气息里，唐一彪的手落在何婉玲的肩上。他知道何婉玲的左肩老是会酸痛，所以在那个位置揉得特别长久。揉肩的时候唐一彪说，松本今天还透露一个消息，说是可能会提拔我，然后空出来的密探队队长的位子，他准备让徐志来接替。何婉玲听到这里把身子翻了过来，并且用一只手支撑着脑袋，躺在那里似乎很优雅，身子勾勒出一条诱人的曲线，很像一条搁浅的鱼。然后她笑眯眯着问唐一彪，那你希望被提拔吗？唐一彪好像被问得心里有点乱，拿不定主意的样子。他看何婉玲那副样子似乎不是在等待他回答，只是在有意给他抛出一个难题。所以他沉吟了一下说，要不你让我想一想。

后来唐一彪从何婉玲的身上下来，走过去拨动收音机旋钮，想要换一个电台。收音机是何婉玲买的，美国进口的西屋牌，木匣子外壳，中间一块是用麻绳织造的音箱外罩，摆在桌上方方正正，有时候还能闻见细微的樟木的芳香。唐一彪在换电台的时候仔细找来找去，最后在一阵歌声中停下，那是一档音乐节目。他听见里头的播音员兴奋地讲，歌星白虹前两天在上海兰心大戏院举办了两场演唱会，那是国内歌星举办的第一次个人音乐会，趋之者若鹜。唐一彪两只眼睛皮就顺势跳了跳，说他妈的终归还是上海好，上海有兰心大戏院，上海外滩虽然没有宁波外滩建得早，但是比宁波外滩不知道气派了多少。上海什么都比宁波时髦。

何婉玲笑着不响，依然侧着身保持一条搁浅的鱼的姿势。唐一彪仿佛像是在总结似的说，就连宪兵队，上海的也肯定比宁波的要强得多。松本阴阳怪气的，搞得我心神不定。他算个什么东洋鸟！这时候何婉玲光着脚踩在温暖的毛毯上，走过来勾住唐一彪的脖子，声音很轻但却很坚定地告诉他，徒有其名的提拔都是假的，那是要收走你密探队队长的权力。你要抓紧捞钱，我也赚了不少，我们的目标只有一个，尽快离开宁波。何婉玲这样说着的时候，把一条光洁的腿曲了起来，贴在唐一彪的胯间不停地摩擦着，仿佛士兵在擦拭一件新型的武器。

34　春节

元旦早就过了，但冬天却还在如火如荼地进行，中间又下过几阵依稀的小雪，让宁波的大街小巷肃杀了一下。很快进入了腊月，腊八那天，还不争气地下了一场阴冷的冬雨，把宁波城搞得浑身湿漉漉的。然后迎来的有气无力的春节，让陈昆觉得一点也提不起精神来。

民国三十四年的春节很快也过去了，在陈昆的记忆中，节日里没完没了的牌局酒席和灯光灿烂的舞会；他跟唐一彪带着海鲜山货，鱼翅燕窝，以及装在一只鞋盒里的钞票，一起过去给松本队长点头哈腰送礼；以及太多场合里形形色色的嬉笑和喧哗，这些事情仿佛都跟翻书一样，在他脑子里只是一晃而过，不会留下片刻的余温。

在宪兵队里做人就像做梦。陈昆这样想，他开始想念的是镇海澥浦镇老街上他的三房小院，以及一棵亲切的桑树。在那时候生活，平静，有细小的烟火和温暖，而且他突然觉得如果看着傅灿灿在眼前晃来晃去，看着朱大米笨拙地走动，以及听到朱良材连绵不断的咳嗽，都是十分美好的事。其实很多时候，陈昆更想念白衣巷。他想起住在巷子里的傅灿灿和朱大米时，就会猜想除夕夜里，傅灿灿会给朱大米烧了什么好菜，是不是有一盘红烧肉，有没有白煮虾；或者朱大米在剥虾的时候，手边是不是摆着一本唐书影送他的《安徒生童话》，这时候，他们的耳畔是不是会听到零星的几声二踢脚的炸裂声。想到这里陈昆当然又会想起，此时屋里的墙上，当仁不让地还挂着父亲朱良材的遗像。那时候墙上的朱良材可能正盯着桌上一碗热气腾腾的番茄汤，番茄汤里漂着一些散开来的蛋花，朱良材一定是露出了羡慕的神色。然后朱良材渐渐把目光移开，移到了傅灿灿的脸上，他用一种无人能够听见的声音问，朱三呢？朱三这个不孝之子怎么还是没有回家，我都死了他也不回家？

元宵节过后的第四天，气喘吁吁的陈昆在郊外的灵山见到了海叔。天气转暖，但却阴沉，几块死样怪气的乌云盘踞在头顶，倒是从远处某棵树上传来几声应景的鸦啼，陈昆一眼就看见了几片随着鸦啼声飘落的树叶。他总是觉得头顶那几块云，像是在河里浸泡了水的衣裳一样，随便一绞便能绞出一大片水来。陈昆看到低矮的云层下海叔一袭长褂，反背着双手像一座石翁仲一样，站在两个低矮的坟包前，那是他给老路和小蜻蜓埋下的衣冠冢。两块几十公分高的墓碑上并没有刻字，海叔说等胜利了以后，他会把老路和小蜻蜓的名字给补上，这些应该有的东西，海叔认为现在只能先欠着，但以后一样也不会少的。海叔曾经信誓旦旦地说，不仅是补上名字，还需要有五畜供品，让炮仗炸响在整个山头。海叔说这些的时候，附近保国寺的钟声恰如其分地敲响了。

海叔这天找陈昆在灵山见面，为的是一部电台，其实也就是四明山新四军游击纵队急需的发报机。组织上购买的一台小功率的电台留在上海，就是在海叔和陈昆的上线麻雀的手里，然而由于宪兵队在陆路和海路各条交通线上的层层封锁，各处站点和路口又像筛豆子一样地检查，电台一直无法送到宁波。海叔甚至曾经设想，把电台拆开来，每个零部件单独运送，但他这样的建议很快被上级否决了。不是因为根据地缺乏重新组装电台的人才，而是因为分开几十道流程运送不同的零部件，一旦其中一个环节出现问题，带来的损失都可能是整部电台的报废。这样的风险实在让人捏着一把汗，等于是抱着一个气球穿行在茂密的荆棘丛中。

陈昆接受了这个任务，但他也跟海叔提出，此次上海之行，要让唐书影一起陪同。海叔的眉头皱了一下，问他为什么需要唐书影。陈昆却笑了一下说，这样我才不会孤单。

孤单有什么要紧？革命本来就是孤单的。海叔笑了，说我孤单了几十年。如果革命不成功，我就一直孤单到胜利为止。

于是陈昆就冷笑了一声说，孤单是一种病，不及时治就转变为不治之症。

宪兵队每个人员外出离开宁波，都是需要得到松本批准的。那次松本收到陈昆的外出申请后，并没有急着审批，而是摆在办公桌上压了有一个礼拜的光景。后来陈昆又去了松本的办公室，他是去汇报缉私分队最近的工作成果的，包括没收了多少鸦片，抓捕了多少走私人员，又从这些人员身上收取了多少花钱消灾的钞票，钞票都送去了财务科。松本频频点头，他头也不抬地在看一份文件，听完陈昆的汇报时，他手头的文件也批完了。松本后来笑了笑，此时他好像突然想起一件事情，所以就迅速抽出了压在桌上的那张请假条子。松本说，你去上海需要几天？陈昆回答，我尽量快去快回，手头的工作不能荒废。

既然去了就不要太赶。松本在签完字的时候十分体谅地说，十里洋场你多去走走，也算是见识见识世面。

然而陈昆听到这里释然地笑了，他说队长不是这样的，我去上海不是为了散心，是因为唐书影希望过几个月把婚礼给办了。陈昆说唐书影要去上海大采购，什么化妆品啦，衣服啦，首饰啦，反正她开出来的清单，我看腾出一个车皮也不够她装。

天下就没有一个女人不爱好买东西的，简直是一种天生的病。陈昆后来迅速地补上了这么一句。松本即刻瞪大眼睛，好像屁股底下有根弹簧，迅速从椅子上站了起来。他笑出来的样子多少有点夸张，指着陈昆道，原来你后面还有一句潜台词，你是在通知我准备好红包，等着去喝你的喜酒。

陈昆就跟着一起嬉笑起来，听上去办公室里很热闹的样子。陈昆说，松本阁下到时候想喝什么酒，我这次去上海就一起买了。买了以后我给你存着，还要贴上一道标签，松本阁下专用酒，谢绝抚摸。

陈昆再加一句，连闻一下也不可以的。

于是在欢畅的气氛中，两个人结束了一场愉快的谈话。而转身走出松本办公室的陈昆，他的笑容慢慢地收了起来。他觉得上海之行，完成任务并没有那么容易。而一旦计划失败，他会把唐书影也拖下水，万劫不复。

35　跳皮筋

陈昆到达了上海，再次见到了麻雀。那是在一九四五年三月初的一天，时间是晚上八点半，地点在大世界游乐场的门口。

那天大世界的夜场还未散场，陈昆和唐书影站在门前台阶上，听见里头游乐场传来阵阵掌声，那时候有几个男人的声音特别洪亮，分明是在为一个刚刚结束的节目叫好。陈昆能够听出，这些人之所以扯开嗓子吼叫，是因为喝了不少的老酒。酒在游乐场里卖得很贵，负责卖酒的都是那些漂亮的小姐，衣服穿得很少，她们一点也不怕着凉。陈昆还在心有不甘地猜想，刚才台上那个节目会不会就是变戏法？如果是这样，难道大世界现在顶替他上场的魔术师比他要厉害了不少？难道那人从道具帽子里变出来的不是兔子，而是一头张牙舞爪的老虎？

麻雀就是在这时候跳跃着进入了陈昆的视线，看上去他十分匆忙，走路一颠一颠的，左手提了一个黑色的小皮箱，右手抓了个类似于包装糖炒栗子的纸袋子。麻雀还把挺括的风衣领子竖起，盖住了自己的脖子和半张脸。他走路的样子像是某个洋行里刚刚下了夜班的职员，正要回家给妻子和儿子顺便带上一份夜宵。

路上有三三两两的黄包车穿梭着经过,麻雀在过马路的时候绕过一辆停靠下来卸客的电车,最终走到陈昆面前。因为走得有些急,他说话的时候嘴里冒着一团热气。他说,你猜我给你带来了什么?

陈昆盯着他一张脸,那张脸已经被夜里的冷风吹红,显得十分的紧绷。陈昆想了一下说,你今天带来的这张脸好像比上次那张要粉嫩,上次那张脸是在温暖如春的火车上,显得相对比较松弛。

麻雀却在这时候摊开了手中的纸袋子,让陈昆见到里头一只正在冒着热气的烧鸡。在烧鸡诱人的清香里,麻雀说既然你记得那列去往宁波的火车,那就不应该忘记那次火车上的烧鸡。你还记不记得等你在火车上醒来以后,我还特意给你留了半只烧鸡。麻雀这样说着,陈昆的眼前就浮现了车窗外被油菜花挤满了的宁绍平原的春天。他突然觉得,时光飞快,快得让人觉得那么多的往事都近在眼前。

那天陈昆热情地把唐书影介绍给了麻雀,麻雀笑了,伸出手和唐书影握了很长一段时间。麻雀其实知道唐书影的全部资料,包括她的哥哥唐一彪的全部情况,也正因为如此,麻雀才向陈昆下达了这个任务。麻雀站在路灯下那么久地看着唐书影,让唐书影觉得有些不好意思。于是麻雀邀请唐书影一起把烧鸡吃掉,唐书影谢绝了,唐书影说我没有胃口，但我可以慢慢等你们吃完。麻雀于是说，这有点不好意思。唐书影说，没有什么，我这个人习惯了各种等待，我可能是一个命中注定需要等待的人。

在灯光笼罩着的昏黄的夜色中，陈昆和麻雀在台阶上坐下，屁股底下垫了一张报纸。两人在慢条斯理吃烧鸡的时候，麻雀变戏法似的掏出了两小瓶的威士忌。威士忌瓶子的形状十分洋气，好看得有点儿富丽堂皇，于是两个人碰了一下酒瓶，各自喝下了一大口。麻雀说，洋酒配土鸡，花去了我半个月的薪水，但是见到远道而来的本家兄弟，我还是很高兴。

唐书影慢慢离开了他俩，走去了马路对面，那边的路灯底下，有一群十来岁的女孩正在卖力地跳皮筋。长长的皮筋绕在两个女孩的身上，她们相距有三四米的样子，其他的女孩则在两根悬空的皮筋上手舞足蹈蹦蹦跳跳，嘴里唱着马兰花开二十一，二五六，二五七，二八二九三十一。

麻雀望着不远处的唐书影，说我们有多久没见面了。陈昆觉得这人是在揣着明白装糊涂。他在放下一片鸡骨头的时候说，我只记得你当初答应我在宁波宪兵队待上三个月，但是现在是第二年的三月。

你的意思是，你后悔了？

陈昆说我没有时间后悔，我得抓紧时间活着，替老路，也替小蜻蜓活着。他们没我运气，都已经牺牲了。陈昆还说我爹也死了，算命人以前说他可以活到八十，但他现在连七十岁的生日都远远没到。那我要是不在这世上活得长寿一点，我们父子两个岂不是给祖宗丢脸？

陈昆的话里明显有些情绪。冬天的风从他的脖子上吹过时，他不由自主地把脖子往衣领里缩了缩。这时候麻雀说，那么美好的夜晚，不如我们唱一首歌吧！那天他们两个一起唱起了电影《十字街头》的插曲《春天里》，春天里来百花香，朗里格朗里格朗里格朗，和暖的太阳在天空照，照到了我的破衣裳……他们唱得很热烈，手舞足蹈，很快就都唱得热气腾腾。他们甚至站了起来，唱歌的声音也渐渐变大，而且他们还握了握手，同时仰脖喝下一口威士忌，继续唱，为了吃来为了穿，昼夜都要忙……

麻雀和陈昆唱完了《春天里》还意犹未尽，他们最后还是在台阶上坐了下来。麻雀不知为什么说起了上海地下交通线的李小男。她是一个看上去没心没肺的女孩，一直在明星电影公司当一名三流的演员。她开朗、活泼、粗枝大叶，但谁会想得到她其实是隐忍、坚强、心细如发。麻雀又说，关键是那时候我潜伏在76号特工总部，阴差阳错，我突然接到命令带队抓人，结果抓的竟然是她。而那时候我才知道，我那么早认识的她，竟然是自己人，竟然就是大名鼎鼎的我党的特工精英，代号医生。她最后牺牲了，十分决绝和勇敢。那时候麻雀的眼眶里泪光闪闪，然后是很长时间的沉默，两个人都不说话。在这样的静默里，陈昆的目光就投在了不远处的唐书影身上，路灯下她的身材颀长而安静，特别像他老家濉浦镇自己家的院子里墙角长出的油菜，挺拔而新鲜，并且充满水分。接着陈昆看到唐书影加入了那帮女孩的跳皮筋。她把脱下来的呢子大衣搭在手臂上，整个人在几十公分高的皮筋上不知疲倦地跳来跳去，身影在路灯下摇摇摆摆着闪烁。因为穿了高跟鞋，所以她坚硬的鞋跟在石板地上反复敲击，传过来的声音是很有节奏的嗒嗒嗒嗒，单调又充满了韵律。这样的时候麻雀已经给陈昆简要布置了接下去的潜伏任务，包括讲解了当下的抗战形势，以及江浙地带新四军的下一步发展部署。麻雀还主要说了新四军浙东游击纵队的情况，说在宁波宪兵队获得军事情报，都必须第一时间由交通员向大本营是宁波余姚县梁弄镇的纵队队部输送。麻雀讲这些的时候声音很轻，和陈昆一样，眼睛始终望向对面的路灯，以及路灯下身影浮动的唐书影。所以他那种说话的样子，像是在自言自语。

后来麻雀将带来的那口小皮箱打开，从里头取出一件紫色的毛衣交到陈昆手里。陈昆接过毛衣以后笑了起来，他说你还想到要给唐书影送礼，她的毛衣多了去了。宁波衣橱里摆了有十来件，明天还要去上海商场里继续买。这时候麻雀就盯着陈昆看，陈昆被他看得有些莫名其妙，收起了笑容说，怎么了？麻雀说陈昆同志，你在想什么呢？你和书影之间，我提醒你要注意分寸，不要犯了纪律。陈昆想要辩解，想了想明显地底气不足，于是不再吱声。麻雀接着说，毛衣是送给傅灿灿的，你难道就不应该给她买一件毛衣？

陈昆把毛衣紧紧抱在了怀里。他说是啊，我在想什么呢？他也是到了这时才从麻雀的嘴里知道，毛衣是麻雀的妻子亲手织的，总共花了十二天时间。十二天前，当麻雀得知陈昆要来上海时，就让妻子开始织一件毛衣，他们还从不多的生活经费中挤出钱来，买了上等的恒源祥毛线。

现在麻雀要走了。临走之前，他看见了奔跑过来的唐书影。唐书影对他笑了一下，开始稍微整理因为跳皮筋而散乱在额头的长发。唐书影说，第一次见面，难道你就这么走了，不想跟我多说一句话？麻雀看见眼前的唐书影红光满面，整个人热气腾腾。他低头笑了一笑说，唐书影我要谢谢你。

谢我什么？

谢谢你这么长时间陪着朱三，也谢谢你陪他来上海。麻雀说，我以后肯定会记得你，因为我今天最应该感谢你的，是让我看见你如此活泼的一张脸。

一场冬雨就是在这时候赶来，春天还没有来临，春节过后不久的这场雨让湿冷的寒意更加显得深重。陈昆总是觉得，面前的高楼和电车，以及路灯的灯光，都会被突然之间冻住。在这样的心情里，陈昆和唐书影目送着麻雀的背影在细雨中离去。那个背影在深夜的霓虹灯下抖动，走得不紧不慢，平稳而坚定，直到后来在东南方向拐了一个弯，在陈昆和唐书影的视线中消失。这时候陈昆将紫色毛衣塞进了麻雀留下来的皮箱中，他知道皮箱里还有一件更为重要的东西，那就是他要带回宁波去的一套小型发报机。

雨仍然下得绵长而且淅淅沥沥，唐书影虽然带了伞，陈昆却没有要离开大世界的意思。陈昆抱着那只黑色小皮箱，再次在台阶上坐下。他望向远处的灯箱广告牌，力士香皂艳丽的广告女郎依旧还在，吸人眼球的大腿也还是那么光鲜。这时候一阵细碎的雨雾飘来，陈昆在抹了一把潮湿的脸后说，唐书影你知道吗，去年的四月，真正的陈昆就牺牲在这里。真正的陈昆是被两枚子弹击中的，他倒下以后，我看到了一片漂浮的血水。那片漫延开来的血水，我现在常常会在梦里看见，看见这些血水一直在上海的街道上漂浮，直到浮游去了外滩，又汇合进了波涛汹涌的黄浦江。

在唐书影的记忆里，陈昆这天的声音就是一场缥缈的雨雾，那场雨雾仿佛令她恍如隔世。唐书影抬头望向细雨弥漫的夜空，忍不住想起过去的久远的日子里，真正的陈昆在山城重庆写下的那些日记，以及寄往宁波宁海县给她的一封封的信。这样的时候唐书影就看见一九四三年的四月，去往重庆敦厚路邮政总局的真正的陈昆。陈昆在那里买下了一张早就订购的一分面值的明信片，买下以后十分仔细地塞进了兜里。唐书影同时也看见日军战机扔向重庆城区的一枚枚炸弹，炸弹轰炸以后，因为一堵墙倒塌了下来，所以将名叫唐佩的国文老师彻底掩埋。

想到这些，唐书影的眼眶里已经充满泪水，她不由自主地在台阶上坐下，跟陈昆坐得很近。后来她忍不住揽住陈昆的一只手，并且身子跟他靠得越来越紧，好像她已经在这个雨夜里感觉到冷，也或者是她正看见马路对面属于真正的陈昆的那张脸。

陈昆一双手揣在兜里，他听见唐书影热烈的呼吸，也感觉到唐书影正把一张脸贴到他肩膀上。这样的一幕让他感觉局促又紧张，仿佛唐书影已经把他当成真正的恋人，但他很快又听见唐书影说，你答应我一件事情好不好？

此刻唐书影声音哽咽，陈昆问她怎么了。唐书影的手伸进了陈昆的兜里，她把陈昆的那只手抓得很紧。唐书影说，朱三你答应我，你要好好地活着，为了傅灿灿，也为了朱大米，因为他们不能没有你。

雨还在下，但是大世界的夜场却在此时散场了。散场以后所有的观众都嘻嘻哈哈拥出，从陈昆和唐书影两人的身边走过。陈昆就要起身时，游乐场里下了班的员工又三三两两地走了过来，那都是朱三以前的老同事。于是陈昆依旧坐在台阶上，只能把脑袋深深地埋下，为了不让人看见他的那张脸。

等到那些老同事走远，陈昆抬头望向他们的背影。他跟唐书影说，那个穿马甲的男人叫苏东山，他以前是我的道具助理，每天负责给我送变戏法的帽子，帽子分了两层，底下一层躺了一只兔子。陈昆还说，你看见那个穿了雨鞋的胖女人了吗？她是大世界老板娘干女儿的四姨妈，我还欠了她买一只嘉兴粽子的钱。看来今天还是没有办法还给她。我真是担心，有些债是一辈子也还不掉的。

唐书影坐在那里，似乎坐在属于陈昆的一堆上海往事中。她说你在这里变戏法变了三年，三年里那只兔子都早就被你变老了。陈昆说，是的，三年里我变来变去都是那些骗人的戏法，但是我真的没有想到，有一天我会把自己变到了你的面前。自从到了你的面前，所有的一切又都是无比真实的。

    我是陈昆。
    我就站在大世界门口那块力士香皂的广告牌下，看到绵密的冬雨终于停了，也看到了书影、朱三和麻雀在大世界门口的这一场相会。去年的春天，我就死在大世界的门口，记忆里残存的是地上流淌的雨水和血水。但我觉得自己一直都活着，朱三在替我活下去……

夜开始渐渐深起来。我看到朱三和唐书影在台阶上站起，站起以后朱三抖了抖风衣，并且戴上了我留在世上的那副雷朋墨镜。朱三和唐书影一起离开了大世界，离开的时候朱三手里提着一只黑色的皮箱，我知道里头有一件紫色的毛衣，还有一部绝望的电台。

朱三和唐书影是往宁夏路的方向离去的。我一直长久地望着他们的背影，让我觉得眼前的上海跟我牺牲那天的天气一模一样，一样的潮湿，一样缥缈的雨雾，还有一样的路灯的光芒。朱三代替我跟唐书影走在一起，他们两人结伴而行的身影，在这天深夜的雨后，看上去是那样的妥帖。就在他们在前方要拐弯的时候，朱三仿佛回头望了一眼。我想他大概看到了我，因为我看到他向我点了点头，并且笑了一下。

重庆的小学国文教员唐佩已经永久地离开了这个战火纷飞的世界，但唐书影还那么芬芳地活着。我永远记住了的，是唐书影跳皮筋的样子……

36　回宁波

　　陈昆是在第四天傍晚回到了宁波。在上海期间，他跟唐书影去了南京路上的先施商场和永安百货。在两个商场的时装部，唐书影十分果断地给自己买了许多条色彩斑斓的裙子，还有漂亮得体的旗袍。因为她觉得天气很快就会转暖，只要惊蛰一过，接下去是属于裙子和旗袍的季节。但唐书影还是买了貂绒围巾、毛呢大衣，并且给自己挑了一副墨镜。在首饰柜台，唐书影只是挑了一只玉石手镯，并且直接戴在了手腕上。她告诉陈昆，戒指和项链什么的都不需要买，因为从宁波出发时她已经带上了一些，连同原本的那些包装盒。她认为回去宁波后如果有人问起，自己完全可以说戒指和项链就是在上海买的，这种东西没人能够分辨清楚。比如金子做的戒指，是金子么哪儿都会发光的呀。

　　两人在永安百货挑选的最后一件物品是收音机，这是陈昆特意要购买的。陈昆同售货员讲，他需要一台高档的收音机，有着普通收音机无法比拟的音箱，这样他每天收听新闻和收听音乐节目时，才会有悦耳动听的音质。售货员最后给他介绍了一台英国进口的马可尼落地式电子管收音机。跟一般机子相比，这台落地式收音机简直可以说是庞然大物。它摆在地上有半人多高,宽度也差不多有一米,深褐色的实木外壳,有着典雅庄重的外形,看上去让人觉得是一台设计优良又工艺精湛的鞋柜。

如果一台鞋柜,每天都能发出悦耳动听的声音,不仅有时政新闻,明星的花边新闻,还有神探华良怎么破获酱园弄杀夫案这种社会新闻,还有周璇、白光的歌声,以及越剧、淮剧、黄梅戏,甚至评书,这些声音一起像潮水一样向耳朵涌来,那是多么愉悦的一种生活,那是多么幸福的一对耳朵。售货员因为来了一单大生意,所以他的脸上始终洋溢着冬日暖阳般让人觉得舒服的笑容。他熟练而灵敏地打开开关,音量渐渐调大。当饱满又磁性的音乐声传出时,陈昆拍了拍收音机的顶板,又试着敲了敲机子的后背,最后他站在那里十分满意地说,不用选了,就是它。

离开南京路,两人又去了汉口路上的一家日式酒行,为的是给松本队长挑选一款合适的清酒。宽大的酒行里,陈昆在徘徊,很像一位皇帝心血来潮在后宫佳丽中巡视,目光从许多清酒品牌上一一掠过。他对各种各样的瓶装酒并不感兴趣,所以最后站在了一排桶装酒的面前。菊正宗的桶装酒保存在圆滚结实的橡木桶里,最大的一个酒桶能够装入清酒二十斤。陈昆打开龙头接了一勺酒,咪下一口后吐出了舌头。他跟酒行老板说,我需要两桶,麻烦你派人送去火车站行李处。

酒行老板是个五十多岁穿西装的日本男人,他不仅瘦而且矮,更重要的是他没有脖子。他的头直接就长在了肩膀上,看上去,有些像是营养不良的长在路边贫瘠土地上的植物。但是他的上海话讲得蛮好,他讲你这个清酒是要运到外地对哦?这好像是不太方便的晓得哦。陈昆当即白了他一眼,他拍了一下胸脯冷笑说,难道你当初从日本把酒运过来就方便吗?

如同去年陈昆回宁波的春天一样,火车经过了宁绍平原。路上没有见到去年见过的油菜花,但还是能见到大片的黑瓦白墙,成群的鸭子在湖泊上没心没肺地生活,以及湿冷的天气下那种萧瑟。火车发出单调的咣当声,差不多在下午五点到达了宁波。那是一个晴朗的傍晚,黄昏的夕阳软绵绵地铺满了车站,那些灰黑的瓦片上,也到处流淌着成片的金黄。空气中还有着些许的潮湿,但显然,春天正在心急火燎地往宁波赶来的路上。车子笨拙沉重地停下时,陈昆走出车厢,即刻去了火车站值班室。他在值班室里给宪兵队打了一个电话,让缉私队的手下开辆卡车过来接他。因为此行在上海,他跟唐书影买下的东西实在是太多,一辆小车断然无法将所有的货物运回呼童街。与此同时,唐书影也将行李票根交给了列车员,因为他们的大件物品都在行李车厢里,需要照单取回。

这天徐志也在火车站，他带队守在出口处的检查岗里，负责巡查每位旅客的随身物品。自从陈昆离开宁波后，松本队长就特意安排徐志去了火车站检查岗，并且提醒他凡事不能马虎。

徐志远远地就看到了令他眼睛发酸的陈昆，于是他笑呵呵着迎了上去，那种样子像是见到了久别重逢的老友。之前从松本的嘴里，徐志已经知道陈昆去了上海，为的是跟唐书影一起购买结婚用品，所以他现在面对陈昆时张口就酸溜溜地说，新郎官回来了？

陈昆一双手提着大包小包，他见到徐志那张脸就笑了一下说，你是不是还有点妒忌，所以也懒得帮我提一只包？徐志就看似很不情愿地伸手，在接过陈昆手里的一袋行李时，又酸溜溜地说了一句，妒忌有个屁用，当初如果不是你，现在站在唐书影身边的人十有八九就是一表人才的我。可是你运气比我好，人家唐一彪站你这边，他竟然还污蔑我在挖墙脚。

两人走到检查岗前，唐书影已经坐在那里等候。

唐书影戴了那副在先施商场新买的墨镜，墨镜几乎盖住她的半张脸，这让她看出去的世界一片昏暗。她对着徐志点了点头，还十分甜蜜地叫了他一声徐诗人。徐志于是眼睛一眯笑了一笑，他说我们两个人之间现在还方便谈论诗歌吗，但凡我们谈起跟高尚艺术相关的事，有些人会不会吃醋？这时候陈昆已经把随身行李一件一件摆在了桌台上说，徐志就你话多，该怎么检查就快点检查吧，看看有没有枪支弹药和绝密情报。

徐志站在那里故意愣了一下。他看了一眼陈昆，接着又望向唐书影，然后才试着开口道，方便吗？

再不方便也要为徐诗人提供方便，公事公办，秉公执法。陈昆说完，又接过唐书影的挎包，摆在了检查人员的面前，他说好不容易出一趟门，总不能坏了咱们宪兵队定下的规矩。

徐志于是就开始查了，一个一个包打开，检查得非常仔细。他看见了新买的衣服和化妆品，新买的鞋子和围巾，一切物品都时尚又气派，叠得那么整齐，仿佛到处流淌着大上海的气息。然后徐志的目光落在那只黑色的皮箱上，他微笑着望了陈昆一眼，俯下身打开了那只皮箱，却看见里面全是唐书影新买的服装。于是他仿佛心有不甘地将皮箱合上，他最后还看见了一只镜框，里头是陈昆和唐书影在上海照相馆里拍的婚纱照，加急定制的。徐志对着婚纱照看了很久，看见唐书影情意绵绵依偎在陈昆的身边，犹如一只柔情万种的兔子，所以他在放下镜框的时候仿佛心悦诚服说了四个字，郎才女貌。

缉私队的卡车就是在这时候摇摇晃晃到达的，而列车员早已让车站的劳工从行李车厢上卸下来的几宗大件物品，此时也由两辆小推车推着，送到了唐书影的面前。劳工就要将笨重的物品抬上卡车时，徐志却站在车厢旁急忙喊了一声，慢！

徐志的声音震荡着唐书影的耳膜，她知道，她最为担心的一刻还是到来了，因为那部奉命带回宁波的发报机。此时陈昆却不慌不忙看了徐志一眼，然后就抬手示意劳工们让开。陈昆说，徐诗人忘了告诉你了，这是我买的收音机，还有两件橡木桶装的清酒，难道这些也需要检查？

徐志并没有回答，却是瞪大了眼睛，目光无比惊讶地望向那台庞然大物般的收音机，像是盯着一头突然从丛林中奔跑出来并且冲到眼前的大象。他说，好家伙啊陈昆，你居然买这么大一台收音机，你都可以藏在里面睡觉了吧？陈昆听到这里就得意地笑了，他把收音机前盖打开，让徐志真真切切见到里头硕大的喇叭。他说就凭徐诗人这句话，我觉得买了这部机子也就值了，实话告诉你，正宗英国货，你今天也算是大开眼界了。以后你来找我的话，我可以让周璇免费为你亲自唱歌。

徐志没心没肺地点头，目光却拐了一个弯，最后十分专注地望向那两桶清酒。他看见两只橡木桶上都贴了一张纸条，纸条上赫然写着，松本阁下专用酒，谢绝抚摸。徐志盯着那行字，眼睛顿时眯成一条缝，他情不自禁摸了摸自己的下巴，心想，这几个耀武扬威的字倒是有点意思。

而且他还心想，真是看不出这个陈昆，拍起马屁来比自己有过之而无不及。

徐志笑了。笑的时候他围着高大的酒桶转了一圈，觉得这家伙俨然是一只宽敞的洗澡桶。所以徐志最终还是盯着木桶上那一行字，并且很慎重地说，陈昆，这又是什么意思？

陈昆说没什么意思，只是跟松本队长的一句玩笑话而已。他还说当初我答应过松本先生，结婚酒席上要给他提供专用酒，不许别人随意品尝。

哦。也就是说连摸都不可以摸？你保护酒桶像保护老婆一样。徐志说这话的时候，很无奈地摊开一双手。但他很快又看见，此时的陈昆已经走上前去，直接就将左边酒桶上的纸条给撕了。撕掉纸条的时候陈昆说，不用想太多，又不是老虎的屁股，别说摸，我现在让人把酒桶盖撬开都可以。说完陈昆就交代旁边的缉私队手下，让他们赶紧找个工具来。陈昆说你们几个没有听懂吗，立刻把酒桶盖给撬开，好让徐志看个一清二楚，看看酒桶里能不能钻出来一个军统或者共产党。

徐志听到这里一张脸马上就僵了。他说，生气了？你真是太小气了。陈昆却摇了摇头，说，不生气，大不了我留在这里陪你喝酒，反正天已经黑了，我能不能早点回去已经不重要了。我们一醉方休。

看来还真的生气了。一点都不像我，有王者风范。徐志讪然一笑，又摸了摸鼻子道，早知道这样，我就不跟你这么小气的人开玩笑了。

那天当卡车离开宁波火车站出口处时，坐在驾驶室里的唐书影终于缓了一口气。唐书影透过车窗，望见暮色中的夜空已经亮出了几枚细小的星星，星星一眨一眨，好像是心里头有着不可告人的秘密。

唐书影当然不会忘记徐志刚才的那双眼睛，那双眼睛隐藏着暮色一般黯淡的光，说明这人并未甘心，也许他依旧觉得酒桶里可能有猫腻。

车子摇晃着到了呼童街108号，缉私队手下将所有的行李搬下。那时候吕美珍和吕大鹅并不在家，所以陈昆只能让人把两桶清酒留在了一楼储藏室的门口，因为他并没有储藏室的钥匙。接下去，缉私队人员又把笨重如鞋柜的收音机搬去二楼，十来分钟后，等到他们离开，唐书影去了楼上的阳台，直到看见卡车喷出一股浓烟离去时，她才终于放下一条心。转头后的唐书影看见，此时的陈昆已经拆开了收音机的后盖，并且从里头像抱一个熟睡的婴儿一样，抱出了那部让她担心了很久的发报机。

马可尼落地式收音机因为有着硕大的喇叭音箱，所以前面的喇叭跟机子后盖之间也留有一块广阔的区域，那片区域足以藏下一部小型发报机。而陈昆之所以了解这些,是因为当初在永安百货敲击收音机后盖时,他分明听见了一阵空洞的回响。那种声音告诉他,来自英国的马可尼是可以帮他藏住一些中国的秘密的。

37　鸡棚

回到宁波的这天夜里，陈昆并没有耽搁，他第一时间去找到海叔，并且把电台交到海叔的手里。这次两个人是在大世界剧场楼下的人民菜场里见的面，地上都是污水，脚边是摊主离去后摘剩下来的乱七八糟的菜叶，四周还弥漫着白天里豆腐铺尚未消散的气息。

远处的路灯余光悄无声息地照进来，让陈昆只能看清海叔的半张脸。他听见海叔问他，一路上还顺利吗？这时候陈昆想把实情和盘托出，主要是站台里徐志咄咄逼人的检查，那样的一幕已经让他切实感觉到，自己的身后已经有了很多双毒辣的目光。但是陈昆最终还是摇了摇头。陈昆说，海叔你要注意自己的安全。

海叔接过那只装了电台的黑色皮箱，轻轻地拍了拍陈昆的肩，这让陈昆觉得温暖又感动。陈昆望着海叔远去，消失在菜场的门口。隐隐有大世界里热闹的唱戏的声音传来，显得十分遥远而缥缈。菜场很安静，望着菜场门口那一堆路灯的灯光，黄得有些浓烈，仿佛傍晚时不曾离去的一片夕阳。陈昆就突然有了一些感慨，像海叔和他这样的地下人员，有多少在无声地战斗。而他此刻就深陷在寂静菜场的无声中，仿佛世界就此静止。这样的时候，他又开始想念傅灿灿和朱大米,他突然觉得失去了这两个人的信息,让他在人世间的每一天都显得像是一场梦境。

回呼童街的路上,陈昆并没有因为任务的完成而觉得开心,哪怕是一点点的轻松。他很奇怪,自己只是去了上海两三天,可是为何一踏上宁波的地界,总感觉胸口有点闷,好像有些事情放不下。许多天以后陈昆终于发现,原来这天夜里发生的另外一件事情,注定要将大世界小组推向风口浪尖。

事实上就在陈昆离开宁波的第二天,潘水就遇到了麻烦。那天中午在宪兵队食堂,用餐时间已经过了一个钟头,大厅里几乎所有人都提着空饭盘离去,就剩下思想科特务组的羽田宫二。

羽田宫二一边喝汤,一边咀嚼着早就变冷的米饭。他看见潘水在收拾着周围的几张餐桌,把桌上那些零零碎碎的鱼刺和骨头全都扫进了一个搪瓷脸盆里。羽田宫二很长时间看着潘水的那张脸,觉得这女人有这么一张白嫩又姣好的脸,在食堂里干粗活真是有点可惜了。而且她在擦桌子的时候,屁股一耸一耸,有一点像是波涛涌动过来的感觉。这让羽田觉得在这样的波涛里,很有一种想要甘愿溺水的念头。所以羽田最后说,潘水,你过来。

潘水停止了波涛,端着搪瓷脸盆转身,以为羽田是嫌弃桌上的菜汤凉了,所以她说,汤要是凉了就不要了,我去给羽田长官加点热菜。但是羽田目不转睛望向她，羽田的声音比较严肃。羽田说，你过来，你给我亲自坐下。

潘水就在围裙上擦了擦手，只能在羽田对面亲自坐下了。坐下以后，她不明所以望向羽田那张纹丝不动的脸，听见他终于开口说，去年十二月十七号上午十点左右，你在哪里？

潘水被问得云里雾里，她根本不知道去年冬天的十二月十七号是个什么日子，更别说那天上午的十点了。所以潘水眯着眼睛想了很久，最后只能说，羽田长官，这个我还真的记不起来。

记不起来那我就帮助你一下，羽田说，你还记得去年冬天的第一场雪吗？你还记得白衣巷的打铁铺吗？你要是仍然记不起来，那我就再次提醒你一下，那天上午在白衣巷的弄堂口，我们开枪打死了一个倔强的臭老头，那家伙的名字叫什么来着？对了，好像叫朱良材。

羽田的中文并不标准，可是他这么一路说下来，中间虽然还有点磕磕绊绊，却让潘水把所有的意思都听明白了。潘水当然不会忘记，那天上午她就是代替陈昆去了白衣巷的打铁铺，为的是跟四明山根据地的一名交通员接头。潘水想到这里时就装作恍然大悟，她说长官我记起来了，那天我去白衣巷是为了定做一把新菜刀，怎么你连这个都知道？你简直是神机妙算。

我知道的不仅仅是菜刀。羽田说到这里却稀奇古怪地笑了。他把吃剩的米饭倒进了冰冷的菜汤里，起身的时候又盯着坐在板凳上的潘水说，你是不是在暗自发抖？其实也不用这么紧张，这样吧，晚上我去濠河旅社开间包房，你要是想起了什么，可以去那边事无巨细全都告诉我。

羽田就那样走了，扔给潘水一个阴凉的背影。那时候潘水呼吸急促，觉得刚刚吃下去的午饭正在肚子里翻滚。

然而那天夜里潘水并没有去濠河旅社的包房。事实上从这天下午开始，潘水就试图寻找陈昆，她要让陈昆第一时间知晓这件事情，并且商量一下接下去的应对之策。潘水当然也没有找到陈昆，因为陈昆那时候正在上海，露出幸福的笑容，让唐书影把头侧向自己，拍一张百年好合的婚纱照。夜里十点，潘水站在濠河旅社对面的一棵梧桐树下，亲眼见到了站在二楼一扇窗户前的羽田宫二。她看见羽田宫二不停地在看表，其间连续抽了两根闷烟，还朝窗外吐出一口痰。

潘水一直坐在隐蔽的梧桐树下，直到看见羽田走去一楼柜台前退房，最终又悻悻然地离开了旅社。潘水一直不知道，不远处的转角的阴影里，站着高度警惕的严守家。他望着梧桐树下的潘水，心头发出了无数的冷笑。但是令他失望的是，潘水一直没有踏进濠河旅社半步，他觉得自己的行动完全失败了。

第二天中午，一切都跟昨天一模一样，当那些用完餐的宪兵离去，羽田依旧独自坐在餐桌旁。他看见潘水一个人留在打饭菜的窗口里头，看上去心不在焉，于是就直接走了过去。

羽田敲了敲挡隔玻璃，示意潘水把过道门给打开。打开以后他闪身进去，即刻就将门板给合上。这时候的羽田已经非常凶猛，突然就将潘水按在了墙上。他用剩下来的一只手紧紧按住潘水的胸口，似乎急不可待地想要探寻出什么。与此同时，羽田又把嘴巴贴近潘水的耳朵，他用不容置疑的声音说，你的秘密我全都知道，那天徐志去白衣巷就是为了抓捕共党分子，而我又正好在那一带巡逻。

羽田说到这里的时候好像呼吸变得十分困难，他在试图解开潘水裤带的时候说，你这个裤带的结头是怎么打的？怎么比别的女人的裤带要难解得多了，值得研究。然后羽田又说，以后你就做我的女人，这样你在打铁铺里跟人接头，你把一个铁皮盒子交到一个陌生人手里这件事，我就一个字也不会说。

然而羽田没有想到的是，此时的潘水却一把将他推开。推开以后潘水整个人靠在墙上，像是已经跟墙壁粘在了一起，或者说她成了一只大型的壁虎。她垂着头，呼吸显得沉重而且杂乱。很久以后潘水擦了一下耳朵，可能因为那里有羽田刚才喷出来的口水，让潘水觉得很不舒服。

接着潘水又扣好胸前那颗被羽田解开来的扣子，然后还整理了一下散乱的头发。潘水说，这里不行，这里会被人撞见。

我昨天夜里已经给了你机会，你为什么不露面？羽田说完这句耸了耸肩膀。但他随即听见潘水说，今天可以，今天找个没人的地方，我不想去旅社。

潘水说出这句的时候身子抖了一下，她很惊讶，那是自己的声音吗？自己怎么就说出了这么不要脸的一句话？

那一刻潘水并不知道，事实上陈昆就在赶回宁波的路上。她只是在想，陈昆为何今天中午还是没有过来食堂用餐，陈昆这两天到底死到哪儿去了？为何她找遍了宪兵队，也去了呼童街，还去了唐书影的家，却是始终没有见到陈昆的影子？这样一个会突然失踪的领导，不是一个好领导。

夜里九点，潘水出现在宪兵队食堂的养鸡棚里，她一个人坐在石条凳上，在等候着羽田的到来。养鸡棚其实是一处简易用房，外带一个院子，围墙拉了铁丝网，平常用巨大的铁锁把门。这里离宪兵队大院有两三里地，差不多位于城外，里头不仅养了一百多只生机勃勃的鸡，还有几头浑圆憨厚的肉猪，专门供应宪兵队食堂。

食堂人员分成五批，每天轮流过来养鸡棚喂鸡喂猪。所以潘水隔三岔五都会挑上两只木桶，木桶里晃荡着食堂清理下来的剩饭剩菜，当然也有并未下过锅的菜根和黄菜叶。每次潘水把铁锁打开，两只脚还未踏进，里头就传来肉猪和母鸡欢快的叫声。那时候猪已经等得十分心烦，嗷嗷叫唤，纷纷从木栏里拱出饥饿的脑袋，两片耳朵愤怒地晃来晃去，就等着潘水端过来热气腾腾的猪食。猪张开了嘴巴吧唧吧唧的时候，潘水又把菜叶菜根和一大把的稻谷扔向那群鸡，她被叽叽喳喳的鸡围在了中间，耳边的喧闹声响成一片，让她完全有了一种鹤立鸡群的感觉。

现在养鸡棚里并没有鸡叫声，因为贪睡的鸡都已经进入了梦乡，说不定在梦境中出现了肥沃的土地，土地上的植物，结出的不是果子而是无数的小虫子，这些小虫子肉嘟嘟的身子不停蠕动，让鸡们都兴奋得口水直流。鸡们在太不要脸的梦境中欢叫，潘水独自坐在石凳上，耳边响起的却是羽田宫二曾经跟猪一样卖力的喘息声。羽田宫二的板刷胡戳在潘水的脸上，他说，我不仅掌握了你的秘密，我还要掌握你。我问过打铁铺老板，你那天的表现很反常，你在跟一个陌生人接头。真是看不出来，你长得像一个下凡的仙女，没想到你还是一个老谋深算的间谍……

潘水想到这里不禁抬头，在她浑浊的视线里，望见的是夜空中几枚闪亮的星星。也不知道为何，此时她竟然感觉细小的星星很像一群飞舞的萤火虫。想到了萤火虫，潘水的眼里就不知不觉有了泪水。许多年前在奉化溪口镇老家，正是水蜜桃成熟的季节，夜里潘水坐在镇外一片清凉的草坡上，身边陪伴她的人名叫李云霄。李云霄就是她家的隔壁邻居，当然后来他是国军笕桥中央航校的飞行员。很多个日子里，他在杭州笕桥机场起飞，把成排的子弹和炮弹射向日军的九七式和零式战斗机。

那天镇外的草坡飘浮着无数的萤火虫，夜色仿佛被点点萤火照耀成透明，不远处传来隐隐的水声，那是一条流动得哗哗作响却让人十分安心的溪水。潘水清晰地记得，民国廿一年，十六岁的潘水依偎进十八岁的李云霄的怀里，她真希望以后的世界都是萤火虫的世界。两人那时候已经私订终身，后来李云霄送给她一张照片留念。他在中央航校从军几年以后，潘水的父亲让她嫁人，潘水只说了三个字，我不嫁。父亲说，这个不嫁那个不嫁，你到底想嫁给谁？潘水想了想，视线抬起，说，我已经嫁给了天空。父亲听见这句话大吃一惊，说天哪，你简直说出了像诗歌一样的语言。父亲细细琢磨这句话，后来好像有点听明白了，他说，我的小祖宗你傻不傻，走路还会不小心摔跤呢，何况那飞机是在天上，周围飞来飞去的都是索命的子弹。潘水听到这里还是说了那三个字，我不嫁！

潘水每次见到隔壁的李国货叔叔都会弯下腰去，十分恭敬地行礼。事实上这个威严的男人，不仅有镇上最大的一间茶厂,而且有六十亩水蜜桃。除此之外,他还拥有一个陈年的老婆,以及三个分别为十八岁、十六岁、十四岁的儿子。是的,他的大儿子就是十八岁的李云霄,自作主张地报考了中央航校,那是在民国廿一年的春天。李国货喜欢板着一张脸,在溪口镇长长的老街走来走去,他火眼金睛早就看出来眼睛大得像小灯泡的潘水,在跟自己十八岁的儿子李云霄眉来眼去。李国货承认潘水是漂亮的水灵的,但是潘水的爹是个箍桶匠,家里放满了各种水桶脚桶马桶,难道这么多桶能当饭吃,难道这就能配得上自己家里那么大的一间茶厂吗?李国货曾经警告过大儿子李云霄,那时候他冷哼了一声说,你给我记住,我们家一定要娶奉化县城里漂亮得体的女学生,至于眼睛大不大,是不重要的。因为眼睛大看出去的风景,和眼睛小看出去的风景其实是一样的。最好我的亲家至少有一份镇长以上的职位,如果不是当官的,那他至少也得拥有一间茶厂。到时候我们茶茶联合,一定所向披靡。

李云霄知道李国货看不上潘水,于是他就没敢把他和潘水眉来眼去的事告诉他。李国货见到潘水,连理也不理,甚至他开始不理会潘水的父亲。直到民国廿六年的某一天,潘水看到李国货搬出一把太师椅,像一个木头人一样微笑着坐在门口晒太阳。潘水依旧向他鞠躬,说李叔叔你是怎么做到除了偶尔眨一下眼睛以外,一动不动的。你没事吧。李国货转过头来，仍然微笑地看着潘水，然后眼泪也在此刻漫出了眼眶。李国货含着热泪神秘地说，我同你讲，我儿子李云霄是英雄。潘水神情一紧说，云霄怎么了，他什么时候当上英雄的？于是李国货站起身，拎起一只脚踩在太师椅上，眼眶含泪大笑起来，大声地吼，哈哈哈，哈哈哈，我儿子李云霄血战长空，壮烈殉国，尸骨无存，浩气长存，你就说说，你说悲壮不悲壮，你说英雄不英雄。

那天潘水的脑袋一直在嗡嗡作响，在她眼里，空中飞舞着无数的蜻蜓，像一群袖珍的飞机。后来潘水回忆起来，认为那嗡嗡声是战斗机的声音。从李国货有声有色的描绘中，潘水仿佛看到了那样的场景，一架飞机在空中中弹就要坠毁，李云霄本来可以跳伞逃生，但他选择了驾驶着飞机撞向日本人的指挥舰。甲板上熊熊的火光燃烧起来的镜头，在潘水的脑海里经久不散。潘水一生之中最漫长的流泪，就此开始了。潘水认为如果不是因为她身体里水分充足，那她早就哭干了眼泪。她肿胀着一对眼泡，泪眼婆娑地看到奄奄一息的李国货手中还握着一张信纸。潘水劈手夺过，看到上面有一行也只有一行她熟悉的字，我们的身体、飞机和炸弹，当与敌人兵舰阵地同归于尽。落款是，李云霄。

几个月后，当潘水的眼泪渐渐收干，她见到了站在门口的提亲的男人。男人来自塘堰村,是个忠厚老实的裁缝,姓严,叫严守家。那天严守家的左手提着两个南货包,一包红枣,另外一包是白糖,他就站在门口瘦瘦得差点被风吹走。他等候潘水回话的样子,像是一个心事重重的人提着两包中药。那时候潘水的父亲说,严先生回去吧,站在门口别冻坏了身子。但是严守家把红枣和白糖端端正正摆在了门槛上。严守家说,我明天再来,我今天先把人家定下的一件短褂给做了。作为全奉化县最优秀的裁缝,做好每一件衣裳好像是我的天职。

现在潘水擦去眼角的泪痕,抬头再次望向夜空时,感觉曾经的萤火虫已经飞得离她很远,几乎就是天人永隔。她莫名其妙地笑了一下,连自己都觉得笑得有点凄凉,而那扇破旧漏风的门板就是在这时候被吱呀一声推开,鬼鬼祟祟钻进来的人正是羽田宫二。

月光清瘦,洒在羽田宫二那张来自日本的脸上。羽田眨了眨眼,就在潘水起身去水池边洗手的时候,他迈出几个大步跟上,突然就抱住了潘水的后腰。羽田凑到潘水的耳根说,这个地方黑是黑了一点,不过还行,比较清静。这时候他感觉到潘水在挣扎,但是那种挣扎并不热烈。这样的挣扎显然是羽田喜欢的,就在他正要开始心花怒放时,潘水却猛地转身,手里抓着一把早就准备好的柴刀,不容分说穷凶极恶朝他劈了过来。

刀子在空中拉出一条暗哑的弧线，羽田只是听见一声呼啸，刀锋已经经过并且离开了他的脖子。一开始羽田并没有感觉到什么异常，只是感觉脖子上有点火辣。他知道那是被潘水割开来的一道口子，所幸流出来的血并不多，他不必为此而焦虑。这时候羽田咬了咬牙，正要夺过潘水手里的柴刀，却听见身后响起的脚步声，所以他诧异着转头时，的确见到了拦住他的两个男人。这两个男人并不是别人，而是在宪兵队养马的羊三坝，以及密探队财务室的会计张文新。羽田顿时觉得情况有点不妙，甚至有点糟糕，因为他刚才过来时麻痹大意，竟然忘了带枪。他也没有想到，当初潘水说找个没人的地方，可是现在拦住他的却是这么两个虎视眈眈的大男人。

羽田临危不乱地选择了跪下，两只手高高举起。当羊三坝朝他无比凶猛地踢出一脚时，他跌倒在地上后又迅速爬起，跪在那里继续求饶说，让我走吧，我会守口如瓶，因为刚才什么也没发生，包括以前的事情也一笔勾销。但是羽田话还没说完，就听见后脑勺再次响起一声呼啸，这次锋利的柴刀是完完整整地砍进了他的脖子，砍过来的时候还猛然响起咔嚓一声，可能是砍断了他的脖颈骨头。

羽田十分困难地转过头，看见的是依旧举着柴刀紧咬着嘴唇的潘水，柴刀在月光下闪闪发光，一同发光的还有刀刃以及刀背上的血。羽田留给这个世界最后的话是,潘水,我没想到漂亮的女人会有这么狠!

严守家在十五分钟以后出人意料地出现在了养鸡棚。他见到眼前的一幕觉得很惊讶,因为院子里除了潘水,还有羊三坝和张文新,却唯独没有他想要见到的人。严守家合上门板后一步步往前,他想知道这些人鬼鬼祟祟在忙什么。

事实上从这天傍晚开始,严守家就再次跟踪潘水。他还是觉得自己的妻子在外面有一个深藏不露的男人,不然昨晚为什么到了濠河旅社的门口,却没有进入旅社。她总不可能是要在半夜研究一下旅社的建筑风格,但也不可能想要幽会却突然临时反悔不进入旅社。潘水的行为让严守家百思不得其解,甚至想破了脑袋。昨晚他看到潘水离开旅社的门口要回家时,迅速收起望远镜,连滚带爬地跳上脚踏车先潘水一步回到家。严守家一回到家就钻进被窝,然后装作睡眼惺忪的样子为潘水开了门。他看到潘水回家以后还一声不吭,摆出一副受委屈的样子,心头就不由得一阵冷笑。他给自己定下的战术方针是,以静制动,继续跟踪。所以这天夜里九点不到,严守家一路跟踪潘水来到养鸡棚附近。他看见潘水推门进入,然后身影就在门板后消失。那时候严守家并不想破门而入,隐秘的斗争经验已经告诉他,必须待在暗处静观其变。果然没过多久,严守家就看见骑了一辆脚踏车过来的羽田。羽田宫二的身影在脚踏车上一抖一抖，路上还吹着不成调的东洋曲目的口哨，他最后把脚踏车扔在坡底，然后就猫着身子兴致勃勃向养鸡棚靠近。那时候严守家想，潘水啊潘水，这回看你怎样逃过我明察秋毫的眼睛，你就是有一千张嘴巴也说不清。

现在严守家分明看见地上一摊汪洋的血，因为血在模糊的月光下还是呈现着鲜艳的红色。而许多被吵醒的鸡此刻正非常兴奋，在啄食那些来之不易的血。血水黏稠，被夜里加班的鸡啄得丝丝缕缕。望着那么多的血，严守家想，难道这些人是刚刚杀了一头猪？然而与此同时，在那场浓烈的血腥味里，严守家又看见剥了衣裳的羊三坝正举着锄头在院子里挖坑。土坑已经挖得蛮深，而另外一边，潘水正跟张文新一起，试图抬起一具什么，好像要将那沉甸甸的东西埋进坑里。其间张文新因为用力过猛，那东西又从他手里滑了出去，以至于他身子一歪，戴在鼻梁上的眼镜又掉了下来。

夜色浓稠，有限的月光并不能给严守家的视线带来很大的帮助。严守家想，难道杀了一头猪又要把它给埋了？这又是什么道理？

在这场短暂又琐碎的时间里，潘水早就用眼角的余光见到了缩手缩脚走过来的严守家。此时潘水头也不回，恶狠狠地说，愣着干什么？帮我埋了！

严守家在如此陌生的声音里站定，奇怪这个来自奉化溪口镇上的箍桶匠的女儿为何如此强悍。他又上前几步，试着望向潘水的脚边，终于看清那摊血的背后，躺在那里的竟然不是一头猪，而是死翘翘的羽田。月光下的羽田血肉模糊，已经成了一具无比真实的尸体。严守家顿时目瞪口呆，他差点叫出声来，最后只能张大眼睛捂住了自己的嘴巴说，我的天哪，我的天哪，我的天哪……

潘水于是说，你究竟想说什么？

这一次严守家鼓足勇气，口齿清晰地说，潘水我小看你了，没想到你杀人如麻！

38　望远镜

第二天上午也没有什么异常，清晨的阳光也准时地抵达了宁波。陈昆一大早就去了宪兵队，他去食堂里用早餐。那时候站在玻璃窗后面的正是潘水，隔着一层玻璃，潘水从窗口里递给陈昆两个馒头，又给他打了一勺稀饭。陈昆接过盆子后说，怎么这么少？潘水就给他又加了一勺稀饭。她看着陈昆的脸说，陈先生这几天都没过来食堂，要不要来点酱菜？

陈昆点了点头。看到潘水的目光，仿佛欲言又止。徐志就站在陈昆的背后，他一直在观察着陈昆的异常。陈昆就离开了窗口，他听到徐志正在窗口和潘水说话，他说潘水我同你讲，其实你是可以研究一下徐志摩的诗歌的。我觉得《猛虎集》这本诗集，并不能代表徐志摩诗学艺术的最高境界。潘水你说呢？潘水什么也没有说，她只是望了坐在饭厅某个角落里的陈昆一眼，猛地把玻璃窗口的门给合上了。

吃完了早饭陈昆就出发了。他带上缉私队人员去了外滩和码头，也去了几家重点商铺，路上一直给手下介绍在上海见到的一些新鲜事。比如说永安百货一楼的旋转门，人走进门叶里边，身后转过来的玻璃会推着你走，你看好脚下的路走着走着，最终发现一直在转圈。这时候赶过来的门童就很不耐烦地伸手，使劲把你给拽了出去。此时你已经站在了商场里边，却听见门童的嘴里骂出一句香河宁。他是在骂你没有见过世面，是乡下人。

陈昆带着一帮人在一个露天西点店里喝咖啡。喝咖啡的时候有人提起，昨晚思想科特务组的羽田宫二彻夜未归，也不知道去了哪里，他们组长正在到处找人。陈昆有一句没一句地听着，抬头去看上午的阳光，阳光正儿八经落在咖啡杯上，把他端杯子的手晒得很暖。陈昆说，羽田不会是解手的时候掉进茅坑了吧？

中午陈昆还是去食堂吃饭，他拎着饭盆排在唐一彪的后面。唐一彪问他在上海到底买了哪些东西，还责怪他两个人都回来了，也不知道过去跟他讲一声，好像这都已经自立门户跟他分家了。陈昆说这你怎么能怪我，你应该怪你妹妹唐书影。还说我在上海给你买了一把剃须刀，美国进口的吉列，改天送到家里去。我同你讲，用了这样的剃须刀，你每根胡须都会感觉到幸福。

这时候陈昆见到了赶过来的思想科特务组的组长，组长阴沉着一张脸，手上牵了一条高大又威猛的狼犬。许多等候打饭的人都诧异着让开，组长也就此带领几名手下很快走到了队伍的最前面，他敲了敲挡在面前的橱窗玻璃，勒令食堂所有打杂人员都出来。

陈昆看见潘水跟那些炊事员站成一排,她腰间还围了一条比较油腻的围裙。那时候特务组组长的目光从眼前所有人的脸上掠过,然后他喷了喷鼻子,又蹲下身子摸了摸军犬的脑袋。军犬全身黝黑,每天的伙食很好,据说一日三餐都有牛肉,所以肥硕的样子简直就像一头熊。

接下去组长牵着黑熊一样的军犬,从潘水那帮人的最左边出发。于是军犬瞪大了血红又圆鼓鼓的眼珠,它耷拉着稍微有点上翘的尾巴,鼻子在第一个洗菜工的身上嗅来嗅去,仿佛天生就跟这个人有仇。

那时候陈昆看见,潘水的目光一直在躲闪,她根本不敢望向勤奋又卖力的军犬。陈昆意识到可能有什么事情就要发生,因为他看见潘水远远地望了他一眼,那种灰蒙蒙的目光,似乎是在身陷绝境时向他求援,也可能是在向他告别。

果然,陈昆听见军犬突然就爆发出一声愤怒的吼叫,接着那家伙就像一道迅猛的闪电,发了疯一样朝着潘水扑了过去。潘水即刻被扑倒在地上,她眼前是军犬两排锋利的牙齿,军犬的吼叫声响彻在耳旁,那种声音仿佛来自地狱,让她感觉震耳欲聋。如果不是特务组组长及时收住抓在手中的铁链,此时的军犬可能已经张开大嘴咬向了潘水的那张脸。

在密探队队长唐一彪的记忆里,这天潘水被扑倒时,他好像感觉站在自己身后的陈昆莫名其妙扯了他一把，那种样子似乎是要将他扯开，然后冲上去救人。唐一彪很纳闷地看了陈昆一眼，看见他脸色惨白，好像是刚刚经历了大病一场。唐一彪说，你这是要干什么？此时陈昆蒙在那里，站身的位子已经跟唐一彪并排。他在思绪慢慢醒转的时候恍惚着说，快要把我吓死了，我这辈子最怕的就是狼狗。

你既然怕得要死，那还傻乎乎地往前面去挤？

陈昆垂头丧气擦了一把汗，笑起来的样子就跟哭出来一样。他说，你不知道什么叫晕头转向吗？

说完陈昆干脆一屁股坐在身边凳子上。他无法知晓到底发生了什么，只是看见披头散发的潘水已经被特务组的几名手下不容分说拖了出去。然而从头到尾这么长时间，陈昆始终没有听见潘水发出一丁点声音，她没有哭喊，甚至都没有抽泣，仿佛是在按部就班地表演一场完全虚构出来的无声电影。

潘水被拖到屋外，许多条枪指着她。她无可奈何蜷缩在地上，像是一个被雨浇透的软绵绵瘫倒在地上的稻草人。只有她大而明亮的眼睛，仍然在忽闪着。在大部分的时间里，她主要用她的眼睛张望着一无所有的天空。

陈昆是到了后来才知道，原来潘水出事就是跟失踪的羽田宫二有关。

这天一大早，特务组组长就带人四处寻找羽田的去向。那时候他脸上阴云密布，心头隐隐有了不安，因为手下单独外出并且彻夜不归，这在宪兵队是从来没有过的事情。军犬很快被送到了羽田宫二的宿舍，这狗东西精力旺盛，只是埋头稍微嗅了一下他的床铺以后，就开始被送往跟宪兵队有关的任何地域，当然包括最后才被组长想起来的宪兵队养鸡棚。军犬很快被送到那里，对着上了锁的门板一阵狂吠。最后他们很快在养鸡棚的一堆稻草下面，发现了懒洋洋躺在那儿的一辆属于思想科的脚踏车。

组长阴森的目光，环视着养鸡棚的每一个角落。所有的猪和鸡如临大敌，顷刻间乱成一片，仿佛在感叹着这世道的不安宁。不仅长大了养肥了要被宰了吃，而且还要受到这种突如其来的惊吓。特别是那条黑背狼狗，同样作为动物，为什么它威风凛凛的样子看上去多少有点儿狗仗人势。最后军犬吐着舌头，气定神闲地反复兜圈。在狼狗垂下脑袋不停呜咽，并且用前脚刨动泥土的地方，特务组人员的锄头挖了下去，没想到真的挖出了羽田破棉絮一样的尸体。他的脸上都是泥土的碎屑，眼睛空洞而无力，像死去多时的鱼的眼睛一样，无力地望向苍白灰暗的天空。

对潘水的审讯很快在宪兵队地下室里进行。在审讯之前，唐一彪、徐志和陈昆被叫到了松本队长的办公室。松本像上次一样,仍然专注地洗着他的茶碗,看上去好像他不是宪兵队队长,他的职业其实是泡茶。他一边洗着茶碗,一边轻声说,唐队长,如果你们三个人审不出潘水来,那你们本身就有很大的嫌疑。你们可能是共党,也可能是军统,更可能是潘水的同党。

难道不是吗?这时候的松本洗好了碗,他斜着眼睛看了唐一彪一眼说,宪兵队政务科、思想科、特高课除了各有一名翻译以外都是日本人,只有密探队、食堂和后勤有中国人。现在潘水有可能就是抗日分子,杀害了思想科特务组的羽田。你说作为密探队队长,你是不是有同党的嫌疑?

唐一彪和徐志、陈昆站着不说话。松本队长突然笑了,他走过来,用潮湿的双手替每一个人整理着衣领,然后亲切地说,去审潘水吧,审个水落石出。审出来了,我请你们喝茶。

潘水形同一个衣衫褴褛的木偶,被拴死在牢固的刑架上。她左右两只手被头顶不同方向的绳索所牵引,所以高高地举起在空中,那种样子,仿佛她是撑开双臂正在河里游泳。

刑讯人员的一顿皮鞭下去,出现在唐一彪、徐志和陈昆眼里的已经是一个皮开肉绽的潘水。之前那张姣好的面容，以及藏在衣服里头的那些光洁的皮肤，此刻已经成为一段不堪回首的历史。飘过来的血腥味在唐一彪的鼻子里钻进钻出，那种新鲜的味道很猛，让唐一彪想起，之前曾经无数次目睹潘水在食堂门外杀鸡。他记得潘水握着手里的菜刀，只是在鸡脖子跟前一抹，血就热情洋溢地喷了出来。

现在唐一彪捏了捏鼻子，他上前两步，最终又退了回来，所以还是站在那里跟潘水保持了一定的距离。唐一彪说，潘水，人真的是你杀的？你在食堂杀杀鸡也就好了，没想到你的兴趣竟然是杀人。

潘水试图把眼睛睁开，但是她肿胀的眼皮也被抽打得皮开肉绽，眼里还渗进了许多血，所以她的眼皮只能勉强撑开一条缝，似乎气若游丝般张望着唐一彪。在潘水沾血的视线里，此刻的唐一彪是红晃晃的，身影也是歪曲的。看上去，不停摇晃着的红色的唐一彪现在几乎是她的梦境。她让自己休息了一下，然后并没有开口，只是很确定地点了点头。

那你为什么要杀他？唐一彪的手指抚摸着下巴，又说，难道你是小蜻蜓的同伙，你是抗日分子？

潘水嚅动了一下满是血水的嘴巴，最后摇了摇头，她用虚弱的声音很无奈地说，羽田想强奸我。

唐一彪忍不住笑了出来，他说没想到你会讲出这么一个理由，我差点就要相信你了。

接下去唐一彪让人把潘水从刑架上放了下来，又让刑讯人员给她端去一条凳子，然后再给她洗脸。洗完脸的时候，唐一彪把晃荡在脸盆里的血水倒了出去，还给潘水递过去一条干毛巾，让她用上很长一段时间，慢慢把自己的脸擦干净。等到潘水渐渐恢复了一些元气，唐一彪才戴上一双白手套，取来从养鸡棚里搜出来的那把柴刀。他说潘水，这把柴刀上面的确有你的指纹，还有并未洗干净的属于羽田的血。你现在可以告诉我了，是谁帮你杀了羽田？

潘水说，没有人帮我，就我一个人。其实我在食堂干活，力气大得不得了。我连老虎都能打翻，不信你们放一只老虎进来试试。

你真是吹牛皮不打草稿，你能独自杀了羽田？你觉得我会相信吗？

潘水的眼泪掉了下来，但她又很没有理由地笑了一下说，如果有人想强奸你，你是不是也会想尽一切办法杀了他？用上吃奶的力气。

唐一彪听到这里愣住了，他觉得潘水这话有问题，但又好像没有问题。没想到这时候站在一旁一同参加审讯的徐志忍不住了，他大笑不止地说，这世界上根本没有人想强奸唐队长，只有唐队长想强奸别人。这话让唐一彪很不满，事实上除了情投意合的何婉玲，他并没有和其他什么女人有染。这样想着,唐一彪就有些恼怒地走到墙角处,提过来一把硕大的铁榔头。他一双手握住榔头柄,举起在空中掂了掂分量,然后就让人把潘水推到一个水泥台前,又将她的一只手按在了台面上。

唐一彪说,潘水你如果还想留下这只手,那就赶紧告诉我,你的同伙是谁?如果你老实交代,那么不仅你的手可以留下,我还要额外赠送你一瓶百雀羚。

潘水看着被人按住的手,手掌和手指仿佛已经离自己很远。她泪流满面着说,羽田想强奸我,你们为什么就不信,不然他怎么会一个人去臭烘烘的养鸡棚?难道他是想要练习中国功夫,他是想要闻鸡起舞吗?

站在一边的陈昆一言不发,他其实是无能为力,只好眼睁睁地看着漂亮的潘水变成一个血人。这时候铁门咣当响了一下,陈昆看到严守家被两名审讯人员推了进来,他的脖子上仍然挂着一根皮尺,仿佛他是全天下最敬业的裁缝,有永远也忙不完的活。他看见眼前的一幕,顿时吓得跪了下去。唐一彪掏出手枪,枪口顶住严守家的脑门,他厉声问潘水,这个人是不是你的同伙?潘水望向跪在地上失声痛哭的丈夫,她说唐队长,你看他那副怂样子,他连踩死一只蚂蚁都不敢,生怕蚂蚁们报复,密谋以后召集全家把他连夜抬走。连蚂蚁都怕的人,他还敢杀人吗?

此刻握在唐一彪手里的铁榔头已经彻底举了起来。他让刑讯人员把潘水的那只手按紧，然后喘了一口气说，潘水我再问你一次，到底谁是你的同伙？

潘水转头，说，羽田想强奸我，我没有同伙。

唐一彪手中的铁榔头终于第一时间抡了下去。榔头撞击向水泥台，严守家听见一声巨大的轰鸣，同时听见妻子潘水爆发出剧烈的嘶吼。惨烈的声音让整间地下审讯室摇晃震动，严守家在那场劫难中看见喷溅出来的血，也看见飞出去的手指头，以及一片一片飞翔的碎肉。这时候严守家跪在那里摇摆了一下，随即就整个人晕厥在了地上。

那天的陈昆眼前经久不散地飞溅着皮肉的碎屑，他突然觉得以前轻看了潘水。

三天后的那个清晨，陈昆看见严守家推了一辆非常破旧的平板车，像个孤魂野鬼一样飘忽着走进了宪兵队大院，然后又向地下刑讯室的门口走去。严守家是过来给潘水收尸的。潘水就像一枚敲不断的铁钉，从头到尾什么也没交代，到了最后她还用那只健全的手举起地上那把作为物证的柴刀，企图想要砍向继续折磨她的唐一彪，那时候站在一旁的徐志慌不择路，朝她糊里糊涂射出一枚子弹，这枚子弹也恰恰满足了潘水求死的心愿。

站在宪兵队院子的那只篮球架下，陈昆目送着平板车的离去。严守家走到宪兵队大门边的时候，远远地回头望见了陈昆，他们什么话都没有说，只是对视了一眼。这一天的严守家没有悲伤，反而微笑了一下。陈昆望见车上躺着一个盖了一层白布的潘水。白布勾勒出潘水的身形，虽然它盖住潘水的脸，但陈昆可以想见，曾经自称嫁给了天空的潘水，她的那双远近闻名的大眼睛透过那层白布，望向了一九四五年遥远又广袤的天空。

平板车在陈昆的视野里消失，一路推出南城门。城门外有个马夫牵了一匹马，正在那里等待严守家的到来。马是严守家高价雇来的，如果不是出了大价钱，让自己的马去运送一个被宪兵队抓捕的抗日分子的尸体，马夫不可能会答应。

马拖着平板车，在崎岖的路面上晃荡，一路走向了奉化的溪口镇。路上严守家坐在妻子潘水的旁边，一边赶马一边掉眼泪。马车到了没有人的乡下，在崎岖的泥路上摇摇晃晃。严守家看着躺在白布下的妻子，弯下腰去把白布被风吹起的边边角角给塞牢。他见到了潘水被唐一彪砸碎的那只手，骨肉分离，看在眼里就感觉更加心痛。严守家在摇晃的马车上，觉得有话要说，于是他不停地说着话。严守家说潘水我怎么这么傻，我怎么会同意你去宪兵队的食堂。我每天在家里做裁缝赚钞票，你帮我数数钞票就忙不过来了。我一身手艺，我难道还养不活你吗？我觉得凭我的本事，养活十个一百个你都不在话下。严守家说，我的手艺和金德钦比也差不了多少,虽然他作为奉帮裁缝的大师傅为蒋委员长做过衣服,但那又怎样呢?他能娶到像你这样漂亮的老婆吗?他的老婆敢砍人吗?肯定不敢呀,给他老婆一百个胆子也不敢。严守家还说,潘水你根本不用去宪兵队食堂受那个罪,你每天给我烧饭做菜,我喜欢吃你烧的油豆腐包肉。喜欢得不得了,我觉得吃了油豆腐包肉,简直可以长生不老。

马车就在这样的晃悠中,慢慢到了奉化,快要到达潘水老家溪口镇。严守家把马赶向了一片向阳的山坡,山坡的南边是一面清澈的湖泊。严守家从马车上捧出一把锄头,开始给潘水挖一个方方正正的坟坑,而且要尽量挖得更深。坟坑挖好后,严守家给潘水换了一套衣裳。衣裳是新的,是严守家接到宪兵队的收尸通知后,连夜亲自做的,用了上好的真丝布料。严守家抱着一身新衣的潘水,小心翼翼把她抱进了一口薄棺。他把潘水的身子摆得很端正,完了又检查一遍,生怕胳膊肘或者脖子处会不会有点扭曲,那样潘水躺在地下就会很不舒服。直到一切料理停当,严守家从兜里摸出一张照片,是之前被他剪断的那张飞行员李云霄的照片。照片已经被严守家用米汤和一片红纸粘在了一起,看上去就跟原来的一模一样。

严守家把照片塞进潘水的手里,后来想了想又把照片取出,摆在她的身边。严守家说,潘水你不能一天到晚老是看这张照片,你以后也要分出一点时间想想我。我这么说的意思,你应该听明白了。

土层盖好的时候,傍晚也来临了。那时候严守家看着眼前多出来的这个新鲜的坟包,才感觉肚子饿了。但是严守家并不急着吃干粮,他虽然走去了马车旁,却是从布袋里掏出了一副望远镜,也就是在过去的日子里他经常用来跟踪监视潘水的那副镜片碎裂的望远镜。他在山坡上摇摇晃晃往下走了几步路,差不多走到那片湖边时,他才使出身上剩下的最后一点力气,将望远镜远远地甩出,扑通一声扔进了湖里。

那时候严守家回头,看见那匹从宁波一路走来的马正假装不经意地望着他,它十分好奇严守家这个败家子为什么要把贵重的望远镜给扔掉。严守家于是重新爬上了山坡,然后走到马的跟前对着马的眼睛说,马,我同你讲,我以前是个糊涂的男人,做了很多很多愚蠢的事,可惜现在后悔也来不及了。人往往都是这样的,一生都生活在各不相同的后悔中。那匹马其实根本没有理会严守家,它知道严守家肯定不会马语。于是严守家接着对马说,我知道你这个家伙对这事根本就是漠不关心,你大概只关心你的草料吧。这一点我很佩服你,这一点简直和人是一模一样的。

严守家在第二天回到了宁波。回到宁波后他就开始关注陈昆的去向，他觉得陈昆浑身上下，就连头发丝都充满了秘密。有一天他看见陈昆带缉私队离开宪兵队，去往一家蓬莱春菜馆查鸦片，于是就一路跟踪了过去。

在蓬莱春，严守家躲在一旁暗暗监视着陈昆。他看见陈昆一个人去了洗手间，就急忙跟了上去。进了洗手间以后严守家把门板反锁上，等到被转头的陈昆发现，他又整个人靠在门板上，好像要截断陈昆的退路。陈昆不知道发生了什么，一时陷入了迷茫，但他听见严守家说，喂，姓陈的，我想加入你们的队伍，我要替潘水报仇！

陈昆故意说，什么队伍？你难道想加入缉私分队？你不好好地做裁缝，你就想着中饱私囊。严守家就说你不要跟我装糊涂，我在天宁寺附近的香烛坊里见过你，那家香烛坊是一个十来岁的傻孩子开的。有天夜里你也去过我家，跟潘水叽里咕噜说了好多话。那天你跟我说很多事情不用知道，以后自然会慢慢知道。那么现在我全都知道了，你的队伍为何又不收下我？是不敢吗？难道你胆子比我还小？

陈昆说我不知道你在胡说什么，我的队伍正在外面查鸦片，请你让开。这时候严守家却直接在洗手间里跪了下去，跪在了肮脏又尿骚味十足的瓷砖上。严守家说，我不知道怎么称呼你，但你要是不同意，我等下就去宪兵队找松本队长告发你，我知道你跟羊三坝，还有密探队财务室的张文新混在一起。你们这几个不怕死的抗日分子，全都是一伙的。

严守家跪在那里始终不肯起来，最后又威胁陈昆道，你要是把我逼急了，说不定我还真的会去告发你，你到底信不信？你能不能假装尊重我一下，现在搞得我对你的威胁，一点也没有威力。

陈昆只能摇头，摇头的时候说，我真后悔认识了你。你知道吗，宪兵队已经有很多人在怀疑我，我现在自己都是泥菩萨过江自身难保。

严守家听到这里总算安下了一条心。他从跪身的瓷砖上站起，拍了拍两个酸痛的膝盖，随即说，泥菩萨，你这个外号真不错。那你现在就算是答应我了！

39 唐一彪

陈昆说的泥菩萨过江并不是危言耸听，事实上他已经切实感觉到了身边的危险。这样的意识来自唐书影的提醒，有一天唐书影告诉他，唐一彪竟然要她从呼童街108号搬回家里住，唐一彪甚至还跟唐书影说，结婚不需要那么急，两个人可以再相处一段时间。

唐一彪之所以有这样的转变，当然是因为那天在宪兵队食堂，当军犬扑向潘水时，陈昆那种表现多少显得有点离奇。之前松本队长和徐志他们对陈昆的怀疑，唐一彪一直认为是捕风捉影，他甚至在松本面前夸下海口，如果陈昆真的有问题，他愿意以死谢罪。他不会忘记，那天松本笑眯眯地跟他讲，这可是你说的。

正因如此，唐一彪在审问潘水的时候，曾经有一次抓住机会单独接近过她，想从她嘴里套取到一些信息。那次唐一彪一边在审讯室里踱步，一边跟潘水说，现在外界有传言，你的同伙就是陈昆。他说，我希望你跟我说实话，这样我才能有所准备，看看接下去该怎么挽救陈昆。因为你也知道的，陈昆毕竟是我未来的妹夫，我们其实都在同一条船上。

潘水并没有被唐一彪引入误区。她还是那么说，我只是杀了一个想要强奸我的男人，事情没有你们想的这么复杂。

唐一彪觉得真正复杂的人是潘水，她越是不愿意松口，就说明这里面越有问题。他也是没有想到，这么一个食堂烧菜打饭的女人，除了眼睛大得出奇，竟然心里有那么多的花花肠子。唐一彪决定不能再等了，要私底下独自开始对陈昆的调查，因为只有私底下调查，他才能为今后的腾挪转移准备好足够的空间。毕竟陈昆是由他推荐进宪兵队的，而待在陈昆身边的人，又是他的亲妹妹唐书影。如果出了什么岔子，他怎么对得起从小就令他感到害怕但却又有着一丝温暖亲情的地下的父亲。再加上如果陈昆真的有什么问题，那么说不定松本可能真的会拿自己开刀。

五月里的一天夜里，陈昆记得月明星稀，只有夜色像黑色的绸缎一样，流淌得轻柔而熨帖。陈昆跟海叔接头了，地点就在他呼童街住处的附近，一家新开的茶楼里。这次是海叔约陈昆见面，因为海叔接到上级通知，接下去要变换身份转战去杭州。海叔一是跟陈昆告别，二是交给他一个新的任务，希望他尽快从宪兵队里窃取到一份文件，那是由驻守宁波城的日军独立混成第91旅团制定，需要日军13军第133师团配属部队，伪军第10师谢文达部队联合行动，宁波宪兵队作为先头部队配合的作战计划。这份计划,是即将对四明山浙东新四军游击纵队进行彻底围剿的一个全方位作战部署,名称是"换糖计划"。

天气已经有了一丝燥热,这让陈昆出了不少的汗,浑身黏糊糊的很不舒服。但海叔那天的心情却是不错,海叔说我以前奉命在上海的交通线工作,后来调到宁波,现在需要去往杭州的地下交通线工作。陈昆沉默了一会说等你去了杭州,我们还会见面吗?海叔说,你这话是什么意思?陈昆愣了一下,立马就笑了,他没想到自己随口一说的无心快语,却让海叔听出了其中的不祥。他又笑呵呵地把眼前的茶盅举起,一双手捧在空中,说,两年了,以茶代酒,海叔我敬你一杯。

陈昆这天是提前离开茶楼的,离开之前他跟海叔有过一个短暂的拥抱。路上他把衬衫的扣子解开一颗,为了让夜风顺利地吹进怀里。他在想海叔的那句话,抗战终究是会胜利的,看目前的形势,也许已经用不了多久。想到这里陈昆就觉得心里一阵凉爽,他在想的是,可能不用再过多久,自己就能跟傅灿灿还有朱大米团聚了。那样的团聚是正大光明的团聚,不再是遮遮掩掩的,一家人只能避开外人的眼睛,躲在白衣巷租来的房子里。

回去的路上,陈昆一步一步走得很踏实,前面就是呼童街108号,他已经见到了门口的灯光,灯光里站着正好出来丢垃圾的唐书影,那种样子像是在迎接他回家。然而也就是在这时，陈昆突然听见了一记枪声，枪声听起来有点破碎，似乎就来自刚才茶楼的方向。陈昆当即停住脚步回头望去，没想到紧接着又是一声枪响，然后就是远处巷子里此起彼伏的狗叫声。

枪声让陈昆惴惴不安，他感觉脑门抽了一下，随即身上就再次冒出了一层汗。

陈昆的判断并没有错，枪声的确来自他刚刚离开的茶楼的方向，而且是跟海叔有关。他更加不会想到，开枪的人会是唐一彪。

最近几天里，唐一彪经常有事没事去找陈昆的缉私分队手下聊天，聊完了天又去找个地方喝点小酒。喝酒的时候唐一彪会跟那些人不露声色地打听，了解陈昆平常哪里去得比较多。缉私分队的人员也说不出一个所以然，只是觉得陈昆有时候蛮喜欢听说书，他还喜欢去故事海说书场。

唐一彪记住了这个说书场，并且暗地里开始观察说书场里看似气定神闲，但实际却有点神秘的海叔。这天晚上他跟踪海叔来到茶楼，却没有进去，而是一直坐在茶楼对面的一个夜宵摊前。果然没过多久，唐一彪就见到了过来这里的陈昆。然而哪怕是这样，唐一彪还是没有进去茶楼，他怕自己的身影会暴露。在夜色的掩护下，唐一彪围着茶楼走了好几圈，透过门口和茶楼大堂的窗口，他确定陈昆并没有坐在大堂，同时大堂里也没有他想要见到的海叔。

除了正门面对宽敞的马路，茶楼的左右两侧及后门都有小路相通。接下去唐一彪就开始关注位于小路边的每个包间的窗户，他发现那么多的包间，只有其中两个拉上了窗帘，而且窗帘始终没有掀开。唐一彪蹲在那两个包间的窗口下，分别聆听了很长一段时间，最后他在其中一个窗口下，听到了几个女人共同爆发出来的欢笑声，令她们感到开心的，是现场有个婴儿在茶桌上当众撒了一泡尿。唐一彪听到这里就离开了，他知道这个包间里全都是叽叽喳喳的女人，那么情况很清楚，剩下的那个包间里，坐在一起的很有可能就是陈昆和海叔。

唐一彪回到夜宵摊前，很耐心地在等。后来他看见了从门里走出来的陈昆，门里门外灯光明暗的巨大反差，似乎将陈昆的身影切割成两半。但是出来的只有陈昆一个人，所以唐一彪并没有动身，而是坐在那里继续等。

差不多是十五分钟后，唐一彪终于见到了走出来的海叔。海叔是朝陈昆离开的另外一个方向走去的，唐一彪认为机会来了，所以他当然就跟了上去。唐一彪几乎是一路小跑过去的，毕竟这是在宁波，属于他密探队的地盘，而且海叔看上去又是一把年纪弱不禁风，他有十足的把握将这个半老头子给抓捕。

海叔是在一个昏暗的路口被唐一彪给叫住的,那时候唐一彪直接喊了一声海先生,请你等一等。起初海叔并没有意识到有什么危险,他以为是半路上遇到了一个熟人。但是海叔停下以后转身,第一时间见到的就是一个黑洞洞的枪口,枪口恰好指向他的脖子,枪的主人从后腰间取出一副手铐,就要给他铐上的时候说,不要紧张,夜晚那么漫长,我只是想跟你坐下来聊一点私事。

海叔当然认得唐一彪,知道他是宪兵队的密探队队长,也知道他是唐书影的哥哥。海叔迅速想明白了,眼前之所以有这么一出,肯定跟自己刚才和陈昆的接头有关。所以海叔并没有犹豫,他在第一时间里身子一缩,然后就侧身抬腿,朝着唐一彪狠狠地踢了过去。他踢出去的脚掌有着令唐一彪意想不到的力量,正好踢中了唐一彪拿枪那只手的手腕,以至于唐一彪握在手里的枪顷刻间飞了出去,最后又恰巧掉落进了唐一彪身后不远处的一口水井里。

这时候海叔开始奔跑,他奔跑的速度同样出乎唐一彪意料。但是海叔没有想到的是,唐一彪这天竟然带了两把枪,所以他那时尚未奔出那条巷子,就听到了身后突如其来的一声枪响。

子弹射中海叔的左腿,擦着他腿部的肌肉十分凶猛地穿透了过去,所以海叔在拼命奔跑的时候像是突然被人拽住，然后就无可救药地倒下。倒下以后海叔咬紧牙关，差不多在地上躺了有二十秒钟。他知道仅仅是皮肉之伤，所以就努力撑起，然而他就要趔趄着身子继续往前逃脱时，志在必得的唐一彪却朝他射出了第二枚子弹。

唐一彪的这枚子弹是故意射偏的，因为他想留下好不容易被自己堵住的活口。开枪以后唐一彪对着海叔歪斜的背影说，你倒是跑啊，我看你还能跑出去多远。

说完唐一彪举着那把枪，一步一步朝海叔靠近。他看见漫延在海叔脚下的血，也渐渐听清了海叔沉重又痛楚的喘息。

陈昆就是在这时候赶到的，刚才听见连续两声枪响，他奔跑过来的时候就无比迅速，而且方向也十分准确。他在巷口那个水井前刹住脚步，果然见到中弹的人是海叔。路灯一闪一闪，海叔扶着身边的墙，身子勉强没有倒下。而此刻用枪指着海叔的人是唐一彪，唐一彪的枪口顶住海叔的脑门。

唐一彪说，信不信我这就开枪崩了你？

陈昆没有犹豫，子弹当即射了出去。而此时，紧随他的唐书影也正好赶到现场。刚才在家门口，唐书影看见陈昆朝着枪声的方向奔去，就知道肯定是出事了。唐书影一路奔跑，始终悬着一颗心，现在当她终于赶上了陈昆时，却听见又一声枪响。枪声震荡着唐书影的耳膜，她定睛一看，瞬间在那场混沌的声音中崩塌，整个人魂飞魄散，陷入巨大的迷茫。唐书影就是有一千个脑袋也无法想到，此刻开枪的是一起生活在呼童街的陈昆，而对面中弹倒下的人，竟然是她的哥哥唐一彪。

　　子弹命中唐一彪的头颅，所以他的小半个脑袋在顷刻间炸裂开来，像夏天被一拳击爆的西瓜。那一刻唐书影浑然不觉跪倒在地上，嗓子里发不出任何声音，眼里看见的是满世界的血。那个童年一起在宁海县生活的哥哥露出一口白牙，回过头来朝她笑了一下，然后整个人影慢慢淡去，消失。唐书影再仔细看的时候，是倒在地上如一条滚满了灰尘的鱼……

40　浮云散

那天宪兵队接到报警电话赶到现场时，看见的只有躺在地上的唐一彪的尸体。路灯惨白昏黄的灯光就像一层薄纱一样，覆盖在唐一彪的身上。唐一彪是侧躺在石板路上的，他的太阳穴被轰出一个巨大的窟窿，鲜红的血飞扬跋扈，连同那些喷溅出来的脑浆，溅满了四周。而唐一彪的一双眼睛十分空洞地张开着，像是另外两个窟窿，始终望向压在他脸颊底下的那块四四方方的青石板。

因为是深夜，居住在周围的百姓不知道发生了什么，他们只是听见了三声枪响。人越聚越多，在宪兵队的询问下，很多人说枪声过后，他们一时间也不敢打开门窗，所以的确是什么也没见到。

而这样的时间里，陈昆和唐书影已经回到了呼童街的108号。两个人上了二楼，唐书影始终没有回过神来，眼里只有飞过去的子弹，喷溅出来的血，以及一枪毙命的唐一彪。陈昆赶紧换了一件衬衫，他的衬衫缺了一截袖口。为了不让楼下的吕美珍和吕大鹅听出有什么异常，他又把新买的马可尼落地式收音机打开，并且开到了比较响的音量。这时候他终于把惊魂未定的唐书影搂住，深深地搂进怀里，一次一次抱得更紧。此时陈昆没有说一个字，但他听见唐书影开始哭了,声音类似于一个人在窒息时的挣扎。后来唐书影又突然咬住陈昆胸口的一块肉,牙关咬得越来越紧,仿佛要将那一整块的皮肉给咬断。

剧烈的疼痛让陈昆眼里充满泪水,而此时收音机里传来的正是周璇的声音。他在战栗中强忍住揪心的疼痛,似乎听见周璇的《花好月圆》是这么唱的:

> 浮云散,明月照人来
> 团圆美满,今朝醉
> 清浅池塘,鸳鸯戏水
> 红裳翠盖,并蒂莲开
> 双双对对,恩恩爱爱
> 这软风儿向着好花吹
> 柔情蜜意满人间……

吕美珍家的电话是在半个钟头以后响起的,电话来自宪兵队值班室,说是让吕美珍叫陈昆听电话。电话里值班员告知了陈昆关于唐一彪遇难的消息,于是陈昆又带上身心俱疲的唐书影,两个人火急火燎,再次出现在了那个血腥味四溢的巷子口。那时候唐书影泪流满面,拖着沉重的双腿一步一步走得很慢,一双手又使劲掐住陈昆的胳膊。四周挤满围观的人群,唐书影看见比他们早一步赶到的何婉玲正蹲在地上。何婉玲穿了一件贴身的旗袍，身影看上去有些消瘦。她从坤包里掏出一块手帕，轻轻地盖在了唐一彪血肉模糊的脸上。

这样的时候何婉玲并没有掉眼泪，旁人甚至都看不出她的伤心。她只是转过头来，淡淡地看着唐书影，然后抽了抽鼻子说了一句，站在那里不要过来，最好把眼睛闭上。

陈昆后来扶着唐书影，带她坐到了徐志开过来的车上。在一步步往车子走去的时候，陈昆看到了人群中的傅灿灿和朱大米，他们一言不发，安静地挤在人堆里，四只眼睛的所有目光落在了陈昆和唐书影的身上。陈昆走向车子的脚步，十分缓慢，也很坚定。所有的看热闹的人发出的嘈杂的声音，在陈昆的耳朵里是安静的，无声无息。徐志的车子并没有熄火，他在凶狠地抽烟，一支接一支，车厢里到处都是弥漫开来的烟雾。当唐书影开始剧烈地咳嗽时，陈昆问徐志，知不知道是谁干的？徐志就把半截香烟从车窗扔了出去，又吐出一口痰说，实不相瞒，我只比你提前了两分钟赶到这儿。徐志说这话的时候，似乎有些担心地看了一眼把头紧紧靠在陈昆肩上的唐书影。徐志本来想要安慰一下唐书影的，但是他怎么也想不好应该说什么话。于是他只好对陈昆说，陈昆你真是占尽了天下的便宜，你看唐书影都把头靠在你肩上了，这种快乐价值连城，你这是哪世修来的福。接着徐志说，书影你不要担心，你以后把我当哥吧。陈昆和唐书影都没有说话，在唐书影泪眼婆娑的视线里，看到的是车窗外那些恍惚的人影。这时候徐志又猛地抽起了一支烟，边喷着烟边说，但我不能放歌，悄悄是别离的笙箫；夏虫也为我沉默，沉默是今晚的康桥！

夜色浓厚，陈昆这时候看了一下手腕上那只欧米茄手表，发现时间已经是夜里十一点，离出事时间已经过了一个多钟头。也就是说，此时的海叔差不多已经离开了宁波。

一个多钟头前，当唐一彪毙命时，海叔催促陈昆和唐书影快走。那时候陈昆从衬衫袖口上猛然扯下一块布，布片撕裂成布条，他又替海叔把腿上的伤口扎紧。他撑着受伤的海叔，问他接下去怎么办。海叔说我现在就去杭州，十点半有去杭州方向的火车，我现在去车站还来得及。于是陈昆要为海叔拦一辆黄包车，被海叔阻止了，说你们不用管我，赶紧离开。然后海叔消失在了黯淡的路灯光中，而唐书影紧挽着陈昆的手，也许是因为悲伤，她已经颤抖成冬天树枝上被寒风吹起的最后一片树叶。

41　徐阎罗

一九四五年五月接下去的日子里，宪兵队主要发生了两件事情。一是徐志接替了唐一彪，从思想科调过来，到密探队坐上了密探队队长的位子。就此他搬进了唐一彪略显豪华的办公室，一同搬进去的除了他手头那些可以装满几个箱子的文件和档案，还有几本不同版本的徐志摩的诗集。除此以外，徐志还去宪兵队松本队长那里争取，把之前他在思想科当翻译时的同事大场英夫也一起调去了密探队。徐志很专业地说，密探队没有一个人懂日文，似乎也不利于工作的开展。

然而徐志上任队长的第三天，宪兵队就遇到了一次麻烦。那次松本队长躺在床上打滚，整个人痛不欲生，吐出一口血，很快就陷入了休克。松本被紧急送去医院的时候，徐志就把目光再次盯向了宪兵队的食堂。作为新上任的队长，他似乎有十足的把握，认为是食堂工作人员在松本队长的个人套餐里投毒，试图把队长给毒死。

所有人都被带去了刑讯室，就是当初审讯潘水的宪兵队地下室。架着烙铁的炉子已经燃得很旺，在熊熊的炉火映照下，徐志在审讯台前恭恭敬敬翻阅着诗集，一副温故而知新的模样。火光跳跃地映在他的脸上，看上去洋溢着温暖的诗情。他并没有把头抬起,吐出来的声音却在告诉刑讯人员说,这些王八蛋能不能交代,就看你们用什么样的方式来招待。他还说,抓紧一点,不用仁慈。

于是,刑讯室里的皮鞭、倒刺、老虎凳、烙铁,以及辣椒水等,全部都被派上了用场。刑讯人员从头到尾反反复复只问那么一句,是谁投的毒?

在大场英夫的记忆里,那天的刑讯室可谓哀鸿遍野,满目疮痍。他看见被折磨得最为惨烈的人是六十多岁的老杨。老杨在食堂里只负责挑水和烧火,他实在不知道松本的中毒是因为什么,所以他说来说去只有三个字,不知道。

还是不知道是吧?徐志放下手里的诗集,温文尔雅地走到老虎凳前,在老杨的双腿底下又加了一块砖。在老杨嗷嗷叫唤的时候,徐志又说,现在能不能知道一点呢?寻梦?撑一支长篙,向青草更青处漫溯……

大场英夫听见老杨的腿骨头发出咔嚓咔嚓的声音,随即又听见老杨对着滴水的天花板痛苦万分地用宁波话骂了一句,徐志西纳阿姆楼泡。徐志笑了。徐志说,过嘴瘾是有代价的。他又望向大场英夫,说这个人要跟我的母亲睡觉,那我能怎么办呢?我只能把他的腿给废了,省得他三天两头跑来跑去,跑去我的家里寻找我仁慈的母亲。说完徐志把老杨的鞋子给脱了,露出一双老迈又污黑的脚板。

他又从火炉里取出一块业已烧红的烙铁,交到频频发抖的大场英夫的手里说,大场君胆子别这么小,男人就是得学会烧烤。

大场英夫举着烙铁,火红的铁头烧得他眼里发烫。他并没有将烙铁伸向老杨的脚底板,而是将它重新插进了火炉里。这时候徐志就摇了摇头,再次取出烙铁的时候说,大场君,我来演示给你看,你会听见皮肉被烫熟时发出吱吱吱的声音。这种声音最美妙,我觉得绝对不输周璇的歌声。

铁门就是在这时候被推开,过来报信的密探队人员告诉徐志,松本队长的病情已经查清。队长一直被顽固的肠胃炎所困扰,继而这天引发了胃绞痛以及胃出血,医生现在正对他进行手术。

这么说没有中毒?徐志很纳闷地问,怎么会没有中毒呢?他应该是中毒了才对呀。

手下不停地点头,说,医生化验了松本队长的血,也查验过他的呕吐物,并未发现有中毒迹象。

哦……徐志说,那就好,队长没事就好。随即他拍了拍手掌,对着严阵以待的刑讯人员说,今天就到这里了,虚惊一场,把这些食堂员工都送回去吧。

大场英夫松了一口气,见到备受折磨的老杨被人从老虎凳上抬了下来,像是抬下一把弯曲的犁。后来老杨背靠墙壁,全身抽搐,在地上坐了很久,直到那些同伴将他撑起，一瘸一拐着离开了刑讯室。然而走到刑讯室门口时，老杨却突然转头，朝着徐志笑了，轻声说，狗东西。

徐志站在那里很长时间没有反应过来，后来他也笑了，摇摆着走到了老杨的身边。徐志说，狗东西今天想让你死。轻轻地你走了，正如你轻轻地来。说完徐志毫不犹豫地抽出了腰间的左轮手枪。他把大场英夫拉了过来，让他抓住手枪，自己又抓住他颤抖的一双手。手枪被四只手共同举起，举到了老杨的额头前。徐志握紧了大场英夫的手说，大场君，我教你怎么开枪，不用心慌。

大场英夫在挣扎，他当然是拒绝开枪。但他没有想到的是，徐志并没有给他留下退缩的时间。徐志冷不丁按下大场英夫的手指，于是扣动扳机的同时，子弹迅速钻入了老杨近在咫尺的额头。

滚烫的血和脑浆喷薄而出，喷在了大场英夫的脸上。老杨倒下去的那一刻，大场英夫失声痛哭，他蹲坐在地上，像是一个被人抛弃的孤独的孩子。

那时候大场英夫泣不成声。他反反复复说，不是我，不是我。

这就是一九四五年五月发生在宪兵队的另外一件事情。这件事情过后，徐志在宪兵队，拥有了两个外号。当面人家叫他徐诗人，到了背后，很多人会噤若寒蝉，叫他徐阎罗。

42 换糖计划

徐志徐阎罗新官上任，正在密探队队长位子上风风火火的时候，陈昆却在为如何获取换糖计划而殚精竭虑。陈昆很清楚，换糖计划既然是松本队长在不久前刚刚拿到的作战计划，而且很快就要实施，那么这份计划书就不可能保存在宪兵队档案室，肯定是锁在了松本办公室的保险柜里。

要从保险柜里窃取到这份计划书，必须满足两个条件，一是陈昆要掌握保险柜的密码，二是他要顺利进入松本的办公室，并且确定此时的办公室没人。但是事实上，不要说保险柜密码，陈昆要达成第二个条件都是比登天还难。

关于松本办公室的安保措施，当初宪兵队是这样设计的，铜门的两把钥匙都在松本手上，一把随身携带，另外一把留在他住的房间应急。松本每天下班或者临时有事离开办公室前，都会按下办公桌下方的一个红色按钮。这个按钮负责开启铜门的警报系统，也就是说一旦有人通过非正常方式进入办公室，比如说撬开铜门的门锁，砸开窗户割断铁栏，从天花板上潜入，那么整个宪兵队就会立刻响起令人惊慌的警报声，荷枪实弹的值班人员也会在一分钟之内赶到。

陈昆想过在夜晚动手，方法是给宪兵队断电，这样松本的报警系统也就陷入了瘫痪。至于如何进入办公室，他想到了天花板上的通风系统。然而这样的计划陈昆很快又将它否定，因为张文新告诉他，他们财务室的小金库也有同样的报警系统，一旦宪兵队停电，四周围墙的铁丝网下会自动亮起总共五百三十只小灯泡，每只灯泡相隔一米，采用的是备用电源。而且那样的时候，值班人员会即刻守在宪兵队门口，禁止任何人外出。也就是说，虽然停电期内整个大楼黑灯瞎火，但要是有人想趁乱离开，无论爬围墙还是走正门，两条路都不通。

财务室之所以也接通了这个报警系统，是因为担心有人会进入小金库窃取金砖和金条。

陈昆陷入无助。更何况那段时间里，松本因为接受手术而待在了医院。也就是说哪怕是白天，陈昆有工作需要汇报，松本的办公室也是铁将军把门。所以陈昆只能等，等待松本出院。而这样的日子到来时，时间已经是五月二十七号，离海叔命令他完成任务的截止时间，只剩下最后的三天。

那天下午，松本虽然已经出院并回到了宪兵队上班，但他办公室门一直紧闭。陈昆后来了解到，松本正在办公室开会，一起参加会议的除了特务组组长和徐志，还有宁波警察局局长，以及日军镇海要塞司令部的司令。会议开了很长时间，等到与会人员离开时，时间已经接近傍晚六点，这时候陈昆不想再拖延，直接敲响了门板。

松本在里头喊了一声进来，陈昆于是提着一个公文包，很快就闪身进去。他正想给松本请安，提醒他大病初愈不要急着上班，却看见松本并没有坐在办公桌前，而是蹲身在一面书柜下，正在打开那里的保险箱，并且将一只文件袋塞了进去。

陈昆的眼睛一刻不停盯着保险箱，他甚至都忘了开口。这时候松本已经将箱子锁上，并且左右来回，胡乱转动了一下密码锁。松本站起身子说，什么事？陈昆于是很诚恳地笑了一下，他说队长住院期间我都没能来得及去看望你，现在也想不出给队长孝敬什么，就给你带来了一幅明朝时期的绘画，不知队长是否会喜欢。松本的笑容慢慢荡漾开来，他说，拿出来让我见识一下。

陈昆打开公文包，取出一幅卷轴，小心翼翼摊开，里头画的是一头老虎。老虎威猛壮硕，站立在一面山崖上，双目炯炯有神，不愧是林中之王。松本上上下下一点一点观摩，直到看到落款处画家的名号，他才皱了一下眉头，说，难道会是真迹？

画家名叫陶佾，号一山。他是明朝宁波鄞县人，明孝宗时不仅任锦衣卫镇抚使，还是皇帝身边的宫廷画家。陶俏擅长画龙,尤精于画虎,市面上很难见到他的作品。

面对松本的提问,陈昆并没有正面回答,他只是说,古书画我也不懂,但这幅作品想必价值不菲。

为何这么说?

不瞒队长,这不是我的收藏,是唐一彪唐队长的,他之前把它单独锁在一个保险箱里。

松本听到这里有点迷糊,但他听见陈昆很快开始解释。原来自从唐一彪离世后,陈昆跟着唐书影一起搬到了唐宅,两人也断断续续开始整理唐一彪的遗物。就在昨天,陈昆雇来锁匠好不容易打开保险箱,于是发现了这么一幅老虎。而事实上这些都是陈昆编出来的理由,陈昆去了地下的古玩市场,请人帮忙找到了一些做假画的人,最后买下了这幅看上去成色不错,年代感也特别强的猛虎图。

而陈昆隐瞒了最关键的隐情。原来自从唐一彪离世以后,唐书影因为心头的疼痛,而对陈昆产生恨意,她执意要独自搬回唐一彪的宅院,说是要自己安静生活一段时间。而陈昆死皮赖脸,紧紧跟随,他十分清楚在唐一彪死后如果唐书影和他突然分居,势必会引起松本的注意。于是陈昆跟着一起搬到了唐宅,非常正式地在一扇门后堵住了唐书影说,这样很危险。那天唐书影陷入了沉默,最后她轻声说,我愿意配合。

唐书影的配合，是从和陈昆一起断断续续整理唐一彪的遗物开始的。

松本在陈昆不疾不徐的声音里陷入安静，但他听完以后却把卷轴推了回去。松本说，谢谢你的一番心意，但是这样的礼物我不能收，因为愧对唐一彪兄弟。

陈昆早就想到松本会推辞，所以他又很真诚地望向松本的眼睛。陈昆说队长阁下，之所以会想到以礼相赠，是因为你属虎，你更适合成为这幅画的主人。

松本却眯着眼睛笑了一下，然后又摇了摇头，说，这一点也不能成为理由。

这时候陈昆就缓缓地站起身子，几乎是红着一双眼道，队长，这也是唐书影的一番心意。唐书影让我带上一句话，她希望队长能帮助深入调查，争取早日抓捕到杀害唐一彪的凶手，让她哥哥能在地底下瞑目。

松本在三思以后收下了这幅名家之作。接下去他跟陈昆聊了很多，主要是这次胃出血自己所受到的折磨，先是在医院里打了麻药接受手术，然后又是没完没了打针吃药。聊到后来松本作了总结，说人生在世所有的功名利禄都是身外之物，只有健康的身体是自己的。事实上日本皇军有没有胜利，跟他一点关系都没有。相反因为思乡情切，他特别希望战争能早一点结束。而此时陈昆提出，要陪队长去状元楼里小酌一杯，另外他还让酒楼厨师特意调制了一份养胃粥，就等着队长亲自过去品尝。事实上这是陈昆早就作下的打算，他知道只有这样，松本才会在离开办公室前打开保险箱，将那幅陶一山的作品予以郑重保管。也只有这样，陈昆才能亲眼看见，松本打开保险箱时所拨动的那一串密码。

然而陈昆这天失望了，他看见松本十分愉悦地站起身来，站起以后却是露出了歉意道，今天可能不行，我这边还有许多需要处理的事情。松本就那样微笑地站在陈昆对面，显然是一副送客的样子。而当陈昆想要再次开口时，松本就露出了委婉的笑容。松本说，改天吧，改天我请你。

十来分钟后，陈昆站在五月二十七号晚上七点钟的夜空底下，感觉前所未有的无力。在此之前，陈昆已经设计好了整套"窃密"流程，只要掌握了松本密码箱的密码，他就会在这天晚上过来宪兵队加班。其间他让整座大楼断电，通过天花板通风系统进入松本办公室，在用照相机偷拍到换糖计划的每一页内容后，从通风系统原路返回，爬回到自己的办公室。之后他并不急着离开宪兵队，而是留在办公室里继续装模作样加班，甚至待上一个通宵，等到第二天早上才带上胶卷堂堂正正地走出宪兵队大门。

陈昆走在回去唐宅的路上，脑子里一片空空荡荡。拿不到换糖计划，四明山新四军的根据地将在面对日军独立混成第91旅团和日军宁波宪兵队的联合围剿时陷入被动，接下去不仅有很多战友会牺牲，组织也将遭受一场不可估量的损失。

虽然已经入夜，空气却十分燥热，陈昆走着走着就大汗淋漓。此时他真想跳进一条河里，去清洗一下烦乱的思绪。走在回家的路上，所有的人影和电线杆，黄包车以及各处商铺一起，被他匆忙的脚步抛在身后。然后，映入他眼帘的是唐宅院子里正在浇花的唐书影。

唐书影手持一把白铁皮的洒水壶，正在家门口的院子里浇花。她穿得十分家居，很像是一位寻常人家的太太。看见陈昆迈入院子后心事重重，似乎一直在思忖着什么。于是唐书影就笑了一下，在她的笑容中，许多细小的水线从洒水壶的壶嘴里均匀地喷洒出来，十分欢腾的样子。唐书影说，船到桥门总会直。

五月二十八日，农历四月十七，傅灿灿在仁济医院的排班是夜班，白天她想带上朱大米去大世界楼下的人民菜场买半斤猪肉，因为朱大米吵着说很久没有吃到红烧肉。朱大米说，再这样下去我就要被饿死了，我已经好久没有吃到猪肉，我听说只有和尚才是吃素的，难道我现在已经是一个小和尚了吗？傅灿灿就狠狠地白了朱大米一眼说，你这个小棺材，就知道喊饿，就知道吃。朱大米说，你放心好了，等你变老了，我会把红烧肉还给你的，到那时候你不要吃得太香甜，口水都能流一脸盆。于是傅灿灿翻看了一下墙上的老黄历，黄历显示，宜出行，交易。于是傅灿灿想，出行就是去菜场，交易就是买猪肉。

同样也是五月二十八日，农历四月十七的下午三点，陈昆正在密探队办公室整理一些材料时，唐书影破天荒来到了密探队，和陈昆你侬我侬的样子。唐书影甚至还和充满文艺气息的大场英夫，开始谈论日本国和中国侦探小说的流派和变迁。这时候陈昆听见隔壁的徐志接到一个电话。电话是一个陌生人打来的，声称之前在报纸上见到过宪兵队发出的唐一彪被杀案的排查通告，现在他能够提供案件的重要线索。而他将在一家叫作四海的当铺等着他们。电话那头信誓旦旦地说，如果得到了我的线索，我保管你们的名气比福尔摩斯还响亮。

徐志放下电话后立马带人赶去了现场，站在办公室窗口的陈昆一直看着他远去。然后陈昆经过大场英夫的办公室时，仍然能听到东方两个国家的文艺学术交流正在如火如荼地进行。而那天陈昆也终于拿到了换糖计划，在徐志的办公室里。

原来昨天望着院子里给花浇水的唐书影，陈昆一直在想着如何拿到计划。他突然记起，自己傍晚六点去松本办公室的时候，参加会议的密探队队长徐志和思想科科长、政务科科长、特高课课长以及要塞司令部在一起开会。这些人散会离开时手上都提着一个型号一致的档案袋。就此陈昆猜想，徐志他们带走的会不会就是换糖计划的备份，因为宪兵队如果要对四明山新四军根据地进行围剿，那么让宪兵队主要科室、分队和要塞司令部的人手一同参与，势必会取得更好的效果。也就是说，所有参与方都必须对下一步作战计划的整体部署了如指掌，所以松本才召集这些人开会。

一切都按陈昆的计划进行。陈昆安排羊三坝打那个电话，目的是让徐志离开办公室。现在陈昆开始动手了，他用野蛮粗暴的手段，用工具弄开了徐志的办公室，并且在一只墙角立着的柜门紧锁的档案柜里，拿到了这份计划书。陈昆将档案袋拆开，发现里头装订在一起的总共十五页稿纸，上面密密麻麻地写满了日文。陈昆将计划书塞进公文包，匆忙回到了自己办公室。他听见已经从大场英夫办公室回来的唐书影问他，现在就出发吗？陈昆点头，他知道这一刻羊三坝早就和张文新一起，两人在下午五点左右就出了西城门，也就是通往余姚县梁弄镇四明山根据地的望京门，正在城门外等他。陈昆想了想，又问，大场英夫办公室为什么关门了？

唐书影说，我不知道。他走的时候很匆忙，不知道发生了什么重要的事。

陈昆说，找到他！带他走！

那天陈昆带上唐书影，开走了密探队的一辆车，车子迅速地向唐宅驶去，车子停稳后，唐书影匆忙跳下车，很快就从一楼的会客厅拎出一只皮箱。车子继续驶出，路上陈昆一言不发，唐书影说，你是不是很紧张？陈昆说，我在担心你以后的生活要怎么办，就此离开了宁波城，要住到山高林密的大山深处，会不会适应。而归根结底，你的生活一团糟糕，都是因我造成的。唐书影就说，糟糕就糟糕。这年头活着就不错了。

车子行驶在城区的马路上。陈昆看着路上的车流，马路两旁林立的店铺，以及街边行人喜悦或是忧伤的表情。所有的一切都擦肩而过，这让陈昆有一种急于挣脱的感觉，仿佛他已经被宁波城束缚了很久，此刻就要前往传说中的四明山透透气。那里有他向往的空气、清澈的山泉、成片的树林，以及从树荫中冲天而起的成群鸟雀，就连喧嚣的鸟叫声也传递着一份愉悦和自由。

桃渡路柳红院的老板娘是在十五分钟后见到了赶来这里的陈昆。老板娘记得陈昆，知道他是密探队缉私分队的，所以那一刻她脸上的阴云一扫而散，拍着大腿喜滋滋叫喊，说这位长官，盼星星盼月亮，像干渴的禾苗盼望着甘露，可算把你给盼来了。

一个钟头前,大场英夫跟往常一样心无挂碍来到了柳红院。他对老板娘说,那你想一想,接下去的聊天应该怎么聊。接着老板娘听见大场又说,给我一个房间让我先坐一坐,接下来再为我安排一位可口的姑娘。

陈昆很快敲响了那间房的房门,门已被反锁,里头没有任何声音。陈昆没有犹豫,当即一脚踹了进去。那一刻他看见大场英夫双腿盘坐,孤苦伶仃坐在床上,像是坐在日本老家的榻榻米上。大场英夫大吃一惊说,陈先生,你为什么找到了这里来?难道我的业余爱好将要成为你的业余爱好?

陈昆什么也不说,即刻揪住大场的衣领,将大场拖下了床板,又二话不说将他塞进了车里,并且让大场开车。车子开始在宁波城的城区疾驰,陈昆把一支手枪塞在了坐在副驾驶室的唐书影手里,对唐书影说,保险已经打开了,你只要一扣扳机,大场英夫就没命了。所以,要小心走火。

而与此同时,徐志从带队去四海当铺的路上独自一人先行回到了办公室,对于陌生男人在电话中报告的谍情,他突然意识到不能亲自去解决这样的问题,不然的话自己就不是一个好队长。而且他觉得这个电话来得有点奇怪,总是让他觉得心里不是很踏实。最近可能工作过于繁忙,加上心里的事情也太多，徐志感觉睡眠质量有所下降，这令他十分懊恼。不仅脑子比较沉，有些时候甚至睁开眼睛望去，会发现视线里的许多东西都变得模模糊糊。揉过了眼睛以后，徐志觉得效果还是不够理想，所以他决定要准备一条热毛巾热敷。然而徐志在起身的时候却猛然发现，安放在墙角的那只档案柜，柜门是虚掩着的。

这时候松本刚好在向这边走来，手中握着一本关于饮食大全的书，他正在逐页研究着，希望在战争结束后，回到日本老家开一家中餐馆。他主要想要学习的三道菜，分别是西湖醋鱼、叫花鸡和东坡肉。当松本走到徐志办公室门口的走廊上，顺着他的视线往徐志办公室看，看到徐志一言不发地站在档案柜前。于是松本就厉声地说，像个瘟鸡似的，怎么回事？徐志却没有时间回答，只是把档案柜柜门掀开，又在一番胡乱搜寻后急忙回头，手里多出一把被人扔在柜子里的铜锁。他的背影站立在松本的眼里如丧考妣，整个身子在瑟瑟发抖。

松本大概是明白了怎么回事，于是又骂了一声，瘟鸡。他本来松弛的面容变得紧绷，再次感觉到一阵揪心的胃疼。于是徐志就说，报告松本阁下，密探队陈昆不见了，还有羊三坝和张文新。其他人都在。

松本用左手捂着胃部十分平静，甚至是微笑着说，那你就挖地三尺。找到了，把他们埋进坑里去。找不到，就把你自己埋进去。

傅灿灿带领着朱大米和大白鹅，走在宁波城的马路上，他们的目标是菜场，因为朱大米不想当小和尚，他特别想吃肉。虽然这一天的天气很好，但是大白鹅仍然隐隐预感到会有什么事要发生，所以它走路的步态显得不那么从容，甚至它的叫声，都比平常的欢叫声听上去显得多了些哀愁，特别是它的亲人朱良材被一个日本便衣打死以后，在大白鹅的心里，人生真是太难了，不值得有太多的留恋。但是它觉得跟随着朱大米和傅灿灿一起去一下菜场，还是让它感受到了人间气象。朱大米手里拿着那本《安徒生童话》，走路的姿势就有些趾高气扬。阳光打在他的身上，这让他突然很想唱一首歌。其实他不会唱歌，于是他决定随便地哼几句也行。就在他想要哼几句的时候，看到了一个熟悉的身影，那是经常被他娘傅灿灿骂的朱三，也就是那个莫名其妙的陈世美。朱大米看到他爹朱三正好从一家商店里出来，手里捧着一瓶汽水。这令朱大米有些生气，这个三年多没有出现的爹，竟然有心思喝汽水，而且这汽水不是买给儿子喝的，是买给自己喝的。其实朱大米不知道的是，开着车的大场英夫，突然很想喝一瓶可口可乐汽水。他嚷着要下车，他说我特别想喝一瓶令人欲仙欲死的汽水，无奈的陈昆于是让唐书影手中的枪别忘了对准大场英夫，他自己下车去买了一瓶汽水。而也就在这时，当他手捧可口可乐想要回到车上时，听到了一声充满童真气息的声音，陈世美你给我站住。原来你那么久不要我娘和我，就是为了自己偷偷买汽水喝。我老实告诉你，你既然生了我，你就别想省买汽水的钱。陈昆看到了朱大米带领一只心事重重的大白鹅，摇摇晃晃地向他冲来，也看到了露出惊愕表情的傅灿灿。而与此同时，大白鹅一转头看到了那个便衣宪兵枪杀朱良材时它就见到过的徐志，大白鹅就不由自主地皱了一下眉头，它暗叫一声不好，突然觉得，傅灿灿翻看过的黄历一点也不准。黄历上明明写着宜出行。

那天徐志带着几名宪兵匆匆从一辆篷布军车上跳下来，枪声也就是在那个时候响起。在松本队长站在走廊上微笑地望向他并且说出"找不到，就把你自己埋进去"那句话时，徐志就觉得如果此次换糖计划找不回来，消失的三个宪兵队里工作的人找不回来，他几乎不用再谈论诗歌了，因为他的命也不一定能存活下去。作为密探队队长，他下令所有的小组都上街寻找陈昆以及马夫羊三坝和会计张文新，并且下令各城门对出城人员仔细检查，看到这三个人必须截停。

而就在他忧心忡忡的时候，看到了手捧汽水的陈昆，也听到了一个叫朱大米的孩子老气横秋的话。于是枪声即刻响起，当然他并不是想要打死陈昆，而是想要把陈昆带回宪兵队，让热爱生活和中国文化的松本阁下去亲自审问。令徐志没有想到的是，陈昆只留给朱大米一个慌乱关切的眼神，却毫不迟疑地跳进了一辆车，车子同时发动，迅速地像一只受惊的田鸡一样，蹿出去很远。于是枪声就变得密集，甚至有一名队员还甩出了一颗手榴弹，希望能把这辆车子掀翻。一声巨大的爆炸声响起，当浓烟散去，汽车已经不见了踪影。那天宁波的天空中，突然下了一场急雨，很快浇灭了火药和硫黄的气息。而城市的街景，变得像被突然之间擦亮的玻璃一样，清爽而干净。坐在车里的陈昆回头望去，看到的是爆炸声后一动不动的朱大米，以及一动不动的傅灿灿。陈昆分明能清晰地记得，刚才朱大米对着他一声大喝陈世美的时候，傅灿灿惊愕的神情，以及在枪声响起的时候，傅灿灿扑向朱大米的场景。大场英夫开着的汽车，在迅速地离去，陈昆看到徐志带着一队人，在往篷布军车上攀爬。所有的景象在变远，变小，变得虚无缥缈。陈昆缓慢地转过身去，坐正了位置，从车子的后视镜中，看到了唐书影关切的眼神。但是唐书影一言不发，陈昆也保持着沉默，这种沉默让大场英夫觉得特别的沉闷。于是大场英夫边驾车边说，陈昆君，听上去那个孩子和母亲，好像是被你抛弃的母子。如果真的是这样，你这个不要脸的家伙，应该至少流一滴眼泪。在漫长的时间里，陈昆其实没有眼泪，他认为大场英夫说的是对的，他应该哭一下。但是他突然觉得心口已经空了，仿佛他所有的思维都已经被一场大风给刮跑了。

作为事件的亲历者，大白鹅见证了所有的一切。在它正式死去以前，亲眼见到了从天而降的一场雨，然后它看到雨中被弹片削中血肉模糊的傅灿灿，以及被炸死的朱大米。朱大米的裤子被爆炸的气浪完全掀起，露出血肉模糊的屁股。大白鹅听到朱大米最后说出的话是，陈世美，我也要喝汽水。然后大白鹅看到了一些皮鞋正纷至沓来，很快地把傅灿灿、朱大米和大白鹅紧紧包围。如果目光上移，可以看到这些男人的手中，都握着枪口低垂的手枪。然后大白鹅看到了一个叫徐志的男人，蹲下身捡起了被炸得只剩下半本的《安徒生童话》。他翻了一会那本书，最后将书轻轻地盖在了朱大米的脸上。大白鹅这时候看到了天空收走了一些雨水，一块乌云被风移走，天气放晴，水汽开始蒸腾着上升。而令它大吃一惊的是，它看到自己雪白的羽毛上都是血，连它引以为傲的顾长的脖子上也多了一个窟窿。大白鹅悲哀地想，我会不会就此死去，在战乱的年代里，鹅生是多么的不易。然后它觉得很累，慢慢地它的眼睛就合上了，在合上眼睛以前，它仿佛看到不远处站着朱良材，和蔼可亲地朝它招了招手。

那一天的傍晚大场英夫看见，宁波的夜色竟然是那么的美，在他的眼里一幕一幕地掠过。大场还记得，那天当车子来到望京门时，守城的哨卡发现了大场英夫。宪兵们早就接到命令，见到陈昆和羊三坝、张文新即行拦截，但那天他们见到的是大场英夫，所以当车子哗啦一声冲出望京门时，夜幕几乎是在瞬间降临的。面对夜幕下辽阔的原野，因为瞬间没有了四周路灯的照耀，大场英夫才发现，他正开着的车子只剩下了一盏车灯，仿佛是一个人只剩下一只眼睛，成了传说中的独眼龙。车子在坑洼的路面上摇摆，支离破碎的车厢从各个方向传来哐当哐当的声响。在那样嘈杂的声音里，大场缓了一口气说，陈先生你们可以出来了。

陈昆和唐书影这时候才从座位底下直起了身子。大场英夫继续问，这是要去哪里？

去我们的四明山根据地，一座名叫梁弄的镇子。那儿有我们的新四军游击纵队，战士们一个个隐身在树荫浓郁的树后。

陈先生有没有想过，你现在跟我一样，再也回不去宁波了，因为你已经暴露。

能不能回去宁波并不重要。重要的是你还活着，我会有任务给你。

大场望向头顶的月光，感觉心里一阵凉爽。他对着扑面而来的夜风，喜悦的样子像是要朗诵一首深情的诗。半个钟头后，在明晃晃车灯的照耀下，他们都见到了等候在路边的羊三坝和张文新，两人各自骑在一匹马上，马是从宪兵队的马厩里牵出来的，他们骑马的姿势很像古代的侠客。陈昆让大场英夫停车，然后拎起座位上的公文包，即刻跟唐书影一起下车。下车后他把公文包交到马背上的羊三坝手里，让他快马加鞭，先他们一步赶往四明山根据地，把里头的换糖计划交给根据地的负责人，接头暗号是杭州拱宸桥上有没有说书人。没有，只有卖鱼的小贩。

望着两匹马在夜幕中远去，而蹄声也越来越远。夜风吹得十分凉爽，大场英夫从车上下来，他打开了那瓶可口可乐，将汽水洒在了地上。大场英夫说，我很想念我远在日本的妹妹，我们都很想念家人，所以这瓶汽水，应该属于刚才那个被炸的可爱的男孩。这个时候，大概是被夜风一吹，陈昆的眼泪才滚滚而下，他开始汹涌地想念傅灿灿和朱大米，也就是在这时候，唐书影紧紧地挽住了他的胳膊，甚至挽得他胳膊上的皮肉生痛。

43　四明山

　　四明山根据地的中心，位于余姚县西南部的梁弄镇。梁弄原名梁冯，因为这里世代居住着梁姓和冯姓两大家族，后来由于镇里有太多幽静的弄堂，梁冯又改名为梁弄。

　　唐书影有生之年都能清晰地记得，一九四五年五月二十九日上午十点，阳光饱满。因为大场英夫身上的日军宪兵队制服，所以陈昆是被当地好几名指战员前后左右押送着上山的。在根据地一处林木茂盛的半山腰上，他们被带到了接待处一间简易搭建的茅草棚前。那时候唐书影见到了早他们一步抵达的羊三坝和张文新，说，我说的没错吧，我们不会有事，陈昆也不会有事。陈昆要是有事，我的眼皮早就开始跳了。羊三坝和张文新看见三个人被押送着上山的样子，不禁觉得好笑。好像他们在担心，陈昆会是混入根据地的奸细。

　　唐书影斜眼看了看陈昆，此刻的陈昆像是一个衣衫褴褛的流浪汉，两只眼睛红肿，脸上到处都是油腻又污黑的汗斑。于是唐书影就想，自己也不会好到哪儿去。因为车上的汽油用尽，他们三个人从昨晚十一点多开始下车步行，在月光下深一脚浅一脚，走累了就在路边打个瞌睡，醒来以后又继续向根据地靠近。而唐书影没走几步山路，她的一双脚就吃不消了。于是陈昆背着她东倒西歪地前行，最后累得奄奄一息。而在陈昆的背上，有好几次唐书影因为疲惫而睡着。唐书影在这样的摇晃中睡得很踏实，她有时候这样想，如果这条路走不到头，让陈昆一直这样背下去，该有多好。

陈昆抵达根据地后，迅速地倒下了，倒得像被台风拔起的一棵树，迅猛而有力。他突然觉得自己整个身体的力气被一次性抽走，昏昏沉沉地倒头便睡，在梦中不停地流泪。终于等到他沉沉地睡了一会，恢复了一些体力，发现唐书影一直在他身边，而他的头枕着的是唐书影的一双大腿。唐书影就用绵软的手掌拢起他的脸，不停地轻轻地抚摸，这时候陈昆的心开始变得安静起来。陈昆说，我可能太累了。

唐书影轻声说，不，是因为悲伤而疼痛，你是痛晕过去的。

陈昆说，我需要怎么办？

唐书影继续抚摸着他的脸庞说，没有办法。只有时间，时间是治疗痛苦的药。

后来陈昆和唐书影以及大场英夫被小战士带到了情报科长胡金瓜的面前。那天负责接待陈昆的胡金瓜三十来岁，留了一个中分的发型，戴着一副黑框边眼镜，黝黑的脸上笑出一朵颜色深沉的花,或者是一只绽裂开来的瓜。他望向陈昆时声音爽朗,说你小子是有本事啊,你不仅把人家独立混成第91旅团千辛万苦制定出的一个换糖计划拿来了,还顺便带来了一个俘虏。

陈昆看看大场英夫,说,他不是俘虏,我觉得应该称呼他为日本友人。陈昆这样说的时候,看到大场英夫的眼里,闪过一丝感动的光泽。确实如此,在去往四明山的路上,他有无数次逃跑的机会,但他不想逃了,他觉得可以在大山里生活下来。于是他再一次充满诗意地说,男人的寂寞是戒不掉的,但是也许在这安静的山里反而倒是可以。

欢笑声荡漾,新四军出操的士兵正在训练场地上训练,不时传来隐隐的口号声。大场英夫也是在科长的话里将身上的宪兵队制服脱下,脱下以后随手扔在了脚边。大场英夫说,胡科长你这地方真美,为什么你笑起来的样子不像是他们的领导?这时候三名小战士已经端着三脸盆的水走到大场跟陈昆、唐书影的身边,并且给他们分别递上了一块毛巾。小战士说,我们科长刚才说了,晚上要敬你们每人一碗地瓜烧。

胡金瓜听到这里眉头一皱,想了想又笑呵呵着说,只有地瓜烧会不会太简单?要不我等下就派人上山,看看能不能打中一两只正在赛跑的野兔。这时候陈昆像突然想起什么来似的，说小卖部在哪儿，带我去小卖部。

陈昆和唐书影被胡金瓜带到了小卖部，看到了小卖部里正在工作着的小路，他整张毛绒绒的脸刚好在阳光的照射下，散发出些微的热气。他的上身穿着一件半旧的新四军军服，下身穿着一条便裤，显得有些不伦不类。他朝陈昆笑了一下，仿佛老成了不少，说同志我认得你，你来过我家香烛坊。很长时间没有见，陈昆觉得小路好像长高了不少，居然能叫自己同志了，身上也更有了老路当初的神态与影子。想到老路，陈昆突然觉得有些悲伤，于是他对唐书影笑了一下，说，你可能不知道，他爹是个英雄。这时候小路边整理货架，边开始唱歌，他唱的是《游击队歌》，我们都是飞行军，哪怕那山高水又深。在密密的树林里，到处都安排同志们的宿营地……

陈昆问，谁教你唱的这首歌？小路于是说，同志们操练、开饭、学习，都需要唱各种各样的歌，我一不小心就学会了。胡科长这样同我说，唱歌是可以治病的，如果你痛了，那一唱歌你就会变得不痛。你有没有痛啊？陈昆脸上的笑容就慢慢收了起来，他想到了昨天爆炸声中的傅灿灿和朱大米，于是在长久的沉默以后，他唱了这么一句，我们生长在这里，每一寸土地都是我们自己的……

五月二十九号的上午十点，也正是松本和徐志带人去唐书影家抄家的时间。一帮人砸开门锁冲进院子，松本首先被唐书影细心管理的总共二十盆花花草草所吸引，包括娇小的茉莉花、三角梅，还有盛大的绣球花，密密匝匝的丁香花。松本站在围墙下一排高大的栀子花跟前，那些宽大的花瓣开得热情奔放，让他闻见馥郁的芳香。与此同时松本也发现，所有这些花花草草的根部都比较潮湿，说明唐书影昨天刚刚浇过水，而且仿佛预料到一场漫长的告别似的，她把这一次的水，浇得特别透。后来他见到了摆在墙角处的浇水的白铁皮洒水壶，于是就想，唐书影跟自己一样，是多么的热爱着寻常生活中任何一个点滴。这样想着他就再一次感叹，有时候他想，假如有一个这样的妹妹是一件十分幸福的事。

徐志带人在屋子里一阵翻箱倒柜，说是过来抄家，其实也抄不出什么有意义的东西。他只是在面对一地狼藉时替唐书影感到由衷的惋惜，心想当初他们唐家兄妹如果不是被该死的陈昆所蛊惑，那又怎么会走到如此的地步？徐志想人的命运走向其实就在一念之间，当初唐书影要是选择跟他在一起，那么眼前的每一块地砖，挂在墙上的每一幅西洋油画，甚至于摆在桌上的那些釉色光亮的咖啡杯，都将继续保留着原有的孤傲与尊贵，何至于落魄到眼下令人叹息又伤怀的境地。

在二楼的一间睡房，徐志见到了那台跟柜子一样夸张的马可尼落地式收音机，于是立刻想起那天在宁波火车站，自己煞有介事地检查陈昆和唐书影两人行李的那一幕，他不会忘记那天傍晚的夕阳。后来徐志试着将收音机打开，音量开到了最大，听到的一则消息是苏军已经攻入德国柏林，然后也是在那一天里，希特勒和他的新婚妻子爱娃双双自尽。徐志听到这里不禁扑哧一声笑了，他想这是什么狗屁新闻，都已经是过去了一个月的事情。然而徐志也就是在这时候突然想起，那天在宁波火车站，自己曾经亲眼见到过陈昆从上海买来的两桶菊正宗清酒，那两只硕大的橡木桶至今令他记忆深刻。

两桶菊正宗清酒还在，徐志最终是在储藏室里发现的，那时候站在他身边的还有面容严肃的松本。两人的目光都不约而同停留在贴在橡木桶上的那张纸条上，松本阁下专用酒，谢绝抚摸。

松本看到这里忍不住笑了，他说徐志，其实陈昆这人有时候还是蛮有意思的，你看他身上有一种人情味。这时候徐志就找来一个杯子，并且打开橡木桶底部的龙头。清酒往下汩汩流淌，声音在寂静的储藏室里一片悦耳，徐志差不多接了有半杯，先是端到鼻子前闻了闻，然后又递到松本的眼前说，队长要不要尝一尝？

松本并没有回答，也不想接过杯子，他很快就转身，留给徐志一个远去的背影，背影看上去冷漠又单调。这时候徐志终于脑子开窍,眼前仿佛是灵光一闪,所以他即刻叫来一名手下,让他赶紧将杯子里的清酒送去宪兵队化验,看看里头是不是有毒。

上午十点来钟的阳光,跟四明山区的阳光一样饱满。这天阳光下的唐家宅院门口,就在那排肃穆的警戒线以外,有着熙熙攘攘一大堆看热闹的人群,而且人群中有李电影和吕大鹅。两人紧张兮兮,探头探脑看了很长一段时间,最后才意兴阑珊地转身,走出几步后望向眼前的马路发呆。

后来李电影感叹了一句,说没想到会这样。吕大鹅就问他,这样是哪样?李电影说,这样就是跟电影里演的一样,一番热闹变成了冷冷清清。这时候吕大鹅压低了声音,说李电影你跟我说实话,你跟陈昆是什么关系?但是李电影装作什么也没听见,李电影说吕大鹅你有没有看见,那边已经有人在卖冰激凌了,这才六月都还没到,我决定不计成本地去给你买一杯,你想要什么口味的?

吕大鹅也装作没有听见李电影嘴里说出的冰激凌。她说李电影你不用担心,我不会去松本那里告密的,因为我娘提醒过我的,她要我记住,我是宁波人,也就是中国人。

吕大鹅说完,李电影就饶有兴致地盯着她白皙又瘦长的脖子，以及脸上那片细碎的雀斑。在五月底的阳光照耀下，那片动人的灰褐色雀斑正闪闪发光，仿佛是撒在吕大鹅脸上的一些淡淡的芝麻。

李电影说，要不我给你买巧克力味的冰激凌？我给你买两个。

吕大鹅说，李电影我甚至可以告诉你一个秘密，陈昆和唐书影是去了余姚的四明山了，那里有一个什么军的根据地。

是新四军，新四军的根据地。那里集合了很多人，所有的队伍都是抗日的。到了现在李电影终于把持不住了，所以他推着吕大鹅一步步往前，在远离人群的时候继续说，四明山其实离这里不远，就在余姚的梁弄镇。我认为那里是一个好地方，哪怕到了炎热的夏天也很凉爽，没有人会想得起来去买一杯冰激凌，因为他们根本不需要冰激凌。

那天被李电影和吕大鹅错过的一幕是，其实在唐家宅院马路对面的一家咖啡馆里，就在一排透明整洁的落地窗前，正坐着寂寞的何婉玲。何婉玲已经忘记，自己刚才叫了一杯什么咖啡，她只是看见五月底的阳光透过玻璃洒在咖啡杯上，但是那杯咖啡显然已经凉了，之前浓甜的香味也在空气中荡然无存。何婉玲转头望向唐家那座宅院，仿佛在二楼的阳台上，见到了站在那里的唐一彪，唐一彪正在用陈昆送给他的吉列剃须刀,小心翼翼地刮胡子,仿佛这天晚上又要带她去参加一场舞会。他穿着一件随便的西装,白衬衣的领口被熨烫得十分挺括,而且他在十分迷人地微笑着,浑身上下洋溢着来自宁海县的气息。这时候突然有一双男人的手伸了过来,将何婉玲十分凶猛地拽出了咖啡桌前的卡座。男人叫何东,是何婉玲的丈夫,也是宁波日伪政府经济委员会的主任。

何东说,跟我回去,我早就知道你在外头很野,但是野是有代价的。

何婉玲挣扎了一下,说,你让我再坐一会儿。难道还有比死更大的代价吗?我付得起!

但是何东并没有答应这样的请求,而是在她脸上留下了一个响亮的巴掌,所以这让何婉玲更加有理由坐下。坐下以后何婉玲被扇过巴掌的脸上一片发烫,她开始整理头发,头发在刚才挣扎的时候乱了,其中有一缕散落在额头,遮盖了她迷蒙的视线。然后何婉玲转头,跟何东比较有诚意地笑了一下,她说何先生何主任,之前我欠你的,刚才已经用那个巴掌给还清了。这个巴掌价值连城。

何东说想造反了是吧,说完就试图再次将何婉玲从卡座上拽出。这时候何婉玲就从粉红色的皮包里掏出一把"掌心雷"手枪,枪口第一时间顶在了何东的腰上。何婉玲说,何主任我都跟你说过一次了,你让我再坐一会儿,难道让你答应这样的要求对你来说很难吗?

　　说完何婉玲将杯中凉咖啡一饮而尽,手枪摆在桌上。喝完咖啡她突然觉得,在这样子了无生机又令人燥热的岁月里,能够喝上一杯凉爽的饮品,其实是非常通透的,同时也是十分惬意的。

44 残匪

七年后的一九五二年十月,我军在西南地区的剿匪工作正在如火如荼地进行。自一九五〇年二月以来,各参战部队在西南军区的统一部署及直接领导下,分赴云南、贵州、四川、西康等省份,在各地平原及山区共剿灭国民党残匪将近一百万人,缴获各类武器无数。此举有力保障了西南各省的社会秩序,也促进了土地改革和经济建设的顺利开展。

也就是在十月中旬的一天,川西某剿匪部队在大山深处攻克一处负隅顽抗的匪窝后,几名解放军战士向年轻的连长报告,前方抓捕了零碎几十人的残匪,其中有一对是躲进深山老林里的国民党特务夫妻,这两人江浙口音,态度倒是诚恳,就是不愿意多说话,还口口声声要面见部队首长。

夫妻两人很快被带到了连长的面前,他们看上去有些憔悴,身边还带了一个七八岁的女孩。女孩倒是活泼得很,扎了一对晃来晃去的羊角辫,见到陌生人也不害怕。小家伙蹦蹦跳跳不仅能说普通话,就连当地少数民族方言也是张口就来,咿里哇啦一大通,没人能听得懂。完了女孩还昂起脑袋问连长,你晓不晓得我在说啥子东西哦。

那个当爸的当即瞪了女儿一眼,并且吼了她一声道,陈小米,别闹。

为了提防串供,夫妻两人是被隔开来审问的,连长首先要对付的是那个男的。男人皮肤粗糙,手上布满老茧,刚才解放军战士在抓捕过程中,他因为有反抗,所以脸上和手上被荆棘割破,还渗出一些血。他身上的国军军装一看就是穿了很多年,已经泛白,露出许多残败的线头,不过倒是洗得蛮干净。

连长也不急着进入程序,他知道自己有的是时间,对付这些遗留在大陆的国民党军人,最好的审讯方式就是先行消耗他们的耐心。等到耐心没了,他们的嘴巴就自动张开了。

连长慢吞吞翻看手边的几张照片,照片是从夫妻两人的住处搜出来的,有他们的结婚照、生活照,还有孩子胖嘟嘟的百日照,以及一家三口的全家福。

审讯开始了。姓名?连长问。

陈昆。耳东陈,昆明的昆。

你的代号是什么,躲在山里有什么阴谋企图?

男人语气平静,说,其实我们不是国民党特务,我们是中共地下党,跟你们是战友。

胡扯是吧?把我们当三岁小孩是吧?连长说,想清楚了再开口。

如果一定要说代号,我跟我妻子在党内有一个共同的代号——大世界。因为我以前潜伏在上海，在大世界游乐场变戏法，也就是变魔术。后来我又去了宁波，我们的行动小组就叫大世界小组。

连长把钢笔搁下，什么也不想继续往下写了。他说既然喜欢变戏法，那你就一直往下变呗，大不了变到明年，变到你胡子发白，牢底坐穿。说完连长又指了指写在墙上的标语，说陈先生，麻烦你把这句话给读出来。

陈昆就读了，残匪不肃清，大军不收兵。

那还变不变戏法？

我没有变戏法，我的原名叫朱三，你们可以查。陈昆还说，我跟我妻子其实也不是真正的夫妻，她叫唐书影，唐朝的唐。

连长差点要哭了，你们连孩子都有了，还告诉我不是夫妻？

陈昆说那也不是我们的孩子。

连长整个人都乱了，上下左右打量着陈昆，说绕圈子我绕不过你，真是个顽固不化的东西。

审讯在第二天早上重新开始，这次连长让陈昆和唐书影坐到了一起，态度比昨天要友好。昨天晚上连长看了唐书影的交代材料，心里不免开始打鼓，好像意识到自己似乎犯了一个错误。在那份交代材料里，连长看见很多信息不仅跟陈昆说的极其吻合，甚至还提到了抗战时期的日军宁波宪兵队，联合驻宁波日军独立混成第91旅团、日军13军第133师团配属部队、伪军第10师谢文达等部队对新四军四明山根据地的联合围剿计划。在余姚的梁弄，根据地的情报科长姓胡，名叫胡金瓜……

连长说，你们理一理，想到什么说什么。总之还是那句话，不急。

陈昆的确也不急，他端端正正坐在位子上，开始讲述这些年自己的经历。

七年前，因为日军战事吃紧，也因为陈昆送达根据地的情报，日军独立混成第91旅团的整个围剿计划胎死腹中，换糖计划成了泡影，日军最后没有发出一兵一卒。

在四明山期间，情报科长胡金瓜曾告诉陈昆，上海交通线的麻雀同志传来密令，有一名潜伏于重庆军统局局本部第二处，代号为鹦鹉的地下党同志，因为身份暴露被迫撤离，以后军统局这条情报线等于是断了。而之前鹦鹉曾传回一则信息，他曾看到一封日军宁波宪兵队密探队队长唐一彪写给军统局同学的信，信中表达了投诚的意愿，还说要带着妹妹和妹夫一起去重庆，信中还附带了唐一彪的照片，以及陈昆和唐书影两人的合影。陈昆推测，那是在唐一彪还没开始怀疑他身份时寄出的。麻雀意识到这是一个潜入军统局、保留我党这条情报线的绝佳机会，所以他给陈昆下达了新任务，同时希望陈昆和唐书影依然以夫妻身份一同前往。

唐书影当然愿意接受这个任务,只要是陈昆说的,她都会答应。但是那次两人在去重庆的轮船上捡到一个弃婴,孩子用一件蓝布衫包着,出生卡显示,生下来才二十多天。唐书影不忍心丢下孩子,怎么办?后来她跟陈昆商量,干脆就认作自己的孩子,取名叫陈小米。

两人抵达重庆,以大世界为代号潜伏于军统局,以及抗战胜利后成立的保密局。听起来也是神奇,正是因为有了抱在怀里的陈小米,军统局才简化了对陈昆和唐书影两人的甄别,一切只是走了一轮流程。

在抗战后期和解放战争期间,大世界小组不断向党组织传出机密情报。等到重庆解放以后,他们本有机会联系上组织,彻底浮出水面,但是因为保密局在西南各省埋下了数万名敌特,妄图在解放后实施大破坏,于是为了粉碎敌人阴谋,大世界二人组又决定继续潜伏。

跟随残余国军一路东逃西窜,又躲进大山沦为匪军,对陈昆和唐书影来说简直就是一场又一场的噩梦,因为他们身边毕竟还有个年幼的陈小米。而到了去年,一直与他们单线联系的上海交通线的麻雀突然中止了所有消息,就在他们等待被唤醒时,两人在跟随匪军撤退的途中,私下里装有电台的箱子又坠落山涧,于是从此以后,他们就与组织彻底失去了联系。

陈昆和唐书影互相补充着,讲到这里终于停下来休息一会儿,因为讲述自己的亲身故事是一件很累的事情。

再然后呢?连长已经听得津津入迷,事实上他刚才一个字也没有记录。

再然后我们就躲在了这片山里,到了昨天又被你们抓住了。唐书影说,事实上这七年的时间里,我们一家人在昨天晚上是睡得最甜的。

连长听到这里忍不住笑了,他觉得唐书影声音沙哑,可能是有点渴,于是让身边的小战士去倒杯水。小战士估计只有十五六岁,为人很实诚,倒了满满一搪瓷缸的凉水来。陈昆看着他说,你把搪瓷缸给我。连长问,她自己不能喝吗?陈昆说,她的手受伤了,到现在还使不上劲,这么重的一缸水她怕是端不动。

唐书影的手受伤,就是因为那个装有电台及一些日用品的箱子。箱子在山崖上滚落时,被急忙趴在地上的唐书影一把抓住,但是那么沉的箱子,唐书影根本无法拎上来。唐书影整个身子下倾,紧贴着向下倾斜的崖坡。她抓着那个箱子将近有半个钟头,很多次都听见自己手腕上骨头松动的声音,也感觉整条手臂已经被拉长了好几公分。那时候陈昆紧紧抓住唐书影的两条腿,生怕她跟箱子一起坠落,又苦于无法够到唐书影的手臂,从而助她一臂之力。唐书影一次次咬牙,咬牙的时候失声呐喊,仿佛在跟箱子作最后的斗争。后来她汗如雨下，泪水也从眼角涌了出来。陈昆就紧紧地抱住她大腿，说电台没了我们可以再想办法，你要是一起掉下去了，留下我一个人怎么办？

那一刻唐书影哭了，唐书影也终于松手。松手的时候她听见箱子砸落在崖壁上稀里哗啦，却是一直没有听见碎片落地的声音。

现在连长看着陈昆把搪瓷缸端到唐书影嘴边，喂她一口一口喝着。那种温情在平静和自然中默默流淌，让连长觉得，此时手里要是有一台照相机，他肯定要第一时间拍下这样的画面。

连长感叹，其实你们怎么看都是一对相濡以沫的夫妻。

但是连长还是不敢擅作判断，所以他立即向团部侯政委作了汇报。侯政委骑着一匹马赶到，见到陈昆和唐书影时即刻从马背上跳了下来，他说哪怕你们这故事是编的，我个人也还是愿意首先选择相信。

侯政委问陈昆，那你真正的老婆和真正的孩子呢，他们现在在哪里？陈昆说，在带着大场英夫撤出宁波城的时候，我亲眼见到我的老婆和孩子，死在了日本宪兵队的手中。抗战胜利后，四明山根据地的胡金瓜在撤退去江北后，曾经派人帮我找过，哪怕找到埋在哪儿的坟地也行。但是始终没有音讯，后来胡金瓜有一次在电报中只说了两个字，节哀。

寻找陈昆的组织关系，成了侯政委接下去的一项极其重要的工作。但是这样的工作谈何容易，侯政委人在川西，要打听的消息是关于宁波的，而当初新四军浙东游击纵队，在抗战胜利不久后的当年九月，就接受命令北撤去了山东，整编为新四军山东野战军第一纵队第三旅，一九四七年二月又改编为华东野战军第一纵队第三师，从此没有了新四军的番号。一九四九年二月临解放前，又改编为解放军第三野战军第九兵团第二十军六十师。这支部队参加了鲁南战役、莱芜战役、孟良崮战役、淮海战役、渡江战役和解放上海战役，一九五〇年十月，当时驻守在上海的第六十师又受命北上山东，十一月四日部队在山东兖州仓促登车入朝，第一仗就是二次战役东线的长津湖战役。而此刻的陈昆却在川西，成了东躲西藏的残匪，他偶尔能从电台里听到援朝战争的一些消息，曾经的浙东纵队打出了威风，这就让他有些热血沸腾。有时候他就想，如果不是那次受命潜伏重庆，而是随队北撤山东的话，那他可能现在就在朝鲜战场上浴血奋战。部队的变迁，使得寻找这样一位能证明陈昆和唐书影履历的人，变得异常艰难。

陈昆一直都在等待着证明人的出现，并且向侯政委提供了他能想到的一些名字。等待的时候跟随征战的剿匪部队东奔西跑，好几次差点被残匪的子弹给追上。一个月了，没有消息。两个月了，还是没有消息。

那年春节就要到来的时候，陈昆看见了向他急匆匆走来的侯政委。侯政委的手上抓着一份刚刚收到的电报，告诉陈昆已经找到了胡金瓜这个人，原来这人牺牲在长津湖战役中。但是部队查遍了胡金瓜遗留下来的所有材料，里面没有关于陈昆或者朱三的半点消息。

那还有羊三坝和张文新呢？

这两个人早在渡江战役的时候就牺牲了。

还有麻雀和海叔。

我们也还在找。但是很显然，麻雀是地下工作人员，这个代号是他和你单线联系时使用的。而且麻雀代号的使用者已经更替了好几位。跟你联系的那位，叫陈深，现在查不到任何信息，可能已经有了更深的潜伏任务。而海叔后来牺牲在解放舟山的金塘岛战役中。有一名叫向金喜的同志，一直潜伏日本特务机关秋田公司和淞沪警备司令部，现在的身份是在上海春光棉纺织厂食堂的厨师，他也在寻求海叔对他的证明。

那怎么办？陈昆几乎是在自言自语，难道需要老天爷来证明吗？他问侯政委，那这样我可以回家吗？我可以回去宁波吗？整整九年我代替了一个叫陈昆的人，完成了所有本该陈昆完成的任务。我不要什么苦劳，我也不要功劳，我只要带着唐书影和陈小米回家就行。

侯政委没有回答，却是望向渐渐阴霾起来的天空。然后他伸出一只手说，这鬼天气，可能是要下雪了。

春节过后的第二个星期三，在一个不知名的小县城里，陈昆那天在剿匪部队四面漏风的临时营房，正和唐书影一起，教着陈小米背诗。窗外下着鹅毛大雪，陈小米将那首诗背得滚瓜烂熟，鹅鹅鹅，曲项向天歌，白毛浮绿水，红掌拨清波……

这时候门被推开了，首先涌进来的是猛烈的风雪。风雪平静过后陈昆看清了站在门口的侯政委的身影。侯政委把门关上，说，看我把谁给你带来了。

陈昆的眼睛被风吹得很痛，感觉整个人迷迷糊糊。他还没来得及细看，就听见站在侯政委身后的男人突然就开始号啕大哭。男人抹着眼泪一把蹲在地上，嘴里却在声声痛骂，活该你倒霉，为什么你想到了那么多的证明人，却唯独把我给忘记。他边哭边喊，当初我可是跪在你面前，求你收下我加入你们的队伍，可是你最后还是把我给丢下了……

男人越哭越伤心，陈昆却早已经把眼睛给闭上。他不用看也知道，此刻正在痛哭又在控诉他的人，是来自宁波奉化县的裁缝严守家。陈昆只是感觉奇怪，如今严守家的声音怎么变了，变得如此响亮，仿佛他是率领了千军万马、脾气又很臭的首长。

一九四五年的六月中旬,也就是陈昆离开宁波带着换糖计划前往四明山的半个月左右,严守家觉得一个人待在宁波太没意思了,于是就风尘仆仆找去了余姚的梁弄。路上他在咒骂陈昆,离开宁波竟然没有给他留下一句话,这人真是一个背信弃义的家伙。

那次去梁弄的四明山根据地,严守家带去了好几把用得很顺手的裁缝剪刀,还扛过去了一匹棉布,脖子上挂了一根晃荡的皮尺。但是严守家没有想到,就在他到达梁弄镇的两天前,陈昆和唐书影已经奉命去了重庆,还是丢下他不管了。就此严守家在接待处怒骂陈昆整整一天,他骂陈昆狗咬吕洞宾不识好人心,也骂陈昆当面一套背后一套,答应他的事情还不如放了一个屁,转眼就给忘记了。接下去他跟胡金瓜整整祈求了一个礼拜,希望胡金瓜一定要相信,陈昆那天是答应过他的,同意他加入他们的大世界小组的。

后来严守家终于在根据地落脚,被安排在了部队后勤处。随部队北撤后,他辗转了多家单位,结果从三野调到二野部队一家被服厂当厂长,这家小型的军工被服厂现在专门为剿匪部队服务。严守家这天过来营房,是为了给部队送上几件新做的棉袄。他跟冻得发抖的战士们吹牛,告诉他们这是正宗的奉化裁缝帮手艺,自己十三四岁开始学艺,刀功、手功、车功、烫功都是一流的。如果对标一下武林高手的话，肯定至少是在霍元甲之上。严守家还说，知道奉化在哪里吗？奉化是宁波南面一个县，就是他娘的蒋介石的老家，不仅盛产芋艿，而且还盛产一斤重的桃子里含着两斤水的水蜜桃。我跟蒋介石还是隔壁邻居，但是我立场坚定，就算拉屎也绝不跟他拉在同一个茅坑。

现在陈昆茫然坐在凳子上，似乎在绵延的往事中无法解脱。他说，严守家我跟你打听个事情，你知道我妻子傅灿灿和儿子朱大米吗？严守家说，我知道，后来是胡金瓜告诉我的。

抗战结束后部队相继北撤，在离开四明山前，胡金瓜曾派严守家去宁波城里寻找傅灿灿和朱大米的下落，并且告诉他，在陈昆带着唐书影和大场英夫开车撤离宁波城，并且卷走了那份换糖计划的时候，遇到了徐志带着的宪兵队和密探队的堵截。那天在一颗凶险的手榴弹的爆炸声中，傅灿灿和朱大米以及一只叫作大白的鹅被炸。但是没有人知道母子俩的最后结局，连尸体也没有找到，应该是被宪兵队带走了。胡金瓜让严守家再次去寻找踪迹，是因为日后好给陈昆一个交代。但是数次搜寻未果后，胡金瓜给陈昆发了一则电文，只说了两个字，节哀。

那天严守家就要跟侯政委离开时，沉默了很久的陈昆却突然把两人给叫住。陈昆说得很急，说侯政委我也有件事情要向你证明，严守家的妻子是烈士，他妻子叫潘水，以前是宪兵队食堂厨师,也是我们潜伏在宪兵队密探队的大世界小组的一员。

严守家没想到陈昆会突然说起这些,他听着听着就眼眶再次湿润。因为担心侯政委一下子理不清头绪,所以陈昆力求把每一句话都说得更加清晰。这时候严守家才发现,跟七年前相比,陈昆的声音已经有所变化,吐出来的字句变得有点沙哑,可能是因为时光的磨刷。那一刻严守家百感交集,他看见陈昆涨红了一张脸,那张脸跟以前相比也粗糙了许多,其间陈昆反复强调了好多次,他说侯政委你听我说,潘水是被汪伪特务杀害的,咱们的烈士名录上必须有她的名字,必须!

在唐书影的记忆里,那天当风雪渐止,房间里陷入宁静时,陈昆推开房门,独自走进了那片厚厚的雪地。高低不平的雪地上留下陈昆的一排足印,他走出一段路后停下,停下以后慢吞吞抬头,望向头顶高远的苍穹。陈昆就那样把头昂着,好像每一片天空对他来说都是十分熟悉。后来他在垂头以后再次出发,身影慢慢走远,仿佛要一直走进雪地的深处。

那天唐书影是陪着陈小米趴在窗口。陈小米张圆了嘴巴,一次次在窗玻璃上哈出一口热气,然后又将沾上玻璃的水雾给擦掉。当玻璃再次显得清晰,陈小米觉得是那么的神奇。她睁大眼睛,笑呵呵地望向远处的雪景,然后用稚嫩的声音问唐书影，妈妈，这是不是就是古诗里说的白茫茫一片真干净。唐书影没有回答，此刻她眼里只有陈昆的背影，她感觉那个背影虽然有点萧瑟，但又的确很干净，干净到容易让人掉眼泪。这时候陈小米又说，妈妈，爸爸为什么要一个人走路。

唐书影说，我们每个人都要学会一个人走路，你也一样。

陈小米又问，难道他不怕冷吗？

唐书影说爸爸不怕冷，爸爸怕的是寂寞。她还说你爸爸现在是想起了自己的儿子，那个孩子会背古诗，还爱看《安徒生童话》。

爸爸怎么还有儿子？谁是他儿子？我怎么会没见过。

爸爸的儿子叫朱大米，朱大米是你的哥哥，他以前在宁波白衣巷生活，虎头虎脑，是巷子里最会说话的男娃……

此刻陈昆走在雪地上，四周一片冰冻，让他止不住把身上的衣裳裹紧，却还是觉得冷。后来他再次迈出一步时，惊动了雪地上的一只鸟，硕大的鸟仓皇飞起，凄厉的叫声划破天际，听起来令人伤感。这样的时候陈昆不会忘记一九四四年的宁波，也是这样的下雪天，在白衣巷那幢出租房里，他跟唐书影给朱大米讲了很多《安徒生童话》的故事。那些童话故事里有朱大米喜欢的丑小鸭，还有在冰天雪地里卖火柴的小女孩。

45 归来

一年以后的一九五三年年底，当李电影回到宁波时，这座城市还没有开始下雪。李电影是从上海赶来的，这次回来宁波，是为了寻找吕大鹅，他要给吕大鹅还上一笔钞票。

一九四五年五月底，当陈昆离开宁波前往四明山后，李电影原本也想追去余姚梁弄的根据地，去跟陈昆待在一起。然而这样的想法后来又被李电影给否定了，因为他见到了登在报纸上的一则广告，说是中华联合影业公司正在招收一批演员。于是李电影决定了，他要去上海。

李电影觉得人是要有梦想的。那次他忽然记起，自己这辈子最大的梦想，就是要当上蔡楚生导演的徒弟，或者当一名优秀的演员，让自己的身影出现在银幕上，也出现在许许多多的电影海报上。想起这些李电影猛然吓了一跳，仿佛联合影业公司的招人广告是在给他敲响了一记警钟。他咬了咬手指提醒自己，太危险了，荒废了这么多年的岁月，如果没有这一则广告，他竟然把梦想都给弄丢了。

奔赴上海之前，李电影跟吕大鹅借了一笔钞票，但他没有告诉吕大鹅自己要去哪里，只是说，男人嘛终归是要出去闯一闯的，有梦想的男人最美。那时候吕大鹅有些迟疑着不太肯借钱，但是李电影拍了一下胸口说，你有什么好为难的，我给你百分之二十的高利息。吕大鹅说，我不是不肯借钱，我是觉得像你这样的人，更适合待在宁波放电影，至少还有我这样的观众。李电影说，那你也是电影院的观众，并不是我的观众，你爽快点，到底借不借？！于是吕大鹅只好把钱借给了他，在分别的时候，李电影挥舞了一下手说，去有梦想的地方，大鹅，你有什么话要作为临别赠言送给我吗？吕大鹅想了想说，我就是想不通，我为什么嫁不出去。李电影就愣了一下，他想不好要怎么回答，于是他讪讪地说，你这个问题问得有些高深莫测。吕大鹅于是有些生气地推了李电影一把说，行了，你走吧。

经过了几年的努力，李电影后来跳槽到昆仑影业公司，后来经历了公私合营，现在李电影已经是新成立的上海电影制片厂的一名正式演员。只不过他从来没有主演过影片，更多的时候是在跑龙套，一般在电影里的台词不会超过三句。而平常空闲下来时，李电影也会兼职一下，担任灯光师的助理。事实上，他担任灯光师的助理，反而在技术上已经相当不错，有时候甚至是超过了他的师父。

这么多年跑龙套的岁月里，李电影没有吕大鹅的任何消息。他去了上海后曾经给吕大鹅写了几封信，全都寄去了呼童街的108号。然而李电影只收到一封回信，信上也只写了五个字，不要再联系。对此李电影百思不得其解，直到那一年八月中旬，当抗战胜利的消息传来，特别是九月份十月份，他陆续地见到上海的街头，行走着许多小心翼翼的日本人。那些日本人并不是军人，可是每当他们出现在路口，还是会担心有人朝他们扔出西瓜皮，或者是冲上去踢他们一脚。

李电影不会忘记，吕大鹅身上有一半的日本血统，她有个日本名字叫秀子。那他就展开了丰富而辽阔的联想，他觉得吕大鹅可能也会在宁波的呼童街上，被突然蹿出来的一个宁波人踢一脚。

经过一番查询，李电影找到了吕大鹅的家。吕大鹅早就搬出了呼童街，以前那一排临街的宽敞又豪华的二层楼房，现在已经被分给了许多附近的邻里住。如今她是公私合营万信纱厂忙碌的车工，租住在一条小巷里。那座旧房子总共两层，二十来间房里，住的都是来自外地的租客。吕大鹅选了二楼最里面的一间，因为空间狭小，所以租金相对更加便宜。其实除了租金便宜，吕大鹅是想把自己藏到角落里，越是在角落，就越是安静。

纱厂下班是在下午五点，李电影那几天里都是下午六点过去。他登上旧房子的二楼后小心翼翼，侧身穿过拥挤的走廊，因为走廊两旁摆了挨家挨户的煤炉，煤炉旁是切菜的台子，上面一般会有砧板。除此以外，李电影还要注意防范，不要在某户人家的门口，一不小心撞上门洞里突然冲出来的叫嚣的孩子。

吕大鹅的门前倒是没有煤炉和切菜台，而是摆了一个简易的鞋柜。鞋柜上摆了一双浅口布鞋，还有落满灰尘的夏天里穿的凉鞋。那几天里李电影一直敲门，但是门里没有任何声音。他问邻居，大鹅在家吗？邻居一下子点头，一下子又摇头，好像不是很清楚这人的行踪。最后一天下午，李电影在五点前就蹲守在那个巷子口。他亲眼看见吕大鹅迈着沉重的腿脚回家，手里提着一个网兜，网兜里装着一个铝制的饭盒，可能是从厂里带回来的晚饭。吕大鹅戴了一顶褪了色的纺织女工的帽子，身上残留着一些细碎的纱线，应该是在车间上班时飘落的。纱线沾在她身上随风摇晃，吕大鹅那种赶路的样子，不像是个不到三十的单身女性，更像是一位辛苦又憔悴的母亲。

李电影没有叫住她，而是眼看着她上楼，直到确定她进了房门以后才跟了上去。这回李电影在敲门的时候直接叫出了名字，他说大鹅大鹅，我是那个和赵丹、孙道临齐名的李电影呀，你把门打开，我有事找你。但是吕大鹅并没有开门，甚至都没有回答李电影一个字。从头到尾，李电影只是听见里头有掀开饭盒的声音，然后也听见勺子在饭盒沿壁上刮过，以及吕大鹅给自己倒了一杯水的声音。

一个钟头后，李电影将装有钞票的信封塞进门缝，最终离开了那扇房门。他是在绕过那幢房子走向大街的时候，抬头忽然看见了那扇打开来的窗子，那时候吕大鹅就站在窗口，以一种似曾相识又陌生淡然的眼光向他凝望。四目相遇的一刹那，吕大鹅好像身子抖了抖，然后想了想，最终将窗帘无声地拉上。这样的一幕，在李电影的眼里，仿佛就是一场无声的电影。他一直演不上主角，但这一次他成了自己这场电影的主角。

而李电影不知道，拉上窗帘后吕大鹅望着旁边单人床上的一个女人，突然轻声说，人生就像看电影一样，看完电影就是散场。床上的女人什么也没有说，一双眼空洞地望着天花板。

几乎是在李电影回到宁波的同样的时间里，陈昆一家人也回到了这座城市。过去的一年里，陈昆一同参加了西南部队的剿匪工作，跟战士们搜捕了很多山头。与此同时，唐书影也去了严守家的被服厂帮忙，她负责分发物料和记账，每隔一段时间，也将飘荡着棉布味的崭新服装送到一个个战士的手里。

这一年的剿匪工作结束的时候，在陈昆向上级的要求下，两人终于带着陈小米回到了宁波。陈昆回到宁波的第一件事，就是带着唐书影去市政委员会的文史办报到，将他在一九四四年至一九四五年期间，潜伏在日军宪兵队时所做的一切工作都作一次详细的记录。然而陈昆没有想到的是，文史办的办公地址，竟然就是之前唐书影家的那座宅院。所以那天当他跟唐书影踏进门槛时，几乎能听见自己心跳的声音。

院子里，之前的一排栀子花树还在，十来个花盆也在。就连那把浇水的白铁皮洒水壶也还在，只不过样子已经变形，提手已经断裂了，那个窟窿处正爬出几只肥硕的蚂蚁。

两层房子被隔出了很多办公室，原先的桌子和椅子也都在，只是墙上的那些油画不见了。而更让陈昆意想不到的是，文史办在二楼腾出来的一个小会议室，也就是接下去他要向工作人员展开详细叙述的地方，竟然就是唐书影之前的卧室，地板上甚至能看出原先搁过四只床脚的印迹。

面对两个负责记录的年轻同志，陈昆环视着四周的墙壁，在那无比熟悉的木地板的气味中，他渐渐让自己的思绪回到了从前。

这样的讲述一直持续了三天。三天里，陈昆似乎将过去的日子重新活了一遍。他的眼里一再出现松本和徐志，以及唐一彪跟何婉玲，还有潘水和小蜻蜓、老路、海叔、大场英夫等。当讲到那次他跟唐书影一起去上海时，陈昆正端着一个有着玉石般光泽的陶瓷杯喝水。这时候他仔细看了杯子一眼，忽然就转头问唐书影，问她这个杯子是不是就是那次去上海买的，唐书影点头说是的，杯子是在上海的东台路买的，总共买了两个，她跟陈昆每人一个，那条路原本叫泰山路，有一个规模不小的陶瓷市场。唐书影还记起，那次自己原本不想买杯子的，因为家里的茶杯多了去了，但是那天摊主告诉她，这套杯子是夫妻杯，一大一小，而且两个杯子摆在一起，杯沿的青花纹正好能凑成一朵百合花，意为百年好合。

文史办的两个年轻人一下子蒙了，其中一个放下钢笔说，你们在讲什么？陈昆于是笑了，他告诉年轻人，这里其实以前就是唐书影的家，眼前这间房是唐书影的卧室，而唐一彪的卧室在一楼，也就是现在文史办主任和档案一股所在的那间办公室。回忆越来越深，让陈昆深深地陷入了其中，九年之中所有的往事纷至沓来，像一场电影一样在他的脑海里徐徐展开。后来陈昆听到唐书影轻声在他耳边说，陈昆，回忆真的是一条没有尽头的路。这时候陈昆才猛然觉得，唐书影也一定同他一样，完全深陷在了这九年的往事中。

后来陈昆似乎想起了什么，他径自起身独自走去一楼，一双手还抱着那只茶叶刚刚泡开的茶杯，为了放在手里取暖。

陈昆去了储藏室，随手把电灯打开，他没想到那两桶菊正宗清酒还在，只是酒桶已经落满灰尘，上面还挂了一个飘来荡去的蜘蛛网。而之前贴在酒桶上的那张纸条，如今有一处已经脱落，像是一片耷拉下来的对联。现在它泛黄的纸张变得坚硬发脆，陈昆只是用手指一摸，手里便多出一堆粉末一样的碎屑。两名年轻同志随后赶到，他们看见陈昆笑起来的样子有点古怪。陈昆嬉笑着说，我没有跟你们吹牛，这排字可是我亲手写的，松本阁下专用酒，谢绝抚摸。陈昆说所谓的松本，就是该死的宪兵队队长。

那天两位年轻同志很兴奋，他们让陈昆站在酒桶前，要现场给他拍一张照片，跟随记录下来的资料一起保存。唐书影等候在储藏室外面，看见陈昆面对照相机镜头时很别扭，身子抖抖索索好像衣服里头爬满了虱子。陈昆说，真的要拍吗？我怎么觉得很难受。这时候唐书影看着黯淡灯光下陈昆那张皱巴巴的脸，泪水就止不住流了下来。

谁也没有想到，这天当两人离开文史办时，竟然在门口碰到了李电影。李电影穿了一件呢子大衣，里头是一套笔挺的西装。他看见陈昆的时候猛地叫了出来，姐，姐夫？

陈昆站在那里愣了一下，很快就脱口而出，好家伙，天上掉下一个李电影。

李电影已经买好了下午回去上海的火车票，临走之前他想来想去也没什么地方好去，所以就晃晃荡荡来到了唐书影以前的家里。李电影现在有个爱好，叫作睹物思人，这也是他以前跳槽到昆仑影业公司上表演课时，经常需要揣摩的内容。

现在李电影的目光在陈昆身上来来回回摇摆。他看着陈昆粗糙的脸，也盯着他那些皱纹说，姐夫你怎么好像变老了，你看你还有了几根白头发。陈昆说，白头发又怎么了？我哪像你，细皮嫩肉的，人家以为你是舞厅里的少爷。李电影就模棱两可地笑了，抹了一下自己油光发亮的头发。他说姐夫我现在在上海，在上海电影制片厂当一名正式演员，当演员的人你总知道的，平常看上去是有点不一样。可能就是传说中的艺术气质吧，我的同事们都说，我的艺术气质和孙道临有点接近。

陈昆说不错不错，你小子以前放电影，现在又演电影，你里里外外这么光鲜，是不是经常扮演新郎官？

李电影嘿嘿嘿地笑了，笑得蛮羞涩。他又看了一眼唐书影，也没把她当外人，所以就说，姐夫，我姐后来有没有消息？

陈昆的脸一下子阴沉了下来。陈昆说，你直挺挺站在这里，你还有脸问我。当初我危急关头直接去了余姚四明山，你留在宁波城里难道不打听一下消息，寻找一下踪迹。陈昆说着双拳猛捶了一下李电影的胸口说，你是她表弟呀。

　　于是李电影就显得很悲凉，甚至他的表情有些像是犯了错的孩子。他一言不发，是觉得陈昆的话说得很有道理。良久他终于感伤地说，我都来不及跟她和大米告别，为什么我们总是来不及。

　　这时候唐书影很深地看了李电影一眼，她什么也没有说，只是在内心里觉得，这个曾经时髦的宁波青年，仿佛开始变得老成持重。而且她又觉得，李电影并不适合当演员。如果李电影不去写剧本，倒是有点儿浪费了他的台词。

46　澥浦

一九五三年的第一场雪到来时，陈昆带着唐书影和陈小米，在回去镇海老家的路上。在此之前，上级已经批准陈昆跟唐书影可以结婚，政府也决定给他们安排一间房子。两人也已经计划好，过几天就去领证，不再办什么酒席。因为如今的宁波城里，他们认识的人已经屈指可数。而唐书影的心里，有了一种从未有过的踏实。她突然觉得，她和陈昆之间完全是一场老天的注定，或者说命运的安排。

那天当长途汽车过了甬江，空中开始飘荡起雪花，起初只是零零星星的几片，到了后来才真正有了下雪的样子。陈小米趴在车窗前，看见雪花在玻璃上慢慢融化，耳朵里也灌满冷飕飕的风的声音，让她忍不住缩紧了脖子。陈小米问陈昆，爸爸，我们这是要去哪里？陈昆说，爸爸带你去看一座老房子，还有房子里的一棵大桑树。

老房子有什么好看的。陈小米说，桑树又是什么树，桑树会开花吗？

这时候唐书影听见车厢里有人在嘤嘤哭泣，她转头望去，看见的是一个六七十岁的老人家，穿了一件破旧的棉袄，棉袄的袖口露出一截乌黑的棉絮。老人身边摆了一个菜篮子，手里捧着一只冻僵的鹅苗。他对着冻死的鹅苗一边哭一边抹眼泪，泪水跟鼻涕同时掉落，掉落在已经一命呜呼的鹅苗的身上。

老人也是镇海人，他是昨天早上坐车去宁波的，想给家住宁波城里的一位远房亲戚送去这只鹅苗，因为亲戚以前帮过他的忙。老人觉得鹅很好养，平常给它吃一些烂菜叶就可以，然后到了明年的冬天，亲戚就可以宰了这只养大的鹅烧鹅肉，吃冬鹅是很补的。但是老人没有想到的是，他到了宁波以后怎么也找不到自己的亲戚。他在记忆中的那条巷子里走来走去，总共走了有十来遍，然后也几乎问过了所有的邻居，却始终没有人认识他的亲戚，就连名字也没听说过。

老人蹲在巷子里过了一个通宵，夜里为了不让装在菜篮子里的鹅苗冻着，他让鹅苗睡在自己的怀里。然而老人还是没有想到，这天一大早他提着篮子里的鹅苗去买长途车票，买完了车票在候车室里等车，等到上车以后没多久，他掀开用来盖住菜篮子的那片围裙布，发现鹅苗还是被冻死了。拳头大的鹅苗直挺挺躺在那里双目微闭，两片脚丫子朝外撑开，身子冷冰冰的。

陈昆听到这里不免唏嘘，他奇怪老人的家中怎么会在这个时节里孵出来鹅苗。在陈昆记忆里，在他们澥浦镇老家，鹅苗的出生要么是在春天，要么是在秋季，因为那样的日子里阳光充沛，适合鹅苗的生长。想到这里陈昆就跟老人打听，问他亲戚是住在宁波城的哪条巷子，老人说亲戚是住在白衣巷，还说自己记得一清二楚，肯定没有记错。

那你上次去他家是什么时候？

民国三十二年，我儿子结婚的那年。那次我去宁波是为了请我亲戚去镇海喝喜酒，结果他手头事情很多没能来，我临走的时候他还一定要塞给我一个红包。

民国三十二年已经是十年前的事情了，陈昆的一番话说得很慢，他说十年时间里宁波城先是赶走了日本人，又赶走了国民党，现在是咱们解放军的天下，所以很多事情都变了。老人哭哭啼啼，这些事情他全都知道。他说我哭得这么伤心不是因为冻死的鹅苗，而是因为想起了我的亲戚，我想起宁波城发生了那么多事情，我就担心我的亲戚会不会遇到了什么意外。

陈昆在老人的哭声中转头。他坐在颠簸的车厢里，忍不住把身边的陈小米抱起，一下子抱得很紧。他望向窗外，看见飘向车窗的那么多的雪，也仿佛看见远处高低不平的雪地上，正走着一个孤单的自己。

这时候陈小米抬头。陈小米说，爸爸，你怎么哭了？

陈昆一个人独自去了一次郑氏十七房。在郑氏十七房村口的一口升腾着热气的池塘前，陈昆见到郑胖子阿江。郑胖子阿江坐在池塘边的堤岸上，正在满嘴流油地吃一碗炒盐肉。在这个寒冷的冬天，他的两只脚竟然放进池塘里不停踩起水花洗脚，一双脱下来的鞋子扔在一旁。他看见陈昆的时候说，谢天谢地，姓朱的你果然回来了。我没有等到傅灿灿，却等到了你，你们俩夫妻真是把我等得太辛苦了。陈昆说，我不明白你在说什么。郑胖子阿江把手中的空碗放在地上，说，这有什么不明白的，我当初租了你的房子，是因为我在郑氏十七房待腻了，想搬到镇上住几天。但现在我不想租了，再说租约也到期了，所以我就住回来了呀。

陈昆愣在那里，过了一阵子才很确定地摇头说，不对。我老婆说房子她是卖给你的，你当初给了她一大笔钞票，你们之间还写了契约，而且我老婆她说过她还按了手指印，是用右手的大拇指按的。

这时候郑胖子阿江就很不高兴了，他提起身边的一只鞋子，在池水边的一块青石砖上很伤心地拍了一下说，朱三你这个人是不是脑子坏掉了，你老婆什么时候给我写过卖房子的契约了？她要是真的写过，那你让她来当面对质，你让她拿出契约来给我看一下啊。朱三你不好乱说话的，说我是买房子这是要有证据的。

郑胖子阿江的手伸出在空中，湿润的手掌在往下滴水。冬天的阳光在那片池水的上方晃荡,看上去闪闪发光。陈昆在那片波光粼粼中迷迷糊糊坐下,后来他理清了一些头绪,似乎有些明白地盯着郑胖子阿江说,我知道了,你就是租的,也没有契约,你和我老婆是口头的君子协定。这时候郑胖子阿江仿佛像是舒了一口气,说,现在我发现了,你的脑子比傅灿灿要灵光一点,你老婆说一是一说二是二,她的脑子跟她的目光是一样的,不会转弯。

陈昆就笑了,说,房子真的还给我了?你真的不要了?

郑胖子阿江于是闭上了眼睛说,姓朱的,房子我真的不想再租了,你不要逼我了好不好,你让我好好洗脚,洗完了左脚再洗右脚。我反复洗反复洗,我把自己的脚皮都洗脱了喂池塘里的鱼。

第二天,陈昆带着一家三口前往澥浦镇的时候,就在公共汽车站附近的阿大豆腐店,远远地站着一个女人向这边张望。女人是朴素的纱厂女工吕大鹅,她伸着依然十分颀长的脖颈,清晰地看到了那个曾经的缉私队队长陈昆,他竟然回来了,竟然活着,竟然和唐一彪的妹妹唐书影有了一个孩子,而且孩子都还那么大了。于是她无声地笑了一下,这一声笑其实是在笑她自己,她觉得别人的孩子都那么大了,而她还没有嫁人。当然,她现在已经打定主意不想嫁人了,她觉得嫁人一点意思都没有。然后她离开了汽车站附近的豆腐店,她这天来豆腐店买豆腐,主要是晚上想用猪油和酱油加几粒小葱,一起蒸一下豆腐。这天她没有马上回家,而是先去了她的厂里,找到了车间管仓库的管理员,她拎着一块豆腐对管理员说,我想借一辆板车。管理员就嘿嘿地笑着,有些腼腆地说,借一辆板车也不用送礼的,这多不好意思。于是吕大鹅就愣了一下,把那块豆腐递给管理员说,十分新鲜。

现在,陈昆拉着一辆板车,车上放着细软家底,一家三口走在通往他老家那座房子的老街上,雪纷纷扬扬,落在地上,也落在他们的身上。踏进巷子的那一刻,陈昆就猛然意识到,自从那年他离开宁波去上海大世界游乐场变戏法,这条总共才两米宽,两边都是青砖围墙的路,他已经差不多有十年时间没有走过。此刻他当然不会忘记,因为父亲朱良材死在日本便衣宪兵的手中,那年他不敢暴露身份,只能和唐书影一起,去白衣巷找到傅灿灿和朱大米,并留宿了一晚。那晚傅灿灿十分清晰地告诉过他,老家的房子已经卖了,卖给了同一个镇子上十七房村的郑胖子阿江。傅灿灿说郑胖子阿江倒是干脆,当场就把钞票给付清了。

但是现在,郑阿江也言之凿凿地告诉他,那是租的不是买的。从天上掉下来一座房子，陈昆并没有感到多么开心，但他确实觉得在这老房子里住下来，并且安顿好唐书影和陈小米，是最合适的选择，熨帖和舒心。陈昆抬眼望过去，眼前的巷子已经被雪包围，陈昆有那么一刻突然感觉，这条路怎么变得那么长，好像几个钟头也走不完。路上他见到两只摇头晃脑的大白鹅，鹅在雪地上嬉耍，也相互追赶，时不时又昂起脖颈尽量张开翅膀，两片脚掌踩在初来乍到的雪上，仿佛是一对优秀的舞蹈演员正在练场。这样的时候陈昆就恍惚听见一阵童谣的声音，他在声音中战栗，感觉吟唱童谣的是一个男孩，声音可能来自几十年前的自己，也可能是他许多年前的儿子朱大米。

陈昆木然站定。他想难道自己变得这么老了吗，以至于耳旁会出现幻听。

总之那首童谣是这么唱的：

  鹅，鹅，鹅，
  曲项向天歌，
  鹅，鹅，鹅，
  脖子那么长的鹅，
  飞到屋顶就是一只天鹅……

于是陈昆在这样的童谣声中，推开了虚掩的院门。也就在这样的吱呀声中，遥远的童谣戛然而止，一切都安静下来。一片树叶，在陈昆的视野里，无声而缓慢地飘落，好像是飘了一个漫长的季节。陈昆在一片静谧中环视着那幢老旧的房子，却看见门上挂着一把锁，门板上还贴着一张纸条，纸条上一行醒目的字，是郑胖子阿江亲手写下的：傅灿灿，钥匙留在门板下，你伸手就能拿到。

陈昆拿到钥匙进了门以后，仿佛看到了朱良材和傅灿灿、朱大米四处走动的影子，他们在一盏明亮的美孚灯下忙碌着，朱大米在玩那只大白鹅，傅灿灿在炒菜，朱良材在玩着那只梅花鹿牌的怀表，他们当陈昆是不存在的。然后他们的身影在陈昆眼里渐渐淡去，最后完全消失。然后傍晚到来了，傍晚到来的时候，漵浦镇的雪也停了。那天唐书影坐在朱三家的厅堂，一直安静地看着门外院子里墙角的一切。院子里什么都没有，而荒草却在微风中摇曳，这简直就是一处废园。她和陈昆进行了简单的收拾，主要是清理了床铺，做了一顿简单的饭菜。唐书影就想，平静的日子就要开始了，以后她要和这个男人，带着陈小米过一辈子。她和陈昆商量，经过了这九年的相处，他们已经是熟得不能再熟的老熟人了。他们决定明天去领证。

然后也就是在这时，院门被拍响。陈昆匆匆地去把门打开，看到了用围巾包裹了半张脸的吕大鹅，她的身后是一辆借来的板车，板车上垫着一床被子，盖着一床被子，两床被子中间躺着一个女人，女人只露出一丛头发。吕大鹅的眼神里荡起一丝笑意，她没有说话，这让陈昆觉得这个女人已经不像以前那个嘴碎的一天到晚打听化妆品的女人了，她变得朴素、安静而且沉稳。吕大鹅说，知道板车上躺着谁吗？

陈昆说，知道。只是我没想到，老天爷还是给了她一条活路。

陈昆又说，感谢你。陈昆说着，深深地弯下腰去鞠了一躬。

吕大鹅又笑了一下，说，不用感谢我，同是天涯沦落人。

那天晚上在明亮的美孚灯下，吕大鹅和陈昆一家一起吃了个晚饭。傅灿灿已经被安排在了床上，那是刚刚唐书影亲自清理好的床铺，本来用来给一家三口睡的。但那张床属于傅灿灿，于是唐书影就看着陈昆和吕大鹅把傅灿灿搬到了那张床上。傅灿灿已经不会说话，她没有意识，但却活着。吕大鹅在饭桌上，说起了往事。那天傅灿灿和朱大米在大街上被一颗手榴弹炸飞，朱大米当场就没有了，傅灿灿被送往了仁济医院，而吕大鹅那时候就在附近和母亲吕美珍逛商店。最后是吕大鹅把傅灿灿拖回了家，并且一直在照料着傅灿灿，但傅灿灿已经是一个植物人了。吕大鹅掏出被炸毁了半本的《安徒生童话》，放在桌子上，说，这是朱大米留下的。

那天在陈小米的眼里，这个吕大鹅充满了陌生，而妈妈唐书影却变得特别活跃。她竟然提议喝酒，于是他们开了一瓶本地益民酒厂的冬酿黄酒。唐书影把黄酒用水壶烫热了，给三个人都倒了一碗，于是就干杯。她说起自己的往事，说到了宁海的老家，说到了自己和重庆陈昆的通信，说到了到宁波城投奔哥哥唐一彪，说到了和陈昆一起投奔四明山，并且前往重庆执行任务，说到后来唐书影突然朝空中挥了一下手，喷着酒气说，我总结一下，命运其实是老天给安排的，你不知道哪一天会突然拐弯。

吕大鹅一直很平静，她手中握着酒碗，望着滔滔不绝说话并且不时爆发出大笑，而且还手舞足蹈兴高采烈的唐书影，轻声对陈昆说，她的心里很苦。接着她又说，你欠了两个女人的债。陈昆低头喝了一口酒，想了想，说，我还欠了一个老头和一个孩子的债。陈昆后来站起身来，他又开了一瓶冬酿，又用水壶烫热了。那些温软的酒在三个人的肠胃里乱窜，陈昆甚至还生起了火盆。熊熊的火光中，陈小米看着奇怪的三个人说着陌生的话，很快就陷入了梦乡。然后吕大鹅告别，说我要回去了，明天还要上班。这时候陈昆突然问起了吕美珍，说，你娘呢？你娘怎么样了？吕大鹅就笑了，吕大鹅笑的时候，眼眶里突然蓄满了泪水,说,那年八月,日军投降没多久,她在大街上被当作日本人,被一群人剪去了头发,涂满了烂菜叶子,回到家她洗了一个澡,然后她开始喝酒。她喝的也是冬酿,但和我们今天喝的冬酿是不同的。她喝的冬酿里面有砒霜。

那天陈昆和唐书影把吕大鹅送到大门口,吕大鹅拉起空荡荡的板车的时候,天空中又开始飘起了细微的雪。吕大鹅拉着板车走了,目送着她远去的时候,唐书影一直都紧紧地挽着陈昆的手。吕大鹅走到很远的时候,突然停下了车,她没有回转身来但是她却大声地说了一句话,她说吕美珍明明要我记住,我是宁波人不是日本人,但是他们为什么要说她是日本人?吕大鹅说完这一句,就又继续拉着板车向前,直到在陈昆和唐书影的视线里消失。

那天晚上,唐书影看到陈昆坐在傅灿灿的床边,看了傅灿灿很久。唐书影就摇摇晃晃地走过去,似笑非笑地望着他。唐书影依然十分开心,她把右手肘架在了陈昆的肩上,左手却还是拿着那只酒碗。陈昆说,你少喝点,再喝下去就醉了。唐书影说,我一生都没有醉过,今天醉一下有什么关系?唐书影又说,现在几点了。于是陈昆就抬起手腕,看了看那只西马表,说,十点半了。唐书影看清了陈昆的手表,而在白天的时候,陈昆分明戴的是真正的陈昆留下的欧米茄手表。唐书影用手托起了陈昆的下巴说,你看着我。陈昆就抬起眼，唐书影于是就说，你刚刚换的手表？陈昆说，是。陈昆这样说着，就想起了当初傅灿灿送他这块表的时候说，朱三你给我记牢，每一块表都是有编号的。我这块表的编号前面几个数字是521，戴上这块521的手表，你以后就别想从我眼里逃走。

唐书影又笑了，她在屋子里摇摇摆摆地走路，哼起了当初在皇后夜总会哼过的歌，跳起了当初跳过的舞。她不停地旋转着，转得陈昆有些晕，仿佛有一群唐书影在他面前跳集体舞。他看到唐书影转到了一只黑色皮箱的边上，翻出那件在上海大世界游乐门口，麻雀让妻子帮忙织了送给傅灿灿的紫色毛衣。唐书影又再次旋转到陈昆身边，将毛衣搭在了陈昆的肩上，嘴眼含笑地说，我本以为这件毛衣总有一天你可以为我穿上，但老天爷并没有这样安排。那么请你把陈昆的那只欧米茄还给我，也请你不要再称自己为陈昆了。

唐书影说完，仰起脖子把酒碗里的冬酿一饮而尽，并且用衣袖擦了一下嘴巴。她用星星点点的微醉的眼神望着朱三，朱三瞬间觉察出了唐书影这九年隐藏在重庆大山深处的美。现在的唐书影，在这个寒冷的冬天里挟带着一股春风。

那天朱三找出了陈昆的那只欧米茄，递给了唐书影，唐书影的眼泪瞬间就下来了，她一边流泪一边将那只欧米茄套在手腕上。因为表带太长,所以戴在唐书影的手腕上,显得空空荡荡,就像她此刻空荡荡的心房。因为雪夜的安静,唐书影听到了雪越下越大的声音,铺天盖地的雪一定已经挤满了天空。

这一天晚上,唐书影拥着朱三睡了一夜,睡得十分香甜。床边火盆里的火炭散发出阵阵热浪,朱三一直睡不着,突如其来的变化让他无法入睡,一直到快天亮,一只破嗓子的雄鸡在澥浦镇上喊出了第一声啼叫时,朱三才沉沉地睡着了。等到他醒来的时候,发现床上空落落的,陈小米和唐书影都不见了。于是他连外衣也不穿,从床上一骨碌起来,光着脚迅速地冲向了门口。门虚掩着,他踏碎了院子里的一片雪,院门也虚掩着,他迅捷地打开院门。清晨的雪是已经停了,阳光金灿灿的,在院门口的雪地上铺满一层淡淡的金黄,风偶尔会刮起一些雪絮,并且晃荡起两扇破旧的院门。陈昆光着两条腿,怅惘地望着那条向远处延伸的小路,路上留下了一大一小两排脚印,仿佛是通向了遥远的天边……

路上无人。朱三一直光着脚久久地站着,风直接冲撞进了他的胸口,涤荡着他的胸肺,但是他一点也不觉得寒冷。然后路上渐渐有了一些行人,有一个拄着拐杖的老人行走得很慢,他经过朱三身边的时候,停了下来,用老眼昏花的目光望了他很久,最后支吾着说,良材家的儿子?

陈昆于是就说，是的。老人说，听说你在上海滩变戏法？陈昆还是说，是的。老人想了想，没有什么可以问的了，就继续缓缓慢地向前走去。走到三丈远的时候，他突然停住了，转过身来又口齿含混地说，你是不是变戏法把你爹和老婆、儿子都给变没了。你本事真大。

陈昆想了想说，是的。

  我是陈昆。

  这个清晨，我见到了被风吹开的院门。那时候雪还没有停，我看到了从院门口出来的唐书影，一手拎着一只皮箱，一手牵着陈小米的手。她们头也不回地向前走去，我一直在等待着唐书影回头，一直等待，但是我没有等到，唐书影没有回过头来。倒是陈小米，每次回头看这座她还不是很熟悉的宅院，都会被牵着她手的唐书影用力扯一把，让她不由得转回头去继续向前。

  我分明听到唐书影嘴里哈着热气说着的话，陈小米，路只有一条，你不能回头。

  而事实上，昨天的深夜，我也见到了拉着一辆板车离开院子的吕大鹅，她用围巾围住了她的脖子和唇鼻，只露出一双细长的眼睛。她踩着雪，深一脚浅一脚地往前，此时雪还在下，但月亮却升在了天空，这真是一种奇怪而美丽的景象,有一种空旷之美。在月色的清辉下,我看到了她睫毛上的雪和月光,以及亮闪闪的泪痕。但是她一直微笑着在雪地中前行,步履坚定,步态从容。在那一刻,我突然发现,吕大鹅很美。

一直到近中午的时候,我才看到院门口冲出来光着一双脚的朱三,他像一只傻掉了的圆规一样久久插在雪地里。我能看到他的背影,他的背影在风中显得单薄,而且孤单和悲伤。这样的背影,可能将会是他一生的写照。所以我想,人生的终极可能就是这样,要么夭亡,要么孤单。

我也要离开了。我从朱三的身边走过,风吹起他蓬乱的头发,而他呆滞的目光笔直地扔向远方。我终于想起,我们第一次见面是在雨天的大世界门口,分别是在雪天的朱三家院门口。人生多雨雪,那么朱三你珍重。

再见,朱三。

三天后的夜里,朱三一个人坐在院子里的那棵桑树旁。他想要抽烟,手头却没有烟,这让他心里有点烦躁。唐书影带着陈小米突然消失,没人知道她们去了哪里,朱三知道只要唐书影这样性格的人想走,你就根本不用找。

他回去了宁波城一趟，在市政府给朱三安排的宿舍里，唐书影带走了属于自己的行李，同时留下了一张纸。纸上有几句话：我们共同度过的九年，将是我一生中最幸福的时光。但只有我离开，你才可能过得更好。我是一个命中注定需要等待的人，但这一次我不想再等。所以请原谅我的不辞而别，因为我想不好我们该如何告别！

那天朱三就站在宿舍里，把自己的身体靠在墙上，一动不动整整靠了一个下午，看上去他已经成为墙的一部分。他的手中就捏着那张纸，纸在风中哗哗作响，姿态十分优雅。他大概是喜欢上了这种哗哗声，而投在他身上的一缕白亮的阳光，终于在黄昏时分，变成一片金黄。

雪在悄然而且缓慢地融化，无数次朱三在傅灿灿的床边生火时，能听到雪化成水的声音。他想起遥远的从前，那时候的傅灿灿年轻得像根嫩葱的葱白。他用板车送傅灿灿去邻镇的同义医院生孩子，傅灿灿痛得直搡板车，大声说你以后要是敢对我不好，我一定打死你。现在这个扬言要打死自己的人，完全无知无觉，像一棵沉睡的树。

傅灿灿夜以继日地睡觉，她的世界才是真正安静的。在明亮摇曳的美孚灯下，朱三终于给傅灿灿换上了那件紫色的毛衣。摇晃的光影，让朱三想起了摇晃的从前，麻雀同志和他坐在大世界门口的台阶上，看着远处路灯下的唐书影跳皮筋。这一个晚上，他和傅灿灿说了好多话，他说我现在又变回朱三了，但我几乎当了将近九年的陈昆。

后来朱三走向了院子，他望着围墙边的那棵桑树，看见它在雪地中的月光下郁郁葱葱，只是腰间有一块巨大的伤疤。当初郑胖子阿江入住这里时，也觉得院子里种了那么大一棵桑树不够吉利，因为桑就是伤，它会伤了家中人的元气。郑胖子连夜把桑树给砍了，锋利的斧头连着砍了七下，终于把它拦腰砍断了。但是到了又一年的春天，桑树被砍断的脖子上又冒出了一排新芽，那些芽头越长越高，仿佛在跟郑胖子阿江商量说，行行好，留下我们吧。朱三站在桑树边，安慰那棵伤痕累累的老桑树说，我们只要是想活下去，一生中总会被砍上那么几刀的。只要砍不死，那就是我们赢。桑树在这寒冷的夜晚，懒得理会朱三，它只是听到了一阵细碎的窸窸窣窣的声音。然后它看到朱三脸上露出了笑意，轻声对它说，桑树桑树，我告诉你一个秘密，家里进了一个贼。

朱三果然就看见不远处将近有两米高的围墙上，坐着一个幽暗的身影。月光皎洁，朱三虽然不能看清那人的脸，但他知道，那人就是企图入院行窃的贼。贼就叉开两条腿骑在围墙上，被突然从桑树的阴影中闪身而出的朱三吓了一跳。他怎么可能想到，在这样冰冷的大雪结冰的深夜里，竟然有人会稀奇古怪地站在院子里。此时贼左右为难，不知如何是好。他可能是不敢从围墙往下跳，也可能是突如其来的变故让他腿脚抽筋,所以他只能坐在墙头,愁眉苦脸着望向朱三,嘴巴一张一合却是没能说出一个字。

朱三说你下来。贼晃了晃脑袋,他说我不下来。

你不下来你骑在墙上,大半夜会被冻死。难道你想冻成一个兵马俑吗?

我不会冻死,我穿了棉袄。我也不知道什么兵马俑。如果我下来,我就是个贼。如果我不下来,我就不是贼。我顶多像一个骑马的人,在解放军部队的话,我这样的姿势所有人都会称呼我为骑兵。

朱三听到这里很烦躁,就走过去扛来一把梯子,梯子架在贼的腿脚跟前。朱三说,现在你可以下来了,下来的时候小心一点。

这回贼是真的被朱三吓到了。他眼里噙满泪水,觉得这个夜晚真是出师不利,糟糕透顶。他又带着哭腔说,我不下来就是不下来,看你能把我怎么样,求求你不要逼我。

月光皎洁,和地上的积雪交相辉映,洁白中透出四周的一派安详,世界在这样的静谧中仿佛停止。而月光像上了岁数的老人,就那样看着站在院子里的朱三,以及骑在围墙上的贼。后来朱三索性不去管那个贼了,他回到屋里,关上了门。朱三找出陈昆以前留下的日记本,拿来一支钢笔,走到了傅灿灿的身边,在她的床边坐下。

朱三说,傅灿灿你给我听好了,现在我诗兴大发,决定现场作诗一首,并且把它记下来。然后朱三拿起笔记本,大声朗诵给昏迷中的傅灿灿听。他挤出一个联欢会上朗诵者应该有的表情说,下面请听诗朗诵《贼骨头》,作者朱三,朗诵者,还是朱三。

> 贼骨头骑在围墙上
> 月光落在桑树上
> 世界全部都停止了
> 那我们的那么多时光
> 到底是被哪个贼给偷走了

后来睡意来袭,朱三倒在傅灿灿的身边,在大雪融化的声音里和衣睡着了。入睡以后他做了许多梦,那些梦一截一截的,互不相干,全都不能连贯在一起,仿佛一截一截被人折断的干树枝。

47　零碎消息

一九六二年春季里的一天，宁波市政府收到一封来自日本北海道的信。信是一个名叫大场英夫的人写来的，他拜托市政府帮他找个人，这个人名叫陈昆，也叫朱三，曾经在宁波宪兵队的密探队担任缉私分队队长。

大场英夫在信里说，我也参加过你们的抗日游击队，在余姚的梁弄，陈昆命令我把换糖计划全部翻译了，十五页的行动方案，每一页都写满了密密麻麻的作战部署内容，包括指挥部人员构成、参与围剿的队伍、每一支队伍的出发时间和出发地点、行进路线、具体攻击地点，甚至还涵盖了作战期间的后勤物资供应。首长叫何克希，他是纵队的司令员，他以前还干过特务工作，据说是在红队。他在指挥部里接见了我，说我是戴罪立功。战争结束后浙东新四军游击纵队奉命北撤，我有幸回日本了。是新四军给我的盘缠，我回家以后见到了我的妹妹，她还活着。见到我的时候，她泣不成声，说爸爸丢失在中国战场上了，哥哥可千万不要被弄丢了。大场英夫还说，我找朱三也没什么事，主要因为他是我的恩人，把我引到了新四军的队伍。我希望以后能跟他写写信，我心里很想他。

一九六二年，瀣浦镇已经按政策改名为瀣浦公社，组织上按朱三自己提出的回乡要求，让他回瀣浦公社当了个副书记。他没有像朱良材当初吹牛一样，我儿子以后至少得当上镇长，当完了镇长还要去当县长，当完了县长再去当什么长，那我以后想好了再跟你慢慢讲。那天市政府办公室人员将信件送到朱副书记手里时，他正在家里，陪着傅灿灿在院子里晒太阳。一九六二年的傅灿灿已经在春天醒了过来，但是她不会说话，也不认识人。那天朱三主要是在用宁波镇海的方言读信，同时顺便回忆起了和大场英夫之间的点滴。当太阳开始西斜，朱三想要把身边躺椅上的傅灿灿搬回屋里去时，竟然发现傅灿灿没有了呼吸。而她的膝盖上，平摊着半本《安徒生童话》，面容平静。在有生之年，朱三一直都没有想通，这半本童话书，是如何到了早就不能动弹的她的手中的。傅灿灿死之前脸上留下了她最后的泪痕，朱三用手指肚轻轻擦去她的泪，然后他俯下身想要抱起傅灿灿并把她搬回屋里。但他发现自己突然没有了力气，所以他一直长久地保持着俯身去抱的动作。朱三好像感觉不到悲伤，一直等到黄昏离去，夜幕降临，他还是长久地保持着这个动作。天终于完全黑了，朱三身陷在巨大的黑暗中，听见了暗夜中传来唰唰唰的声音，他不清楚这种声音来自哪里，后来他终于明白，这是自己头发在变白的声音。

时光又过了两年，才五十挂零的朱三已然是满头白发。后来他见到了回到宁波的李电影，李电影因为在上海电影制片厂始终没有轮到主演的位子，终于想明白，不是每个人都有机会能当主演的。所以他想办法调到了宁波甬剧团，在剧团里担任一名受人尊敬的编剧。那天朱三见到李电影时，看见他正威风凛凛地走在路上，衣服的扣子解开，意气风发得不得了，仿佛是当上了至少是县长的领导。他身边跟了一群非常崇拜他的年轻的甬剧演员。李电影望着整洁的街道，跟那些年轻人感叹说，现在阿拉宁波跟以前完全不一样，到处都这么干净。要是再这样发展下去，一个月都用不着擦皮鞋了。他妈的，以前日据时期的宁波脏得不得了，环境卫生太差了。

李电影还说，我很喜欢这座干净的城市，要不我们什么时候写一个新宁波的剧本。你们看春光都那么死不要脸地明媚了，我们还有什么理由不加大马力搞创作？于是年轻演员都欢呼起来，这让李电影像骄傲的将军一样，走路走得比风还快，都差一点飘起来。

那天朱三从李电影身边悄悄走过，他没有跟李电影打招呼，因此李电影也没有注意到他的经过。但是李电影后来还是发现，那个白头发的背影看上去有点苍老的男人，他从街边走过时，似乎带走了一片细小的灰尘。

这样的一幕让李电影觉得，男人可能是个有故事的人，他也许才可以当某种人生的主演。那样的背影有一种前尘往事过眼云烟的味道，或许可以一起写进他的下一部改良甬剧的剧本里。

另外，根据朱三后来从各个渠道掌握到的信息，一九四五年九月中旬，日军投降代表、"浙东联络部"部长草野昌藏在宁波白鹊桥正式向国军第32集团军前进指挥部总指挥陈沛投降。而宁波日军宪兵队密探队队长徐志却在日本天皇宣布投降没几天，也就是八月下旬，突然失踪。他隐姓埋名去了天津，但仍然是在一九四六年的春天在天津被揪出，最后被押回宁波枪毙。临刑前他轻声念着一首诗，据行刑队员后来说，这个人可能是被吓坏了发起了神经，一直在说轻轻的，轻轻的……枪毙难道还分轻重吗？但是朱三却是这样猜想，他一定是在轻声念叨，轻轻的我走了，正如我轻轻的来……

同样在一九四六年的五月，春天已经接近尾声，松本及另外一批日军战俘被国民政府送去上海枪毙，枪毙之前还被押上军车，在大街上进行了两个钟头的游街示众。枪毙的时候，松本身中三颗子弹。据说那天的阳光很好，所有的地气都在太阳照射下上升，万物葱茏，所以松本对行刑官表示，他对能在这样的天气里去死，感到非常满意。而松本死之前写了一份遗书，是写给他远在日本的女儿的，遗书里提到了那首儿歌《红蜻蜓》，也写到了生活需要仪式感和品质感，并且详细提到了夜来香的养护方法和毛线衣花式的十一种针织法。遗书的最后一行字是，所有的春天都像是一场虚幻的梦境，最终的走向毕竟会是残酷的冬天。

何婉玲听说是去了香港，在香港开了两家药材店，成立了一家小型的货运公司。她的生意不错，日子过得越来越宁静。据说一直单身。后来领养了一个女孩，取名唐河。

浙东新四军游击纵队原情报科长胡金瓜，确实随纵队整编后的第二十军六十师参加了朝鲜战争，但是并没有像传说中一样，牺牲在长津湖战役，他只是受了重伤被送回了后方医院。后来才知自己被错误地录入阵亡人员名单。他是浙江诸暨人，和同样参加了游击纵队的老乡朱如玉结为夫妻，转业后生活在诸暨。

朱三一直一个人生活，谢绝了所有人给他做媒。他会站在老房子的院门口，正式地告诉媒婆，人生的本质就是一个人活着。这句话让各路媒婆倒吸一口凉气，她们一点也听不明白这是什么个意思，经过讨论后她们觉得朱三的神志可能不太清了。话是这么说，但是朱三的后半辈子一直没有放弃寻找唐书影和陈小米，这对远走他乡的母女，母亲不是真正的母亲，女儿也是曾经的孤儿。朱三没有获取到她们两人的消息,所以很多时候走在街上,但凡有一阵风吹来,他的心里都很难过。

(全文完)

2024年1月31日5时28分
改定于澥浦镇郑氏十七房

往事是一条望不到尽头的路
——长篇小说《大世界》创作谈

在宁波镇海澥浦镇郑氏十七房村的雨夜，开元观堂酒店的房间里开着空调，温暖如春。窗外却冬雨缠绵，我打开门，灌进一堆肆意的冷风，那些碎片一样的往事像被雨淋过一样，新鲜而亮泽，像客房门外小院低矮的绿植。

我喜欢这样安静的雨夜，适合回忆。回忆很长，往事纷至。也适合在修改小说时，同时写下这个创作谈。

关于这部叫作《大世界》的小说，我想我首先大概是想要写一个宁波的革命往事。我的中学生涯在诸暨市枫桥镇度过，有一位同学叫周伟江，他说他们的村庄里，出过一个叫周迪道的谍战英雄。这位英雄打入了日军宁波宪兵队，成了"400"特工小组的一员，建议我可以写一写。

另外，我在创作剧本《琥珀》时，曾经在大纲中融入了宁波"400"小组的原型故事，但是最后我还是抽掉了这一块内容。我觉得这种碎片式的嵌入不过瘾，应该写一个更有容量的小说。还有，我记得我曾经抵达余姚梁弄镇浙东新四军游击纵队的旧地，是在十余年前某一个呼啸的春天。我看到了修械所、银行、报社等根据地的旧迹，当时就有一种想要写一个小说的念头。后来我写了《往事纷至沓来》，和这个红色根据地有一定的关系。《往事纷至沓来》

中的胡金瓜,和现在《大世界》中的胡金瓜,是同一个人。

现在,所有的往事,都排成一列,他们像是黄昏夕阳下的一群青翠的高粱。秋风中摇晃,夕阳下欢笑,月光下回忆往事……所以,这样的往事组成一个小说,未必不是让人热血沸腾的。但是我不仅仅想写一个信仰不灭、主义不变的故事,我还想写一段复杂的令人唏嘘的人生,想要看到庸常岁月中的欢笑,掩卷后有沉思和难过的故事。我已经不明白或者搞不清为什么有一个如此强烈的念头,那就是我希望这个小说有一个直白、平凡、朴素的标题,也希望这是一个复合的,多种情感与人生纠结的小说。所以,仅有往事是不够的。

现在,需要我们来说一说上海的大世界游乐场了,这个游乐场是宁波人黄楚九创办的。黄楚九是谁?他是药业大亨,余姚人,龙虎牌人丹就是他创立的。后来这个游乐场被人抢夺,夺走它的是黄金荣,祖籍也是余姚。你会突然发现,我们的一生,都在争夺中度过。战争,权力,金钱……不过是争夺的一个代名词。其实我想说的是,二十世纪八十年代,我是一个恍惚懵懂的少年,来自诸暨农村,经常流连上海。在舅舅的带领下我进入了大世界游乐场的内部,看到了许多游乐的场景,也看到了久负盛名的哈哈镜。因为来自农村,我自卑、惶恐、胆怯,但却又敏感,有热烈的心脏,也有丰沛的想象与细致的观察。所以，这个要写《大世界》的念头一直都在，但是故事却很模糊，或者说我不知道应该写什么，或者怎么写。而宁波在那个年代同上海一样，也是有外滩的，也是有大世界游乐场的，甚至有些口音也一样，比如"阿拉"。

所以，一个叫作朱三的来自宁波镇海的男人上场了，他在大世界游乐场变了三年的戏法。而那个雨天在大世界门口，一声枪响，他看到有个叫陈昆的人中枪倒地。没有想到的是，上级给朱三的任务，竟然是代替陈昆回到宁波。我要讲的故事，就是朱三代替了一个叫陈昆的人，照单全收陈昆的爱情和亲情，同时也牺牲掉了自己的父亲、老婆、孩子。朱三一共替了陈昆九年，所以这个小说要讲的，是一个人需要经历多久，才能真正成为另一个人。

终于，这个小说的走向不再单纯，这是一个复合的故事。所有的人都动起来了，在一九四四年春天的宁波火车站，傅灿灿首先带着儿子朱大米来接丈夫朱三，唐一彪带着妹妹唐书影来接他的妹夫陈昆，而朱三和陈昆却是同一个人。还有潘水、小蜻蜓、羊三坝和张文新、严守家，以及李电影、吕秀鹅和吕美珍，宪兵队里的宪兵，密探队里的汉奸……这是一个众生相。如果我此刻静坐在一把民国的椅子上，我会看到所有人在我面前，像无声电影里的人物一样，在光影之中——从我面前经过。如果奢望一下的话，他们可能会送给我一个纯粹的笑容。所以，塑造群像也是这个小说的风格之一。在我们漫长而又庸常的人生中,我知道每个人都是自己故事的主角。但我希望这个小说里,主角们的故事平分秋色,各有精彩。

我想,我大概是需要向在小说中牺牲的潘水、小蜻蜓、羊三坝、张文新等人致敬的,也需要向李云霄这位壮烈殉国的飞行员致敬。而最需要致敬的,无疑是朱三,也就是陈昆。我写一个人成为另一个人的九年,也写付出所有哪怕生命的九年。这个朴素的会变戏法的男人的背影,深藏着忧伤而且动人的往事。而唐书影选择不辞而别,是因为她不知道该如何告别,她带着孩子悄然从这个小说,从陈昆的生命中消失,有来路,却不知归途,如此高洁而独立,像不败的花。

说了一堆的群像,也说了局部的往事。我深信"徘徊"对于人生而言,是一个正确的词。我们无时无刻不在前行路上深陷在各种徘徊中。当然往事也是,往事中尽显徘徊,往事不过是残阳下翻晒的一些过往,往事也是一条望不到尽头的路。幸好这只是一部小说,幸好这只是一堆往事,幸好我有着微薄的文心与诗情,幸好这个小说终于与你遇见,无论是她向你呈现了文字,还是你目光刚好扫过她清洁的面容。

2024年1月30日凌晨3时

澥浦镇郑氏十七房,夜雨中